C000048363

LE SOLDAT CHAMANE **8**
Racines

Du même auteur
aux Éditions J'ai lu

ROBIN HOBB

LE SOLDAT CHAMANE 8
Racines

Traduit de l'américain
par Arnaud Mousnier-Lompré

Titre original :

RENEGADE'S MAGIC,

SOLDIER SON, BOOK III
(troisième partie)

© Robin Hobb, 2008

Pour la traduction française :
© Éditions Pygmalion, département de Flammarion, 2010

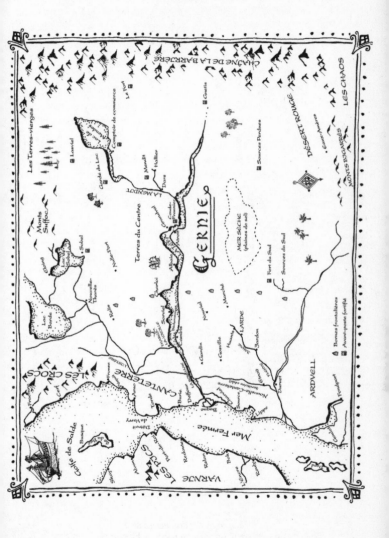

1

Résolutions

Il faisait noir, et Fils-de-Soldat était ankylosé à force d'être demeuré assis sur le rocher glacé près de la rivière. Il lui fallut quelque temps pour se mettre debout, puis il gémit en redressant le dos. Il piétina la terre comme un chat qui pelote, s'efforçant d'assouplir ses muscles qui regimbaient, puis il fit quelques pas entre les arbres qui s'élevaient comme des piliers de ténèbres dans l'obscurité moins dense de la nuit. Nous distinguions l'emplacement du village grâce à la faible lueur qui filtrait par les fenêtres sur le versant au-dessus de nous, mais elle ne suffisait pas à éclairer le chemin. Il se mit en route d'une démarche d'aveugle et se trempa les pieds par deux fois avant de retrouver le pont et de franchir le cours d'eau.

Au bas de la pente, il se sentit soudain accablé par l'obscurité, le froid et le chagrin. Il se rappela avoir entendu ses nourriciers crier son nom plus tôt et regretta de ne pas leur avoir répondu ; il eut envie d'appeler pour qu'on vînt avec une lanterne le ramener chez lui, mais il se méprisa aussitôt de cette pensée et, prenant sur lui-même, entama la montée à pas lents. Dans le noir, il ne put trouver le sentier ; il trébucha deux fois et tomba une fois à genoux. Il se redressa maladroitement, les dents serrées pour étouffer toute plainte.

Un de ses nourriciers apparut tout à coup au sommet de la côte, une torche à la main. « Opulent ! C'est toi ? » Sans laisser le temps à mon double de répondre, il cria : « Je le vois ! Il est ici ! Venez vite ! »

En quelques instants, ils l'entourèrent, et deux d'entre eux voulurent le prendre par les bras pour l'aider à se déplacer, mais il les écarta d'un geste brusque. « Je n'ai pas besoin qu'on me soutienne ; je préfère rester seul.

— Bien, Opulent », dirent-ils, et ils reculèrent ; mais l'homme à la torche passa devant lui pour lui éclairer le chemin, et les deux autres se placèrent derrière lui, prêts à se porter à son secours si le besoin s'en faisait sentir.

Une fois revenu à la hutte, il constata qu'en son absence nul n'était allé se coucher : une boisson sucrée mijotait près de l'âtre à côté d'une assiette de beignets arrosés de miel. Sans rien lui demander, les nourriciers supposèrent qu'il avait faim et soif, et, quand il s'assit près de la cheminée, on lui ôta ses chaussures pour les remplacer par des chaussettes sèches et chaudes, on lui jeta sur les épaules une couverture attiédie par le feu ; il la serra sur lui avec soulagement en se rendant compte qu'il tremblait de froid. Olikéa versa le breuvage chaud dans une chope qu'elle lui plaça soigneusement entre les mains, mais il n'y avait pas autant de sollicitude dans ses paroles.

« La veille de notre départ, j'ai des centaines de choses à préparer, et toi tu t'en vas dans le noir et tu te perds ! Si tu ne nous aides pas, au moins ne nous gêne pas ! » Elle avait encore les yeux rouges et gonflés d'avoir pleuré ; elle avait aussi la voix enrouée, mais on n'y sentait rien de la peine qui la rongeait, uniquement l'irascibilité d'une femme poussée à bout. Nul à part elle n'eût jamais osé s'adresser sur ce ton à Fils-de-Soldat, et les autres nourriciers s'étaient habitués à son audace avec lui ; lui-même se réjouissait presque de sa colère après les jours qu'elle avait passés plongée dans l'abattement.

« J'ai froid, dit-il comme si cela l'excusait. Et j'ai faim ; apporte-moi à manger. »

Je pense qu'il n'avait pas voulu s'exprimer aussi durement ; peut-être, s'il l'avait sue sur le point de craquer, eût-il mieux choisi ses termes. Mais il ne pouvait revenir en arrière. Olikéa parut se gonfler ainsi qu'un chat furieux, et les mots jaillirent d'elle comme un torrent.

« Tu as froid ? Tu as faim ? Et mon fils, dont le plus grand bonheur était de te servir, crois-tu qu'il soit au chaud, douillettement installé et bien nourri ? La différence avec toi, qui as décidé tout seul de t'éloigner dans la nuit et d'avoir froid, c'est que Likari danse parce qu'il n'a pas le choix. »

Elle reprit son souffle. Fils-de-Soldat se taisait, le regard au loin, la couverture sur les épaules, la chope tiède entre les mains. Je sentais une tension monter en lui, mais Olikéa devait penser qu'il ne l'écoutait pas.

« Tu l'as oublié ! cria-t-elle soudain d'une voix stridente. Tu avais dit que tu le ramènerais, que tu ferais quelque chose, que tu détruirais Guetis pour que Kinrove rende mon fils à son clan ! Il te servait du mieux que le pouvait un enfant de son âge ! Il parlait de toi avec fierté – non, avec amour ! Et c'est toi qui as ordonné de reprendre la danse pour protéger les arbres des ancêtres ; tu savais que c'était le tour de notre clan de voir ses membres arrachés à leur foyer et à leur famille, mais tu t'en fichais. Parce que tu ne nous considères pas comme ton clan, n'est-ce pas ? Nous ne sommes que ceux qui te donnent à manger, qui t'habillent et subviennent à tous tes besoins ; notre souffrance t'indiffère ! Tu ne restes pas éveillé la nuit à imaginer les pauvres petits pieds de Likari qui dansent et qui dansent sans cesse ! Peut-être meurt-il de froid, mais l'enchantement l'empêche-t-il de se rendre compte de ses gerçures, des crevasses qui fendent ses lèvres et les font saigner ? Tu ne te demandes pas s'il a maigri, s'il tousse pendant qu'il se repose, comment on le traite pendant ses brèves périodes de pause ! » Elle s'accroupit brusquement et se mit à se balancer d'avant en arrière tout en continuant à dévider son chapelet d'accusations, les mains sur les yeux.

« Tu vas manger, boire, et tout le monde va s'occuper de toi ; tu dormiras confortablement cette nuit pendant que nous travaillerons pour nous préparer au départ. Mais Likari ? Sais-tu ce qu'il devra faire ? Il devra danser, danser et danser pendant tout le trajet qui le ramènera au flanc ouest des montagnes ; et lui ne dormira pas au chaud sur une couche douillette en prévision de ce voyage. Non, les danseurs de Kinrove dansent sans arrêt, ils dansent jusqu'à ce qu'ils en meurent. Comme ma mère. »

Fils-de-Soldat se taisait toujours. Il n'eut pas un geste ni même un regard vers elle ; on eût dit qu'il avait les yeux fixés sur quelqu'un qui se tenait derrière elle. Du coin de l'œil, je vis qu'elle le dévisageait, puis ses épaules parurent se voûter. Peut-être la colère la soutenait-elle, mais c'est une émotion difficile à entretenir quand son objet s'y montre insensible. Elle reprit dans un murmure, d'un ton amer : « Va, mange, bois, et puis dors. Nous ferons tout pour toi, qui ne fais rien pour nous. Demain, il faudra se lever tôt pour entamer le voyage. »

Il parut lui obéir, du moins pour le moment. Il porta la chope à ses lèvres, la vida, puis, sans se préoccuper de son sort, la laissa tomber ; dédaignant les plats qu'on lui offrait pendant qu'un nourricier ramassait vivement le récipient, il se dressa sans retenir la couverture qui glissait de ses épaules, et, sans un mot, il tourna le dos à tous, se dirigea vers le lit, s'allongea et se couvrit. Il ferma les yeux et ne bougea plus ; seul, sans doute, je savais que, retiré au fond de lui-même, il ne dormait pas.

Je percevais chez lui une absence de mouvement qui évoquait la mort ou l'agonie, et sur laquelle je préférais ne pas m'attarder. Aussi isolé que lui, je suivis à l'oreille l'activité discrète des nourriciers dans la hutte. Olikéa n'avait pas menti : ils avaient dû s'interrompre pour se mettre à la recherche de mon double, et à présent ils devaient trimer tard dans la nuit afin de tout préparer pour le départ. Tout ce qu'ils n'emportaient pas était soigneusement nettoyé et emballé pour l'été ; on glissait des copeaux de cèdre entre les couvertures et les fourrures avant de les enfermer dans des coffres du même bois, on récurait les marmites et on les pendait à des crochets, on rangeait la vaisselle, et l'on empaquetait minutieusement les vivres pour le trajet. Le lendemain, ils prendraient un repas frugal avant d'entamer la longue marche qui les ramènerait à leurs terrains d'estive. Il n'y aurait pas de marche-vite ; on n'employait cette magie qu'en cas d'urgence. Demain, le Peuple tout entier commencerait l'exode qui convergerait vers le passage dissimulé qui traversait les montagnes et ressortirait sur le flanc ouest.

En moins d'une heure, les dernières tâches s'achevèrent. Les nourriciers se retirèrent, certains dans leurs propres huttes, sans doute pour y terminer leurs propres préparatifs, tandis que trois demeuraient chez l'Opulent et s'étendaient sur des paillasses. Olikéa, par habitude sans doute, vint s'installer près de Fils-de-Soldat ; elle s'assit au bord du lit et défit ses chaussures, puis elle se releva et passa sa robe par-dessus sa tête, sans bruit, à gestes las. Quand elle souleva le coin des couvertures, elle prit un soin exagéré à ne pas toucher ni même effleurer Fils-de-Soldat, se coucha dos à lui, et, au rythme de sa respiration, je sus qu'elle n'avait pas plus envie de dormir que mon double. Avec la ferveur qu'on met dans une prière, je souhaitai que l'un d'eux eût le bon sens de poser la main sur l'autre ; il n'en fallait pas davantage, selon moi, pour abattre la barrière qui se dressait entre eux. Il n'était pas nécessaire qu'ils fussent amoureux ni même qu'ils fissent l'amour cette nuit ; si l'un d'eux faisait le premier pas, ils pourraient se retrouver, percevoir leur peine et leur solitude réciproque et ils y puiseraient quelque réconfort. Mais Olikéa restait les yeux ouverts dans la hutte obscure tandis que Fils-de-Soldat, tout aussi raide, demeurait parfaitement immobile, plongé dans les ténèbres de ses paupières fermées. Et moi, témoin prisonnier, je voyais comment la peine peut rendre deux personnes incapables de s'apporter la moindre consolation. Malgré mon dégoût de Fils-de-Soldat et ma méfiance d'Olikéa, ils m'inspirèrent de la pitié ce soir-là ; la vie nous avait tous traités injustement.

Nul ne se leva de bon matin : chacun avait travaillé trop tard la veille ; mais finalement tous se réveillèrent peu à peu. Olikéa quitta le lit avant que Fils-de-Soldat ne bougeât, et elle s'attela aux derniers empaquetages pendant que les autres nourriciers allaient et venaient, préparant le petit déjeuner de l'Opulent et sortant des vêtements pour l'habiller. Je suivais leurs mouvements derrière les paupières closes de mon double. Ils bavardaient de sujets sans importance, se rappelaient mutuellement de bien fermer les coffres et d'envoyer quelqu'un s'assurer qu'il y aurait du bois pour le feu près de la porte quand ils reviendraient en automne. Ils se poussaient les uns les autres à travailler plus vite, apparemment pressés de partir dans l'espoir de rattraper les autres et de traverser ensemble le col. Quelqu'un dit que Kinrove, ses nourriciers, son clan et ses danseurs avaient déjà pris le départ dix jours plus tôt, et un autre répondit en maugréant que l'Opulent et sa troupe avaient dû vider les pièges à poisson et dévorer les meilleures plantes du long du chemin.

Et Olikéa vint secouer Fils-de-Soldat. « Il est temps de se lever ! Nous devons te donner à manger, t'habiller, et empaqueter ou ranger toute la literie avant notre départ. Tiens, voici une chope de thé chaud. Tu te réveilles ? »

Elle s'exprimait d'un ton absolument neutre. Si je n'avais pas assisté à leur querelle la veille, j'eusse pu croire qu'ils entretenaient des relations aimables, voire affectueuses. Fils-de-Soldat, qui ne dormait plus, ouvrit les yeux et se redressa lentement sur le lit ; quand il prit le récipient des mains de l'Ocellionne, je vis plusieurs nourriciers échanger un regard soulagé : la tempête était passée ; tout irait bien désormais. Il but quelques gorgées puis resta à regarder la vapeur monter de la chope.

« Nous devons bientôt partir, lui rappela Olikéa.

— En effet. » Il se tourna vers Sempayli, un peu plus loin. « Pars tout de suite ; je veux que tu prennes mon cheval et que tu ne nous attendes pas. Veille à ce qu'il paisse en chemin, et, lorsque tu arriveras chez nous de l'autre côté des montagnes, trouve-lui un coin ensoleillé avec de la bonne herbe ; l'hiver a été dur pour lui.

— Tu désires que je me mette en route dès maintenant ? » L'homme avait l'air intrigué.

« Oui.

— Très bien. » À l'évidence, on ne discutait pas avec un Opulent. L'Ocellion se leva et sortit, en s'arrêtant seulement le temps de prendre son sac et de le jeter sur son épaule.

Quand il eut disparu, Olikéa poussa un petit soupir. « Ma foi, je pensais que le cheval pourrait transporter une partie de nos affaires, mais nous nous débrouillerons. Il est temps que tu quittes ton lit pour que nous finissions de ranger les couvertures et nous nous mettions en route. Nous sommes déjà en retard. »

Il fit la moue, mimique ocellionne signifiant la négation. « Non, je ne pars pas avec toi. »

Un nourricier soupira tout haut. Olikéa regarda un instant Fils-de-Soldat d'un air incrédule, puis, comme si elle se prêtait au caprice d'un enfant, elle répondit : « Nous en parlerons en marchant ; en attendant, il faut emballer tes couvertures.

— Je ne plaisante pas », dit-il posément. Je ne sentais plus de colère dans sa voix, mais seulement une lassitude et une résignation effrayantes. « Je n'accompagne pas le Peuple. Tu avais raison, hier soir : je ne vous sers à rien et je ne suis qu'un fardeau. Je ne vois aucun moyen de sauver Likari ; j'ai passé la nuit à réfléchir sans trouver de réponse. Kinrove a dressé sa barrière magique autour de son camp, et je ne puis la franchir sans son accord. Il possède plus de pouvoir que moi, et je suis incapable de le retourner contre lui ; je ne peux même pas m'approcher assez de lui pour tenter de le tuer, et je ne peux pas non plus répéter l'attentat de Dasie : Kinrove ne se laissera plus jamais surprendre ainsi. Ma stratégie pour mettre fin à sa danse a échoué – pire : elle a rendu la danse inefficace. J'ai trahi votre confiance, j'ai trahi la mission de la magie, je n'ai pas su protéger Lisana. Mieux vaut que tu t'en ailles vite en me laissant ici et que tu te hâtes de rattraper ton clan. Dis à Jodoli que je te confie à lui, et franchis avec lui les montagnes jusqu'aux terres d'estive. »

Olikéa plissa les yeux. « Tu as fait partir Sempayli le premier pour qu'il ne puisse pas discuter avec toi, n'est-ce pas ? » Fils-de-Soldat eut un petit sourire qui lui valut un soupir exaspéré de l'Ocellionne. Elle reprit d'un ton âpre : « Cesse de bouder ; nous ne pouvons pas t'abandonner, et nous devrions être déjà en route. »

Mais, alors qu'elle parlait, un des nourriciers regarda les autres puis s'éclipsa discrètement par la porte ; un deuxième l'imita peu après. Fils-de-Soldat les suivit des yeux puis reporta son attention sur Olikéa. « Je ne pars pas. Tu dois t'en aller. »

Furieuse, elle jeta par terre le sac qu'elle tenait. « Et que deviendras-tu si je te laisse ici ? Je ne peux pas faire ça, tu le sais bien !

— Tu le peux et tu le dois. Toi, va-t'en. » Il s'adressait au dernier nourricier qui restait, et qui parut soulagé de recevoir un ordre direct ; il acquiesça gravement de la tête et sortit. Fils-de-Soldat regarda Olikéa. « Toi aussi, va-t'en. »

Elle se tut, les bras ballants ; elle scrutait les traits impassibles de mon double comme pour pénétrer ses pensées. Enfin, elle demanda dans un murmure atone : « Pourquoi ? Qu'est-ce qui te prend ? Pourquoi me fais-tu ça ? Si je pars sans toi, on dira que j'ai abandonné mon Opulent et jeté l'opprobre sur mon clan. »

Il répondit simplement : « Explique à tous que je ne suis pas un Opulent, que ma part d'intrus m'a toujours empêché de devenir celui que je devais être. Toutes mes entreprises se sont soldées par des échecs ; j'ai arrêté le Fuseau des Nomades, mais je n'ai pas réussi à le jeter à terre ; j'ai ralenti l'invasion de la forêt, mais ma part d'intrus a révélé aux Gerniens comment contourner la magie de Kinrove. Oui, c'est vrai ! » s'exclama-t-il devant l'expression choquée d'Olikéa. « À l'époque où je vivais parmi eux, c'est moi qui leur ai dit : "Droguez-vous afin d'émousser vos sens et de résister à la peur." C'est ma faute s'ils ont pu reprendre l'abattage des arbres des ancêtres. Tous les Opulents que je croise affirment que je suis celui qui peut chasser les intrus, mais, même quand j'obéis aux ordres de la magie, je n'arrive à rien. Je dois donc supposer que ma moitié gernienne neutralise mon pouvoir. Même mon attaque contre leur ville n'a été qu'un demi-succès, et mon incapacité à les refouler les a poussés à nous haïr encore plus. Comprends-tu, Olikéa ? Je ne suis pas l'Opulent qui peut sauver le Peuple ; je suis défectueux, comme un fusil qui explose dans les mains du soldat. Quand je m'efforce d'aider le Peuple, je fais autant de mal que de bien, à cause de ma nature divisée. Et pourtant j'aime le Peuple ; aussi, pour son bien, je dois m'en exclure, tandis que tu dois regagner les terres d'estive. J'ignore ce qu'il adviendra de vous là-bas, ni cette année, ni dans celles qui viennent, mais je sais que ma présence ne peut qu'aggraver votre situation.

— Et Likari ? lança-t-elle brusquement alors qu'il reprenait sa respiration. Et ta promesse de le sauver ? J'y ai cru ! Tu as dit, non pas une seule fois mais plusieurs, que tu trouverais un moyen de le ramener. Que fais-tu de cette promesse ? »

Il baissa les yeux et répondit avec réticence, mais d'une voix claire : « Je dois la rompre, non parce que je le veux, mais parce que je ne sais pas comment la tenir. »

L'Ocellionne se tut un long moment, puis une expression de dégoût apparut sur son visage. « Ah, oui ! fit-elle d'un ton acerbe. Maintenant, je te crois. Chez le Peuple, on n'enfreint pas sa parole, mais, chez les intrus, c'est la coutume. » Elle fit la moue puis expulsa l'air de ses poumons en une mimique exagérée de dénégation. « Jamais un véritable Opulent ne dirait une chose pareille. Tu as raison : tu ne fais même pas partie du Peuple, et, en effet, je vais te quitter ; je vais rejoindre mon clan et lui répéter tes propos. On me jugera stupide et déloyale, mais je m'en moquerai, parce que je dois à présent m'occuper moi-même de ce que j'attendais sottement que tu fasses à ma place. Ah, quelle mère sans cœur et perfide je fais ! Le jour même où la danse l'a appelé, j'aurais dû le rattraper au lieu de me fier à ta magie. J'irai voir Kinrove moi-même ; j'ignore comment je récupérerai Likari, mais j'y parviendrai. Je n'aurai de cesse qu'il n'ait retrouvé la liberté ; voilà la promesse que je me fais à moi-même. »

Elle se pencha pour ramasser le sac qu'elle avait laissé tomber, puis le passa sur ses épaules en se dirigeant vers la porte ; elle sortit et s'en alla sans un regard en arrière. Fils-de-Soldat était seul. Il entendit vaguement des voix interrogatrices et celle d'Olikéa qui répondait brièvement ; la conversation se poursuivit, mais elle s'atténua à mesure que les interlocuteurs s'éloignaient puis disparaissaient, hors de vue et hors de portée d'oreille. Il s'assit dans le lit, au milieu de ses couvertures froissées. Dans la cheminée, la marmite oubliée, qui contenait son petit déjeuner, fredonnait sous son couvercle étanche. Il entendit un écureuil glapir dehors, puis le cri d'alarme d'un geai qui affirmait son droit territorial ; les oiseaux devaient déjà fouiller les huttes silencieuses en quête de nourriture oubliée, ce qui indiquait bien que nul ne restait dans le village.

Il quitta lentement son lit, s'approcha de l'âtre et en retira la marmite mijotante. Il regarda ce qu'elle contenait : un ragoût trop cuit de légumes, de viande d'écureuil et de quelques raves en tapissait le fond. Il prit une cuiller à long manche et mangea directement dans le récipient en soufflant sur chaque bouchée pour éviter de se brûler. C'était bon ; malgré tout le reste, le plat avait bon goût, et il le savoura, sachant que plus personne ne lui en préparerait d'autre.

Le ventre plein, il retourna se jeter sur le lit où, comme s'il éprouvait un grand soulagement à se retrouver seul, il se détendit et plongea dans le sommeil aussitôt. Les heures passèrent. En suspens en lui, je me demandais quelles étaient ses intentions. L'après-midi touchait à sa fin quand il se réveilla.

Il termina le ragoût d'écureuil puis se fit du thé. Il en but une chope, la remplit de nouveau et sortit. Ce ne fut une surprise ni pour lui ni pour moi quand nous entendîmes un gros oiseau se percher lourdement dans les branches au-dessus de nous. Tout en buvant son thé à petites gorgées, Fils-de-Soldat parcourut du regard le village désert ; au bout d'un moment, le grand croas se posa par terre et nous contempla de ses yeux brillants. Il alla examiner un bout de chiffon, le retourna et le jeta en l'air pour s'assurer qu'il ne contenait rien de comestible, puis se lissa le bout des ailes. Enfin, il reporta son attention sur moi. « Eh bien ? fit Orandula. Tu as oublié de migrer ?

— Laisse-moi, répondit mon double d'un ton menaçant.

— Tout le monde t'a déjà laissé, observa le dieu ; apparemment, ça n'a rien résolu.

— Qu'en as-tu à faire ? demanda Fils-de-Soldat, acerbe.

— J'en ai à faire que je veux récupérer mes dettes, et tu en as une envers moi, souviens-toi : une vie ou une mort.

— Tu as déjà pris Likari.

— Moi, j'ai pris Likari ? Non. D'ailleurs, si je l'avais pris, je l'aurais "pris", et tu ne me l'aurais pas donné pour payer ce que tu me dois. Non, ta dette tient toujours.

— Ce n'est pas la mienne ! » rétorqua mon double avec violence.

Le croas tourna la tête et posa sur lui un instant un regard étrange, puis il partit d'un rire rauque. « Peut-être, mais, comme vous êtes tous les deux enfermés dans la même chair, je ne vois pas en quoi ça me concerne. Et je veux mon dû.

— Alors, tue Jamère et prends sa vie en paiement, ou sa mort, selon la façon dont tu veux voir les choses ; c'est tout un pour moi. S'il disparaissait, j'arriverais peut-être à réfléchir clairement. » Il finit sa chope. « Si tu le tuais, j'appartiendrais peut-être enfin au Peuple, même s'il me reste impossible de le sauver des intrus.

— Le tuer mais t'épargner ? » L'oiseau pencha la tête de l'autre côté. « Idée intéressante mais difficile à mettre en œuvre. »

D'un geste vif, Fils-de-Soldat abattit sa chope vide sur la tête de l'oiseau. Celui-ci s'écarta, mais le récipient le toucha tout de même, d'un coup violent qui souleva un nuage de plumes et suscita un croassement furieux. Le croas fit deux bonds au sol puis s'envola lourdement ; alors qu'il gagnait de l'altitude, il cria : « Vous paierez tous les deux pour ça !

— Je m'en fiche ! » répliqua Fils-de-Soldat. Il rentra d'un pas décidé à la hutte et se dirigea vers le coffre de cèdre qui renfermait les affaires de Likari ; il l'ouvrit, le fouilla sans ménagement et mit enfin la main sur la fronde. L'arme à la main, il ressortit sans même prendre le temps de refermer le coffre. « La prochaine fois, je le tuerai, dit-il tout haut.

— Je ne pense pas que tu puisses tuer un dieu, fis-je dans sa tête.

— Ça vaut la peine d'essayer, marmonna-t-il.

— Que t'a dit Lisana ? demandai-je à brûle-pourpoint. Qu'est-ce qui a tout changé ?

— Je te le répète : j'ai attisé la haine des Gerniens, et elle est désormais plus forte que leur peur. Tous les jours, les équipes d'ouvriers se rendent sur le chantier, et elles ont quasiment réparé les dégâts que tu as occasionnés à la route. Les hommes aiguisent déjà leurs haches ; bientôt, les arbres commenceront à tomber, et, avec le temps, le tour viendra de celui de Lisana. Même si je mourais ce soir et qu'un kaembra me prenne, nous aurions peut-être un an du temps de ce monde à passer ensemble avant de disparaître tous les deux.

— Sans arbre, il n'y a pas de vie après la mort pour un Ocellion ? »

Il secoua la tête d'un geste impatient, comme pour me rejeter, moi et mes questions ridicules, loin de lui. « Si, mais pas celle que nous partagerions si nous occupions chacun un arbre. » Tout en parlant, il descendait vers la rivière ; il éprouvait une curieuse sensation à se déplacer en plein jour, tout seul. Tout le Peuple avait disparu, et le silence de la forêt vivante qui n'en était pas un avait reflué pour prendre sa place.

Je n'eus pas besoin d'explications supplémentaires pour comprendre ce qu'il voulait dire. « Ton esprit subsisterait, mais sans les perceptions du corps, et Lisana se trouverait ailleurs ; tu désires continuer à vivre là où elle est, avec l'illusion de demeurer physiquement dans notre monde.

— Je ne parlerais pas d'illusion. Ne choisirais-tu pas cette option si tu le pouvais ? Passer toute la durée de vie d'un arbre avec quelqu'un que tu aimes de tous tes sens ?

— Si, sans doute. » Je réfléchis un instant et me demandai si Amzil accepterait encore de passer une existence ordinaire avec moi. Question futile : je ne pouvais même pas lui offrir cette vie-là. « Mais je sens qu'elle t'a dit autre chose ; que t'a-t-elle révélé ?

— Ce que nous savons depuis quelque temps, toi et moi : que, divisés, nous ne sommes utiles à personne ; la magie n'opère pas, ou, au mieux, elle n'opère qu'à moitié. Quand Lisana nous a séparés afin de me garder près d'elle et de me dispenser son enseignement, elle ne prévoyait pas que nous resterions dissociés.

— En effet ; si je me souviens bien, je devais mourir de la peste.

— Non ; je devais récupérer le corps et tu devais te fondre en moi, corrigea-t-il.

— Je ne vois pas la différence ; n'est-ce pas notre situation actuelle ?

— Non : tu t'opposes à moi, comme je m'opposais à toi quand tu cherchais à exercer un empire total sur nous deux. » L'espace d'un instant, il me devint invisible, perdu dans ses pensées. Puis il reprit avec réticence : « Nous ne devions faire qu'un ; je devais t'absorber, toi, tes connaissances, tes traits de caractère, ta compréhension de ton peuple. Nous n'aurions formé qu'une seule personnalité, complètement intégrée, la magie aurait eu accès à nous deux et aurait pu réaliser ses buts.

— Mais je t'ai tué.

— Enfin, tu l'as cru. Et j'ai résisté à tes efforts pour m'absorber, comme tu refuses de devenir une partie de moi. Mais, tant que nous ne formons pas qu'un, la magie reste inefficace ; elle agit par demi-mesures, plus destructrice que si elle ne faisait rien. Lisana en est convaincue.

— Elle en est sûre ? » Il me semblait qu'il existait une différence entre la conviction et la certitude.

« Oui », dit-il, mais il avait tardé à répondre. Je doutais que la femme-arbre fût certaine de son fait. Nous avions franchi le pont ; mon double s'assit à nouveau sur le rocher où il avait passé tant de temps la nuit précédente, et que je trouvai aussi inconfortable qu'alors. Un maigre soleil de printemps filtrait entre les branches. Fils-de-Soldat ferma les yeux et tourna le visage vers la lumière dont il savoura la chaleur.

« Ce n'est qu'une hypothèse », fis-je d'un ton accusateur.

Il poussa un soupir âpre. « Oui, en effet ; et alors ? Rien d'autre ne marche ; je pense qu'il nous faut accepter ce qu'elle dit.

— Que proposes-tu ?

— Que nous baissions tous deux notre garde pour ne faire plus qu'un, complètement. » Le soleil, tout maigre qu'il fût, commençait à lui brûler le visage ; il soupira puis, avec un grognement d'effort, se leva et gagna l'abri des arbres. Il y faisait froid, mais l'éclat blessant ne touchait plus sa peau ; il trouva un tronc abattu et couvert de mousse sur lequel il s'assit.

Par une brusque intuition, je compris ce qui l'avait fait changer d'avis. « C'est Lisana qui veut que nous nous réunissions.

— Oui. » Il serra les dents puis poursuivit : « Elle m'a renvoyé en disant que je ne devais plus revenir auprès d'elle tant que nous resterions séparés. Elle… elle m'a violemment reproché de ne pas encore t'avoir intégré à moi.

— Donc, je dois baisser mes défenses et te laisser m'absorber, afin que tu puisses employer la magie dans toute sa mesure pour détruire ou chasser mon peuple et permettre au tien de vivre en paix – et à toi de retrouver Lisana.

— Oui, répondit-il, les mâchoires crispées. Fonds-toi en moi, laisse la magie opérer comme elle le doit ; accepte ce que nous sommes, un homme issu de deux cultures. Aucun des deux camps n'est innocent, Jamère. »

Je ne pouvais disputer ce point.

Comme je me taisais, il reprit : « Aucun de nous deux n'est innocent ; au nom de nos peuples, nous avons commis de grandes fautes. »

Cela aussi était vrai. Assis au milieu de la journée de printemps, je réfléchis à sa proposition.

« Comment savoir lequel de nous deux demeurera maître de la conscience ? » demandai-je à brûle-pourpoint. Ne proposerait-il pas cette « fusion » s'il n'avait pas la certitude d'en hériter ?

« Comment savoir si ce sera l'un de nous ? Ensemble, nous deviendrons peut-être quelqu'un d'autre, quelqu'un qui n'a jamais existé, ou bien l'homme que nous aurions dû devenir après notre enfance. » Distraitement, il arracha de la mousse du tronc pourrissant ; des insectes s'égaillèrent pour se cacher à nouveau sous la mousse.

« Je pourrais être celui que j'aurais dû devenir avant que Lisana ne me divise en deux », dis-je, pensif. Le fils militaire de mon père. Je me réapproprierais l'inflexibilité dont Fils-de-Soldat m'avait dépouillé, cette capacité à m'endurcir pour accomplir les gestes affreux que la guerre exige d'un soldat.

Il éclata d'un rire amusé. « Ne pourrais-je en dire autant ? N'ai-je pas ressenti le même déchirement quand tu t'es séparé de moi pour retourner chez ton père puis partir dans ton école ? Crois-tu que je n'éprouve pas exactement les mêmes choses que toi ? J'ai eu une enfance, j'ai reçu l'éducation d'un Gernien et d'un fils de nouveau noble ; je me rappelle les mots affectueux de notre mère, la musique, la poésie, les bonnes manières et la danse. J'avais un côté plus doux alors. Puis l'expérience avec Dewara m'a profondément changé, la femme-arbre m'a pris sous sa tutelle, et j'ai vu un étranger repartir aux commandes de mon corps ; mais je suis toujours resté "moi" à mes propres yeux ; je ne suis jamais devenu quelqu'un d'autre. Et toi qui te crois le seul propriétaire légitime de ce corps ! Le seul à décider de ses actions dans ce monde ! Ne comprends-tu pas que j'ai précisément le même point de vue ? »

Je me tus quelque temps, puis je répondis avec raideur : « Je ne vois aucune solution à ce problème.

— Vraiment ? Elle me paraît pourtant évidente : nous baissons nos défenses et nous cessons de nous opposer ; nous fusionnons, nous ne faisons plus qu'un. »

Je m'apprêtais à réfléchir quand la réponse me vint, parfaitement claire. « Non. Je ne peux pas.

— Pourquoi ne veux-tu pas au moins essayer ?

— Parce que, quel que soit le résultat, il m'est intolérable d'y songer. Si nous nous réunissons et que tu domines, je cesserai d'exister ; ça reviendrait à me suicider.

— Je peux tenir le même raisonnement à l'inverse. Mais peut-être que rien de cela ne se passera ; comme je l'ai dit, nous pourrions former une personne nouvelle, complète, qui ne serait dominée par aucun d'entre nous.

— Ça n'en resterait pas moins intolérable. Je n'imagine pas que quelqu'un possédant ma morale puisse supporter le souvenir que ce que tu as fait à Guetis ; à mes yeux, c'étaient des actes absolument répréhensibles, et je ne puis accepter qu'ils fassent partie de mon passé. Je le refuse ! »

Il se tut quelque temps, puis il demanda à mi-voix : « Et tes actes de guerre contre le Peuple ? Le kaembra de Lisana que tu as abattu ? C'est toi qui as révélé aux intrus comment vaincre la magie et couper nos arbres des ancêtres. N'était-ce pas nous détruire ? »

C'étaient des arbres, non des hommes. La pensée jaillit dans mon esprit puis mourut sans que je l'eusse exprimée ; ce n'était pas vrai : quand les arbres étaient tombés, les esprits qui les occupaient avaient péri ; par mes actes, j'avais causé autant de morts que Fils-de-Soldat. Le sang n'avait pas taché nos mains ; nous avions laissé à d'autres le soin de se les salir ; mais les morts dont je portais la responsabilité étaient aussi impardonnables que le massacre des soldats à Guetis. Quel coup je reçus au cœur alors, et comme cette prise de conscience me fouailla l'âme ! Pire encore, Epinie m'avait appris que l'abattage des arbres reprendrait bientôt, s'il n'avait pas déjà recommencé, et je pris soudain conscience qu'il s'agissait du résultat de deux demi-mesures de la magie : j'avais révélé au commandant de Guetis qu'il suffisait de droguer les ouvriers pour neutraliser la peur qu'exhalait la forêt, et puis Fils-de-Soldat, avec son attaque sanglante, avait assez réveillé la haine des Gerniens pour qu'ils décident de s'acharner malgré leur terreur ou leur désespoir. Ensemble, nous avions causé les pertes qu'avait subies le Peuple, et, ensemble, nous avions rendu possible le massacre de Guetis. Si nous n'avions été qu'un seul individu, ces événements eussent-ils eu lieu ? Si Fils-de-Soldat avait dû éprouver mes émotions, eût-il été capable de commettre de telles atrocités ? Si nous n'avions fait qu'un, eussé-je mieux réussi à me défendre à Guetis et à exiger qu'on m'écoutât ?

Brusquement, je perçus un changement en moi. Je ne m'étais pas rendu compte que je me tenais encore à l'écart du Peuple, que les arbres des ancêtres demeuraient pour moi des arbres et non le réceptacle de l'esprit des aînés. Le remords et la peine que m'inspira tout à coup leur mort m'ébranlèrent, à l'unisson des émotions de mon double, et, en cet instant, nous fûmes plus en harmonie que jamais ; pendant un clin d'œil, nous ne fîmes plus qu'un, puis nous nous séparâmes à nouveau. Il avait retenu sa respiration, et il poussa un soupir.

« Jamère, dit-il à mi-voix, ensemble ou séparément, il nous faut supporter les remords et le sentiment de culpabilité qui découlent de nos actes ; ensemble ou séparément, nous ne pouvons pas modifier le passé. Mais, ensemble, nous pouvons peut-être changer l'avenir.

— Mais dans quel sens ? demandai-je avec amertume. En annihilant les survivants de Guetis ? Si je fusionne avec toi, tu y gagneras le fait que la magie pourra enfin accomplir sa volonté ; mais moi, qu'ai-je à y gagner ? La certitude que les gens que j'aime finiront massacrés. J'ai toutes les raisons du monde de m'y opposer, et aucune d'accepter. »

Il se tut pendant un moment. Par ses yeux, je parcourus le monde qui nous entourait. Près de nous, la rivière murmurait en passant sur les pierres, et, au-dessus de nous, la brise matinale agitait le sommet des arbres. La paix régnait dans la forêt – la paix et la solitude ; peut-être ne connaîtrais-je plus la paix que dans la solitude. Je tentai d'imaginer ce que je ferais si Fils-de-Soldat et moi nous fondions l'un dans l'autre et que je devinsse la personnalité dominante ; je resterais prisonnier d'un corps marqué comme celui d'un Ocellion. Je ne pourrais pas retourner à Guetis, et je ne pourrais pas retourner auprès d'Amzil. Poursuivrais-je mon existence d'Opulent des Ocellions, servi par Olikéa le jour, et allant voir Lisana la nuit ? Non, sans doute. J'avais renvoyé mes nourriciers ; la danse de Kinrove avait définitivement emporté Likari, et Olikéa n'accepterait plus jamais de s'occuper de moi, même si je supportais l'idée de revenir auprès d'elle alors que le spectre de son fils perdu se dresserait entre nous. Alors que me restait-il ?

« Si nous ne faisions plus qu'un et que tu sois dominant, que ferais-tu ? » demandai-je à mon double.

Malgré sa franchise, sa réponse me glaça le sang. « Ce que la magie exigerait de moi, parce qu'alors elle s'adresserait à nous clairement et nous – ou plutôt "je" saurais ce qu'elle attend de moi.

— Non. » Je ne pouvais pas prendre d'autre décision.

Il soupira. « Je le craignais. » Il se leva puis s'étira avec précaution, à cause de ses douleurs dans les reins ; le bas du dos lui faisait mal presque en continu, sauf quand un nourricier le massait. C'était sans doute le prix à payer pour le rôle d'Opulent : un dos douloureux, des pieds gonflés et sensibles, des genoux qui se plaignent. Il prit une longue inspiration. « Je regrette, Jamère ; Lisana m'avait demandé de te laisser la possibilité d'accéder à ma requête. Elle t'aime, puisque tu fais partie de moi, et elle ne voulait pas t'imaginer angoissé par ce qui doit être fait. Je t'ai donc offert le choix. J'ai fait tout ce que je pouvais ; j'ai essayé de te forcer à te fondre en moi ; j'ai essayé de te réduire au silence et de t'absorber ; j'ai essayé de te réunir à moi par la ruse. Tout a échoué. Mais, tant que tu n'auras pas fusionné avec moi, je ne pourrai accomplir ce qu'on attend de moi – et je ne pourrai pas rejoindre Lisana. » Il s'interrompit puis déclara : « Tu as eu l'occasion d'accepter, de t'unir à moi de ton plein gré ; je t'en ai laissé le loisir comme je l'avais promis à Lisana. Tu as refusé. Tu es sûr de ta décision ?

— Sûr et certain. »

J'avais à peine formulé ma réponse qu'il m'attaqua – ou du moins tenta de m'attaquer. Je le sentis lancer son assaut ; il me saisit et m'interdit tout mouvement ; je ne pouvais pas fuir sa conscience de moi, ni échapper à ma conscience de lui. Il me tenait prisonnier.

Mais il ne pouvait rien de plus contre moi. Je lui parlai. « Tu peux m'isoler, tu peux me dépouiller de mes sens, tu peux me traiter par le mépris, mais tu ne peux pas me tuer, et tu ne peux pas me forcer à me fondre en toi, pas plus que je ne peux t'y contraindre. »

Il me tint encore un moment pieds et poings liés, puis il jeta la tête en arrière et poussa un hurlement de rage. « Je te hais, Jamère ! Je te hais, je te hais, je te hais ! Je hais tout ce que tu représentes, mais je dois t'intégrer à moi. Il le faut ! » Il cria ces derniers mots à la face du ciel.

« Tu ne peux pas », répondis-je d'un ton ferme.

Il reprit le chemin qui, à travers la forêt, ramenait à la rivière et au pont, puis, à grandes enjambées, il entama la montée jusqu'à la hutte de Lisana.

« Et maintenant ? » demandai-je.

Il poussa un petit soupir, comme pour écarter la question. « Je vais faire ce que je dois faire : m'humilier. Je vais aller voir Kinrove et m'efforcer de conclure le meilleur marché possible. » Il se gratta la joue et ajouta d'un ton pensif : « Et peut-être tenir une promesse. »

Et, sans me laisser le temps de l'interroger davantage, il me coupa de nouveau de ses pensées. Encore une fois, je me retrouvai enfermé, sans connaître ses intentions, emporté vers un destin que je ne maîtrisais pas.

2

Décisions

Il prit son temps. Je pense qu'il avait renvoyé sa suite afin de pouvoir s'entretenir seul avec moi ; peut-être s'attendait-il à une lutte acharnée, une confrontation de ses deux personnalités à laquelle il ne voulait pas de témoin, et, à présent, il s'activait d'un air décidé, comme s'il empruntait un chemin qu'il avait prévu et qu'il redoutait. Il retourna à la hutte et se dirigea aussitôt vers la cachette qu'avait créée Olikéa. Dans un grand coffre en cèdre, sous les couvertures en laine et les fourrures qu'il sortit et entassa sans cérémonie sur le sol, se dissimulait un double fond ; il eut du mal à le soulever, car il ne possédait ni poignée ni crochet, mais il finit par l'ouvrir et demeura un moment à contempler ce qui restait du trésor de Lisana. Je crus percevoir chez lui un sentiment de regret ou de répugnance, mais sans en avoir de certitude car il me tenait à l'écart de ses émotions.

Il étendit une petite couverture par terre et déposa le trésor au milieu, puis, un court instant, il tint l'Enfant d'Ivoire entre ses mains et, du bout de l'index, parcourut ses traits indistincts, ses joues rondes, ses yeux clos ; enfin, il le replaça dans le sachet en cuir souple où le conservait Olikéa et l'ajouta d'un geste résolu aux autres objets. Cela fait, il réunit les quatre coins de la couverture, les noua ensemble, jeta ce baluchon sur son épaule et sortit en laissant les autres couvertures sur le sol et la porte grande ouverte ; soit il n'avait pas l'intention de revenir, soit il avait tellement l'habitude que ses nourriciers rangeassent derrière lui qu'il ne faisait plus attention au désordre qu'il laissait.

Le soleil descendait déjà vers l'horizon, et la lumière disparaîtrait bientôt. « Tu es stupide de te lancer dans un voyage à cette heure du jour », lui dis-je, mais il ne m'écouta pas ; sans doute ne remarqua-t-il même pas ma pensée. Pendant quelque temps, il marcha en suivant la piste ; je crois qu'il savourait la fin de la journée de printemps, tout comme moi malgré mes inquiétudes. Rien n'a exactement la même odeur qu'une forêt au printemps ; il faisait assez frais pour rendre notre déplacement agréable, car, même un obèse peut apprécier le début d'un trajet à pied. Mais, bien vite, mes pieds et mes genoux commencèrent à protester, et mon dos me rappela que nous avions passé trop de temps assis sur un rocher la nuit précédente. Le baluchon s'alourdit sur mon épaule, et la sueur se mit à couler sur moi en m'irritant la peau.

Mon double prit une grande inspiration, souffla longuement, puis se lança brusquement dans la marche-vite. Je ne m'y attendais pas, et le déplacement brutal d'un endroit à l'autre me laissa le cœur au bord des lèvres. Fils-de-Soldat n'avait pas mangé aussi copieusement qu'il y était habitué, et bientôt il puisa dans la magie qu'il avait emmagasinée. Il me sembla l'entendre maugréer à ce sujet, mais je n'en suis pas sûr. Comme, en plus de la marche-vite, il avait adopté une longue foulée, le paysage filait autour de nous à la vitesse de l'éclair. La nuit tomba, et nous continuâmes d'avancer. L'épuisement l'accablait et son estomac rugissait de faim quand il aperçut un feu au loin devant nous ; il interrompit alors la magie, et, malgré son dos douloureux et ses genoux qui se plaignaient, il se força à se déplacer normalement en approchant du bivouac.

La piste montait ; de part et d'autre, l'éclat des flambées clignotait entre les branches couvertes de bourgeons, comme un chapelet de pierres scintillantes répandu sur le versant de la montagne. À l'approche du camp, les odeurs de cuisine faillirent faire fléchir les genoux de mon double ; dans l'air nocturne flottait de la musique, tambours, cordes et voix du Peuple qui partageaient une même chanson. Les souvenirs de Lisana sur la migration vers l'ouest remontèrent à la surface de son esprit : les jeunes gens avaient toujours adoré le trajet qui ramenait les clans sur le flanc occidental des montagnes : durant les nuits illuminées par les feux de camp, ils se mêlaient, retrouvaient d'anciens amis, en découvraient de nouveaux, prenaient des amants ou des maîtresses, troquaient entre eux et comparaient les marchandises qu'ils emportaient. C'était un moment qu'ils attendaient avec autant d'impatience que les Gerniens la saison des réceptions à Tharès-la-Vieille. Les meilleurs conteurs de tout le Peuple se donnaient en spectacle, on chantait, on partageait les repas et les couvertures ; on s'amusait beaucoup. Plus haut sur le versant, un cri de joie retentit, peut-être à cause d'un conteur qui venait d'achever la narration d'une histoire appréciée de tous, car des rires et des applaudissements y firent écho. Si j'avais été un petit Ocellion, j'eusse déjà été en train de gravir la pente en courant pour voir quel merveilleux événement se déroulait.

Cette idée ramena brutalement Likari à mon esprit. Quelques instants plus tard, Fils-de-Soldat soupira et interrompit sa montée ; avait-il eu la même pensée que moi ? Mais il ne s'arrêta que brièvement et reprit bientôt sa pénible marche, les mollets protestant violemment contre l'effort, et l'estomac grondant, affolé par les odeurs de cuisine.

La disparition de mon double la nuit précédente avait amplement retardé le départ de ses nourriciers, aussi ne s'étonna-t-il pas de les retrouver autour du premier feu de camp auquel il parvint ; Olikéa était là aussi, accroupie près d'une marmite qui mijotait sur les braises. Au premier coup d'œil, avec ses traits affaissés et ses cheveux défaits, on eût dit une vieille femme ; elle portait une robe d'hiver pour se protéger de la fraîcheur de la nuit printanière, mais il s'agissait d'un vêtement de travail, non des fanfreluches que certaines femmes avaient enfilées à l'occasion du printemps. La douleur la vieillissait, et ce n'était plus la créature débridée, coquette, qui m'avait séduite un an plus tôt. Je restais abasourdi devant tous les changements qui s'étaient produits en si peu de temps.

Pendant que je réfléchissais ainsi, Fils-de-Soldat pénétra sans s'annoncer dans le cercle de lumière. Un nourricier remarqua le premier sa présence et poussa un petit cri de surprise ; Olikéa sursauta devant lui, reporta aussitôt son regard sur sa marmite et déclara avec aigreur : « Te voici donc ; tu as retrouvé ton bon sens, alors. » Son ton n'avait rien d'accueillant, mais il me semblait avoir observé une fugitive expression de soulagement sur ses traits quand elle l'avait vu.

« Sans doute. » Il posa son baluchon près de lui ; au bruit qu'il fit en touchant le sol, l'Ocellionne regarda mon double, le front plissé.

« Qu'as-tu apporté ?

— Le trésor de Lisana.

— Mais… Mais… » La contrariété le disputait chez elle à l'atterrement. « Tu n'as tout de même pas l'intention de le vendre aux intrus ! Ils ne t'en donneront jamais ce qu'il vaut. Et il renferme des objets qu'il ne faut jamais disperser, des objets d'une telle valeur que… »

Il l'interrompit. « Je sais. » Il poursuivit d'un ton radouci :
« Je ne me propose pas de les vendre aux Gerniens ; je ne
pense d'ailleurs pas qu'ils commerceront avec nous cette
année. Nous serions bien avisés de rester au cœur de la
forêt, bien à l'abri d'eux et de leurs balles. Non, je ne des-
tine pas ce trésor aux Gerniens mais à Kinrove.

— À Kinrove ? » Il y avait du dégoût dans la voix
d'Olikéa, mais une étrange lueur d'espoir dans ses
yeux. « Pourquoi ?

— Je veux passer un marché avec lui.

— Pour récupérer Likari ?

— Ce sera un des termes du contrat que j'espère
conclure. »

Elle avait repris sa position accroupie près du feu ; elle
me regarda, la louche à la main. Je ne saurais décrire la
gamme d'émotions qui s'affichèrent sur ses traits ; elle
baissa les yeux en battant rapidement des paupières,
sans chercher à refouler ses larmes ; elles coulaient librement sur ses joues quand elle me regarda de nouveau.
D'une voix rauque, elle dit : « Tu as besoin de manger et
de te reposer. Dans quel état tu t'es mis à parcourir la
montagne en chemise et de nuit et en chaussons ! Voilà
ce qui arrive à un Opulent sans nourriciers ; aucune
jugeote. Fais-toi un siège, je t'apporte un repas. »

Sous le ciel de la nuit, il était facile de parler à la magie.
Sur l'ordre de Fils-de-Soldat, la mousse et la terre se sou-
levèrent pour former de confortables sièges pour lui et
ses nourriciers, qui se précipitèrent vers lui, soulagés de
retrouver le quotidien de leur existence. Mon double
avait pris la route, couvert de ses seuls vêtements de nuit,
mais il ne s'en rendit compte qu'alors ; une femme
apporta de l'huile dont elle oignit ses pieds et ses mollets
meurtris ; une autre vint avec de l'eau tiède pour qu'il se
lavât, puis lui peigna les cheveux en arrière et les tressa
afin qu'il eût le visage dégagé pour manger. Cela fait,

Olikéa déposa devant lui un grand saladier plein d'une épaisse soupe de gesse de mer et de poisson séché, accompagnée de deux miches noires de pain de voyage qui avaient passé la semaine à cuire, repas simple et solide dont je regrettai qu'il n'y eût pas un plein tonneau au lieu d'une soupière, même généreuse. Fils-de-Soldat mangea sans parler, revigoré par la nourriture, et Olikéa se garda de le déranger par ses questions.

Ensuite, la magie leur façonna une couche pour tous les deux ; les autres nourriciers restèrent à distance, par respect ou bien parce qu'ils sentaient que la paix reviendrait d'autant plus vite que l'Opulent et sa première nourricière auraient du temps pour s'entretenir tranquillement. Olikéa et Fils-de-Soldat s'allongèrent ensemble sous une couverture en fourrure de renard ; prudente, l'Ocellionne plaça le baluchon au trésor à ses pieds, là où nul ne pourrait y toucher sans la réveiller.

Le long de la piste, dans les différents camps des clans, la fête continuait à battre son plein. La première nuit de la migration, c'était le temps des réunions et du renouvellement des liens d'amitié. Je trouvais étrange de voir les Ocellions si peu inquiets de ce qui les attendait probablement de l'autre côté des montagnes ; au mieux, ils pouvaient espérer passer l'été terrés dans les forêts, à chasser et à pêcher, et n'en sortir qu'occasionnellement pour commercer ou entretenir d'autres relations avec Guetis. Il m'apparut alors que cette estive se rapprocherait peut-être beaucoup plus de leurs anciennes traditions que s'ils la passaient à troquer et à faire des visites. Si les deux groupes, Ocellions et Gerniens, s'entendaient pour demeurer à l'écart l'un de l'autre, ils parviendraient peut-être à établir une sorte de paix entre eux, mais je craignais que bientôt l'abattage des arbres ne reprît et que le Peuple ne se sentît contraint aux représailles. Tout en me demandant quelle forme elles prendraient, j'écoutai les chants et la musique qui emplissaient la nuit de printemps ; j'avais peine à concilier ces battements de tambour et ces voix avec les images d'incendie et les cris des agonisants qui restaient dans ma mémoire. Comment l'humanité pouvait-elle passer si aisément du sublime au barbare ?

Olikéa se pressa contre Fils-de-Soldat, non de façon séductrice, mais comme quelqu'un qui cherche chaleur et réconfort ; il passa les bras autour d'elle et l'attira contre lui. Ses cheveux sentaient le feu de bois ; au moment où il posa le menton sur le sommet de son crâne, il éprouva un vague désir, réprimé par les douleurs de son dos et de ses jambes. Il eut l'impression d'être un vieillard. Je me rapprochai pour écouter ses émotions et ses pensées, car Olikéa lui parlait, le visage enfoui contre sa poitrine.

« Quand nous arriverons aux terrains d'estive et que tu iras voir Kinrove, que se passera-t-il ? demanda-t-elle.

— Non, murmura-t-il.

— Non ? répéta-t-elle, perplexe.

— Je n'attendrai pas que nous parvenions aux terrains d'estive. Demain, à notre lever, nous mangerons copieusement, puis nous nous mettrons en route en marche-vite, toi et moi, pour aller chez Kinrove. Je n'attendrai pas davantage. Tu as assisté au commencement de l'histoire, tu dois en voir la fin.

— Mais…

— Chut. Dormons tant que nous en avons l'occasion. Et puis je ne supporte pas de songer davantage à ce que je dois faire. » Il ferma les yeux, et, écrasé par une fatigue qui n'était pas due qu'à sa longue marche, il sombra rapidement dans le sommeil. Pour ma part, demeurant éveillé derrière ses paupières closes, je perçus le grand soupir de soulagement d'Olikéa, qui se détendit dans ses bras. Elle aussi s'endormit, mais mon esprit resta conscient, et, pendant des heures, j'écoutai les bruits du Peuple dans la nuit.

Le matin suivant fut sans doute le plus agréable de mon existence. Les mouchetures de lumière sur le sol, le gazouillis des oiseaux, les odeurs de la forêt doucement réchauffée par le soleil, le plaisir d'avoir chaud alors que le reste du monde tremble encore de froid, rien dans ma mémoire ne peut rivaliser avec ce souvenir. Un long moment voluptueux, je me bornai à être, insouciant des querelles et des problèmes encore à résoudre. J'étais comme un animal qui s'éveille à la splendeur du printemps.

Puis je voulus m'étirer, n'y arrivai pas, et me rappelai brutalement que je restais prisonnier de mon propre corps. Fils-de-Soldat émergea du sommeil, et Olikéa commença de s'agiter entre ses bras ; elle se glissa rapidement hors des couvertures et se mit à s'activer pendant qu'il volait quelques instants d'assoupissement, au chaud sous les couvertures, mais l'air frais du matin sur le visage. Aux arômes du petit déjeuner, il se redressa vivement, les grondements de son estomac soudain plus impérieux que le clairon matinal de l'École. Olikéa préparait un gruau qu'elle saupoudra généreusement de baies séchées, et elle lui en apporta un bol décoré d'une spirale de miel. Il mangea le plat avec une cuiller en bois et le fit descendre d'une chope de thé brûlant ; pendant ce temps, ses nourriciers sortirent des vêtements pour lui, car les Ocellions allaient habillés tant qu'ils n'avaient pas atteint l'autre flanc des montagnes et son climat plus hospitalier.

Olikéa s'agenouilla devant Fils-de-Soldat pour fixer sur ses pieds et ses mollets les lanières de genouillères en cuir lâche, après qu'il eut enfilé le pantalon de daim souple et la tunique de laine qu'elle lui avait apportés. Les bottes attachées, il se leva et prit le sac au trésor sur son épaule. « Allons-y, dit-il.

— Je dois d'abord nettoyer et ranger la vaisselle et la couverture en renard sous laquelle nous avons dormi.

— Laisse-les.

— Comment ?

— Laisse-les, te dis-je. Je ne pense pas que nous en aurons encore besoin ; j'ai l'intention de voyager en marche-vite toute la journée pour rattraper Kinrove et lui parler ce soir.

— Mais… » Elle jeta un regard alentour sur leur bivouac, les autres nourriciers, la vaisselle sale et la literie en tas.

Il céda devant son air éperdu. « Prends seulement ce dont tu penses avoir besoin ; les autres nourriciers s'occuperont du reste. »

Je sentais qu'il se moquait de ce qu'elle emportait ou non. Il y avait une irrévocabilité dans sa décision qui laissait présager une fin rapide de toutes choses. Rien de ce qu'elle empaquetait ne lui servirait, et lui-même se chargeait du trésor de Lisana. Avait-il l'intention de se suicider ? Ce fut la première idée qui me vint, mais je ne voyais pas pourquoi ni comment il prendrait pareille décision. En quoi Likari en tirerait-il profit ? À moins que, après avoir obtenu la libération de l'enfant grâce à ses offrandes, il n'imaginât pas d'autre solution pour nous deux ? J'examinai cette perspective et la trouvai vaguement séduisante, puis d'autant plus effrayante qu'elle n'était plus aussi inconcevable qu'elle l'eût été jadis.

Olikéa fit les paquets vite et intelligemment, choisissant une couverture, des vivres et les objets de première nécessité. Je percevais sa hâte de se mettre en chemin pour retrouver son fils. Les autres nourriciers acceptaient la décision de l'Opulent ; leur équanimité face à ses actions changeantes reflétait le statut des magiciens dans leur société : la magie motivait ses décisions, et on ne les remettait jamais en cause. Ils répartirent entre eux les affaires qu'avait portées Olikéa et nous dirent adieu.

Sans plus de cérémonie, Fils-de-Soldat prit la main de l'Ocellionne, et ils entamèrent leur marche-vite. Non seulement il puisait copieusement dans son pouvoir pour alimenter leur déplacement magique, mais il allongeait la foulée pour avancer physiquement le plus vite possible. L'énergie qu'il y mettait me déconcertait, et, dès le milieu de la matinée, je sentais nettement l'effort qu'il s'imposait autant que la baisse de ses réserves de magie. Olikéa déclara l'inquiétude que lui causait un tel train, le son de sa voix s'atténuant puis revenant alors qu'ils croisaient rapidement les autres clans en migration. « Tu vas t'épuiser. Ne devrais-tu pas conserver un peu de pouvoir pour la confrontation avec Kinrove ?

— J'en aurai assez. Il n'y a pas que la magie et le trésor qui puissent ébranler Kinrove. » Il se tut un instant. « Je possède autre chose qu'il désire », ajouta-t-il, énigmatique.

À la fin de l'après-midi, nous avions franchi le tunnel du col et émergé de l'autre côté. Quel plaisir de parvenir dans une région plus chaude, où la lumière du soir perdurait ! Le printemps paraissait mieux installé sur ce flanc des montagnes ; les petites feuilles des arbres caducs brillaient de toutes les teintes de vert, et l'air résonnait du gazouillis des oiseaux.

Quand Fils-de-Soldat s'arrêta, je crus qu'il allait déclarer avoir assez voyagé pour la journée, mais non : il prit quelques instants pour reprendre son souffle puis il demanda : « Où le clan de Kinrove passe-t-il l'été ? Où se déroule sa danse ?

— Il doit se trouver à un jour d'ici, au sud-ouest. Il estive depuis des années dans un site qui offre de l'espace, de l'eau et à manger pour ses danseurs.

— Peux-tu me décrire le trajet pour s'y rendre ?

— Oui. » Olikéa s'interrompit brusquement et secoua la tête. « Mais non, pas assez précisément pour te permettre d'y aller en marche-vite. Non ! » répéta-t-elle d'un ton plus catégorique devant l'expression de Fils-de-Soldat. « On sait les dangers de la marche-vite quand l'Opulent ne connaît pas bien le chemin, et l'on raconte l'histoire de deux Opulents qui ont disparu en tentant ce défi. Si tu ne disposes pas des souvenirs de ton mentor pour te guider, tu n'y arriveras pas. Non, il faudra aller à pied. Mais ce n'est pas grave, Jamère ; il ne s'en faut que d'une seule nuit. »

Je sentis à sa voix qu'attendre même une seule nuit lui paraissait trop long, mais qu'elle refusait de laisser Fils-de-Soldat prendre des risques par ignorance. Une résolution tout aussi forte animait mon double. « D'accord, mais nous continuerons à marcher ; au sud-ouest, dis-tu ?

— Oui, mais il faut d'abord redescendre un peu ; plus bas, nous verrons une piste qui va dans la bonne direction. Nous n'aurons pas de mal à la trouver : les danseurs voyagent avec Kinrove et ont dû piétiner le chemin. Viens, mais à une allure raisonnable ; n'oublie pas que je suis toujours ta nourricière et que je dois prendre soin de toi. »

Ils ne se déplaçaient plus en marche-vite, mais Olikéa lui tenait tout de même la main, et, lorsqu'il voulait accélérer le pas, elle lui imposait un train plus modéré. Comme elle l'avait prédit, ils n'eurent aucun mal à repérer les traces des danseurs de Kinrove, et, quand elles bifurquèrent sur un sentier vers le sud, ils les suivirent. L'Ocellionne ne lâcha la main de Fils-de-Soldat qu'une fois, pour récolter plusieurs groupes de champignons qui poussaient au bord de la piste, et, quand elle revint, elle ralentit encore l'allure ; malgré sa sollicitude, lorsque le jour déclina, Fils-de-Soldat avait le dos et les pieds abominablement douloureux. Il prit conscience qu'il boitait, et, parvenu devant un ruisseau qui coupait le chemin, il ne protesta pas quand Olikéa déclara : « Nous allons nous arrêter ici pour la nuit. »

Un monticule de terre se déforma pour fournir un confortable fauteuil à mon double, tandis qu'Olikéa préparait un feu pour la cuisine. Quand l'Opulent s'assit, il s'aperçut aussitôt qu'il était beaucoup plus fatigué qu'il ne le croyait, et seule l'odeur du plat que mijotait l'Ocellionne le tint éveillé. Elle leva les yeux vers lui pour lui demander d'un air narquois : « Et maintenant, tu es content que je ne sois pas partie les mains vides ? Autrement, nous mangerions des champignons crus et pas grand-chose d'autre.

— Tu as eu raison », répondit-il, et, pour la première fois depuis des semaines, un vrai sourire illumina l'Ocellionne.

Elle avait concocté un repas simple, mais chaud et savoureux. Ils mangèrent ensemble directement dans la casserole et se contentèrent d'eau fraîche comme boisson. La chère ne rassasia pas Fils-de-Soldat, mais cela ne le changea guère : nul repas ne le comblait jamais ; néanmoins, cela suffit à calmer la faim qui le tenaillait. Quand il acheva de manger, toute lumière avait fui le ciel, et l'obscurité l'entourait. Olikéa plaça du bois dans le feu pour faire danser agréablement les flammes, puis elle se dirigea vers la couche qu'il avait fait surgir du sol ; comme elle se glissait sous la couverture à ses côtés, il sentit l'excitation poindre, et, avant qu'il eût le temps de toucher l'Ocellionne, elle se pressa contre lui.

Elle lui fit l'amour avec la même passion débridée que la première fois où elle m'avait séduit ; ils étaient seuls, ils poursuivaient un but commun, et peut-être ne leur en fallait-il pas davantage pour se croire amoureux l'espace de cette nuit. Quand elle en eut fini avec lui, l'épuisement et les douleurs qui accablaient mon double avaient laissé la place à une fatigue propre. Olikéa posa la tête sur sa poitrine, et il caressa ses longs cheveux humides. Ils ne disaient rien ; peut-être avaient-ils acquis assez de sagesse pour savoir quand les mots ne pouvaient que tout gâcher.

La lumière de l'aube qui filtrait entre les jeunes feuilles les réveilla. Olikéa ranima le feu qui couvait sous les cendres puis se servit de ses derniers vivres pour préparer un petit déjeuner copieux ; elle donna à manger à mon double les champignons qu'elle avait ramassés la veille, et il ressentit leur effet revivifiant avec bonheur ; ils ne chassèrent pas complètement les douleurs de son dos ni la lassitude de ses jambes, mais il put se lever sans se plaindre. L'Ocellionne éteignit le petit feu avec de l'eau tirée du ruisseau, et ils reprirent leur route, le baluchon au trésor sur l'épaule de Fils-de-Soldat.

Vers midi, ils commencèrent à entendre des tambours, et, de temps en temps, les cris aigus ou plaintifs des danseurs de Kinrove. La magie, mélange d'accablement et de tristesse destiné aux Gerniens, flottait dans l'air du printemps comme les effluves d'une cuisine. « Nous approchons », dit Fils-de-Soldat avec soulagement, mais Olikéa secoua la tête. « Le son porte loin ici, et la magie aussi ; il paraît que Kinrove a choisi le site avec soin pour que la forêt et les vallées amplifient la danse et son influence. Nous avons encore du chemin, mais nous y serons avant la tombée du soir. »

Tandis que le long après-midi avançait, les bruits et la présence de la magie devinrent plus forts ; s'il s'y laissait aller, mon double pouvait percevoir la peur et le découragement qui émanaient de la danse ; le vacarme désormais constant assaillait ses sens. L'assaut n'était pas dirigé contre lui, mais approcher du camp s'assimilait à remonter un torrent violent qui arrachait ses forces à Fils-de-Soldat. Olikéa, un masque résolu sur le visage, marchait obstinément. La musique créait un phénomène inverse de la marche-vite : l'Opulent et l'Ocellionne eurent l'impression de passer l'éternité à gravir la pente modérée jusqu'à l'endroit où quelques hommes montaient nonchalamment la garde près de la piste. Une demi-douzaine de personnes se trouvaient là, apparemment désœuvrées, attendant peut-être leur tour d'entrer.

Cette surveillance me parut tout d'abord ridicule. Pourquoi barrer l'accès le plus évident au camp de Kinrove alors que contourner largement les deux sentinelles et pénétrer dans le camp par la forêt eût été un jeu d'enfant ? Mais, comme nous nous approchions, les muscles des jambes de Fils-de-Soldat rechignaient de plus en plus à fonctionner, et, quand nous parvînmes enfin près des gardes, il avait la sensation de se déplacer dans du bitume. Je compris alors que tout le campement était entouré de cette enceinte magique, tout comme au Troc, et que les sentinelles servaient moins de chiens de garde que de clés : au point seul qu'ils occupaient on pouvait les aborder et demander l'autorisation d'entrer.

Comme nous approchions lentement, je constatai que les gens qui attendaient de pénétrer dans le camp se trouvaient manifestement là depuis quelque temps ; accroupis ou debout, ils ne quittaient pas les sentinelles des yeux et m'évoquaient des chiens qui mendient à table. D'un côté de la piste, un feu couvert brasillait, entouré de couvertures et de tout un bric-à-brac, sorte de pitoyable matériel de siège. Depuis combien de temps ces gens attendaient-ils ?

Comme nous gravissions péniblement la faible pente, un des gardes nous remarqua et donna un coup de coude à son camarade ; aussitôt, ils se levèrent et pointèrent sur nous leurs flèches encochées. L'un d'eux se dévissa le cou pour mieux nous voir puis dit quelques mots à l'autre. Le premier gonfla les joues, équivalent ocellion d'un signe de dénégation, et ils nous regardèrent avancer vers eux, impassibles. « Nous laisseront-ils passer ? fit Olikéa dans un murmure.

— Oui ; mais, cette fois, c'est à moi de te demander de te taire pendant que je négocie. »

Elle eut l'air dubitatif, mais elle acquiesça de la tête.

Ils s'arrêtèrent à une dizaine de pas des gardes, non parce que les hommes les menaçaient, mais parce qu'ils se heurtèrent alors à une barrière : brutalement, un raz-de-marée de fatigue et de douleur envahit Fils-de-Soldat, et les doutes l'assaillirent soudain : qu'espérait-il ? N'avait-il donc aucune foi en Kinrove, l'Opulent des Opulents ? Il regarda Olikéa : elle affichait un désarroi semblable. Elle lui jeta un coup d'œil interrogateur. Je compris ce qui se passait avant eux et je dis à mon double : « Reculez ; en deux pas, vous vous trouverez sans doute hors de l'influence de la barrière. »

J'ignore s'il m'entendit ou s'il commençait à faire demi-tour, mais, une fois qu'il eut légèrement battu en retraite, il secoua brusquement la tête et se retourna vers les gardes en retenant Olikéa par l'épaule. « Je veux voir Kinrove, déclara-t-il. Annoncez-lui que Fils-de-Soldat, Jamère, est ici et désire lui parler. Dites-lui que c'est de la plus haute importance. »

Les deux hommes n'échangèrent pas un regard. « Tu n'as pas le droit d'entrer ; Kinrove nous l'a expressément expliqué. » Celui qui avait répondu ajouta : « Sache, Opulent, que la magie de Kinrove te ralentira, toi et tout ce que tu pourrais nous lancer, mais qu'elle n'aura aucun effet sur nos flèches ; elles fileront aussi vite et droit que d'habitude.

— Je lui apporte des présents », dit Fils-de-Soldat comme s'il n'avait pas entendu les menaces, et, sans cérémonie, il posa son baluchon par terre ; il défit les nœuds, ouvrit la couverture et exposa le trésor aux yeux des gardes. Ils voulurent s'approcher pour mieux voir, mais se trouvèrent bloqués, je pense, par la même barrière qui nous refoulait. Ils tendirent le cou, et leurs yeux s'agrandirent quand il se mit à fouiller dans les bijoux. Certains parmi les suppliants s'avancèrent, bouche bée devant cette fortune transportée dans une simple couverture. Lorsque mon double prit la figurine dans son sachet, il hésita puis la tendit à Olikéa. « Tu sauras peut-être mieux que moi qu'en faire », dit-il.

Elle prit la bourse, et son expression se modifia : sur son visage apparut le même air satisfait qu'avait Epinie juste avant de se dresser d'un bond et d'annoncer qu'elle avait gagné la partie de tousier. Sans ouvrir la bougette, elle la serra au creux de ses mains et sourit aux gardes. « Ne dites pas à Kinrove que je souhaite le voir, mais annoncez à Galéa qu'Olikéa, nourricière de Jamère, se tient devant vous et qu'elle abrite entre ses mains le désir le plus cher de son cœur ; et que, si elle obtient de Kinrove qu'il nous laisse entrer pour lui parler, cet objet deviendra sa propriété, pour toujours. »

Sur ces derniers mots, elle me jeta un rapide regard, comme si elle craignait de proposer plus que mon double ne l'y autorisait, mais il acquiesça de la tête puis croisa les bras sur la poitrine. Olikéa garda la figurine au creux des mains.

Ils demeurèrent sans rien dire, la rançon d'un empereur à leurs pieds et un trésor d'une valeur inconnue dans les paumes d'Olikéa, sans bouger ni regarder la fortune fabuleuse étalée sur la couverture.

Les gardes échangèrent un regard puis se rapprochèrent pour murmurer entre eux. Ils parvinrent à un accord, et l'un d'eux se dirigea vers un sac pendu à un arbre non loin de là. Il en sortit une trompe dont il tira trois sonneries sèches. Les échos résonnaient encore quand l'autre nous expliqua : « On va nous envoyer un coursier ; lorsqu'il arrivera, il rapportera notre message à Kinrove.

— Merci, répondit Fils-de-Soldat, et, sans même un sourire, il ajouta : En échange de votre action rapide, je pense que chacun d'entre vous doit avoir le droit de choisir un présent dans les richesses que nous avons apportées ; ça me paraît juste. »

Il recula d'un pas puis s'agenouilla lourdement pour répartir de façon encore plus tentatrice le trésor sur la couverture. Jamais on n'avait encore vu un Opulent accorder ainsi son attention à de simples gardes ; d'abord abasourdis, ils furent aussitôt gagnés par la cupidité et se bousculèrent pour mieux voir l'étalage, tout en se surveillant mutuellement du coin de l'œil au cas où l'autre convoiterait les meilleures pièces. Ils se penchaient encore autant que la barrière magique le leur permettait quand le messager arriva ; tenaillé par la curiosité, il s'approcha à son tour le plus possible pour voir ce que ses camarades regardaient avec avidité. Les gardes lui accordèrent à peine leur attention. « Va trouver Kinrove et dis-lui que Fils-de-Soldat-Jamère souhaite franchir la barrière pour lui parler. Et dis aussi à Galéa qu'Olikéa, la nourricière de Jamère, l'accompagne et a un présent pour elle.

— Ce que son cœur désire le plus », ajouta l'Ocellionne en levant à nouveau l'amulette dans son sac.

« Cours et reviens vite avec sa réponse, et tu pourras choisir ta récompense dans ce trésor », annonça mon double.

Il obtint le résultat inverse de celui qu'il escomptait, car le coursier se précipita en avant et poussa les autres gardes pour mieux voir ; l'un d'eux, jaloux, lui lança : « Mais on doit choisir avant toi !

— Oui, mais qui choisira le premier ? fit l'autre, soudain inquiet.

— Je le déciderai, intervint Fils-de-Soldat, quand on m'annoncera que je puis entrer.

— Va ! dit un des gardes au messager d'un ton mécontent. Tu ne livreras jamais le message si tu restes ici à bader ! »

L'homme eut un grognement agacé mais fit demi-tour et repartit aussi vite qu'il était venu. Les deux gardes échangèrent un regard méfiant puis se remirent à reluquer le trésor. Quelqu'un tira le manteau léger que portait mon double ; il se retourna et constata qu'un des suppliants, une femme, s'était approché subrepticement. « Quand on te laissera entrer, peux-tu prier que je t'accompagne ? » demanda-t-elle ; sa hardiesse contrastait bizarrement avec ses yeux cernés et sa silhouette décharnée ; d'âge moyen, elle avait les cheveux hirsutes, et les traces qu'elle avait laissées sur son visage en s'essuyant pendant qu'elle préparait la cuisine se mêlaient à ses taches d'Ocellionne.

Il ne répondit pas directement. « Qui veux-tu libérer ?

— Mon fils. Dasie l'avait libéré une première fois, et j'étais la plus heureuse des femmes en le voyant rentrer chez nous. Mais, après trois jours qu'il a passés à dormir et à manger, il est devenu agité ; il disait qu'il entendait encore les tambours, qu'il sursautait et se convulsait dans son sommeil. Parfois, alors qu'il bavardait avec moi, il s'interrompait soudain et restait les yeux dans le vide ; il ne savait plus chasser, et il laissait tout ce qu'il entreprenait à moitié achevé. Et puis, un matin, il avait disparu de ma hutte. Je sais qu'il est retourné au milieu des danseurs, et ce n'est pas juste ; Dasie l'avait libéré ; il aurait dû rester plus longtemps chez nous et faire plus d'efforts. » Ses larmes coulaient en ruisseaux sur son visage, comme si elle avait érodé sa chair à force de pleurer.

Fils-de-Soldat se détourna et répondit à mi-voix : « J'ignore si nous arriverons à passer les gardes de

Kinrove, ma nourricière et moi-même ; or il est très important que je m'entretienne avec lui. Je ne puis te faire entrer, mais je puis te promettre que, si je réussis, ton fils ne dansera plus. C'est le mieux que je puisse faire. »

Son ton s'était adouci à mesure qu'il parlait. La femme s'en alla sans un mot ; je ne pense pas qu'elle fût déçue : elle connaissait la réponse d'avance. Mais Olikéa avait elle aussi une question. « Si tu réussis, son fils ne dansera plus ? Que veux-tu dire ? Je croyais que nous allions chercher Likari ?

— C'est une partie de mon objectif, mais j'ai de plus grandes ambitions.

— Et lesquelles ? » demanda-t-elle d'un ton plus froid. Il me semblait lire ses pensées : la première fois, Fils-de-Soldat et son attaque contre Guetis n'avaient rien fait pour lui ramener son fils ; elle ne voulait pas entendre parler de grands projets, seulement travailler à retrouver Likari.

Comme il s'apprêtait à répondre, il fut distrait par un lourd battement d'ailes au-dessus de lui ; le vol d'un croas sur le point de se poser ne peut en rien se confondre avec celui d'une chouette. L'oiseau se percha moins qu'il ne se servit de l'arbre pour interrompre sa chute ; la branche oscilla sous son poids, et, pendant un moment, il garda les ailes déployées pour tenir son équilibre en attendant d'avoir assuré sa prise. Une fois installé, il replia ses ailes et passa quelques instants à remettre ses plumes en place, et c'est seulement quand il eut fini qu'il tendit son long cou affreux et tourna la tête de côté pour me regarder d'un œil brillant. Il ouvrit le bec, et j'eus l'impression qu'il éclatait d'un rire silencieux.

« Y a-t-il un cadavre dans les environs ? fit Olikéa. Qu'est-ce qui peut attirer un charognard par ici ? »

Alors, Orandula se mit à rire tout haut, chapelet de croassements rauques qui tranchèrent dans le tambourinement sans fin de la danse de Kinrove. Fils-de-Soldat, refusant de lui accorder son attention, se tourna vers les gardes qui regardaient fixement son trésor.

« Alors, qui choisit d'abord ? fit un des hommes d'une voix tendue.

— Ce n'est pas à lui qu'il faut demander ça ! lança le croas. Il est incapable de se décider ! » J'entendis clairement les mots, et Fils-de-Soldat fronça les sourcils, mais Olikéa ne parut pas se rendre compte que l'oiseau avait parlé.

« Qui choisit d'abord ? » répéta le garde. La question dut agacer mon double, car il répondit d'un ton brusque : « Lui ! », et il désigna son compagnon.

Le premier n'eut pas l'air de s'émouvoir. « Bon, eh bien, dis-moi ce que tu choisis, que je sache ce que je prends, dit-il à son équipier.

— Je réfléchis ! répliqua l'autre, irrité.

— Dis-moi ce que tu choisis, que je sache ce que je prends ! » jeta en écho l'oiseau dans les branches, et il poursuivit par un sinistre rire croassant. J'entendis les dents de Fils-de-Soldat grincer.

À cet instant, le messager réapparut à un tournant de la piste ; il courait lestement, un grand sourire aux lèvres comme s'il avait rarement porté meilleure nouvelle. Il s'arrêta et dit aux gardes : « Vous pouvez les laisser entrer ; Kinrove est prêt à les recevoir. Il accepte d'ouvrir la barrière, mais uniquement pour eux deux ! » Il éleva la voix sur ces derniers mots, à l'intention des autres suppliants qui s'étaient rapprochés. Ils s'agitèrent en maugréant mais ne parurent pas vouloir tenter de forcer le passage.

« Comment saurons-nous que nous pouvons passer ? » demanda Olikéa, mais avant même d'avoir achevé sa phrase, elle eut sa réponse. La force qui nous refoulait nous poussa subitement en avant ; Fils-de-Soldat ramassa son baluchon, puis il prit la main de l'Ocellionne et lui fit franchir la barrière. Au-dessus de nous, l'oiseau charognard caqueta soudain bruyamment puis, à lourds battements d'ailes, nous suivit.

« Tu as dit que je pouvais choisir le premier ! rappela le garde à mon double.

— En effet », répondit ce dernier, et il déploya de nouveau la couverture. Les deux hommes ne tardèrent pas à s'emparer des objets de leurs choix ; le coursier, qui avait eu moins le loisir d'observer les richesses proposées, mit plus de temps, mais jeta finalement son dévolu sur un épais médaillon en argent représentant un daim au galop, et accroché à une chaîne du même métal. Il se le passa aussitôt autour du cou et parut ravi.

« Suivez-moi, nous dit-il avant d'ajouter : Kinrove va nous emmener en marche-vite. »

Le déplacement annoncé débuta avec une soudaineté qui me mit le cœur au bord des lèvres et se déroula à une vitesse que je ne connaissais pas. En trois pas, nous nous retrouvâmes à l'intérieur du camp d'été, au milieu du vacarme des tambours incessants et du claironnement cacophonique des trompes, ici presque insupportable. Le cercle des danseurs était plus réduit que la première fois que je l'avais vu, mais il circulait toujours parmi un village de tentes dressé autour d'un grand pavillon, spectacle qui me surprit : on ne comptait que de rares tentes au camp d'estive de notre clan. Mais d'autres indices dénotaient l'aspect permanent de l'installation : les danseurs, à force de parcourir le même circuit, avaient tracé un chemin de terre battue dans le camp ; du bois de chauffage proprement rangé en tas attendait près d'un four en pierre, à côté d'un feu bien entretenu sur un foyer en pierre également ; non loin de là, on avait mis du poisson à fumer près d'un autre feu, et une claie sur pilotis portait des paquets de viande et de poisson déjà fumés.

Le pavillon de Kinrove se dressait sur une estrade ; c'était le même que j'avais vu la première fois, simplement déplacé de l'autre côté des montagnes. Quatre hommes montaient la garde à l'extérieur, armés d'arcs au lieu de lances ou d'épées ; ils avaient surveillé notre approche en marche-vite, et je mesurai l'avantage que cela lui avait donné sur nous. Kinrove avait appris la leçon : nul ne parviendrait plus à le surprendre au cœur même de sa place forte.

Un homme nous examina de la tête aux pieds, hocha la tête d'un air sévère puis souleva le rabat de la tente pour nous laisser entrer. Deux des gardes nous suivirent, flèches encochées. J'entendis à nouveau un battement d'ailes, puis un choc sourd quand le croas se posa au sommet du pavillon ; Fils-de-Soldat serra les dents mais ne lui accorda pas un regard.

À l'intérieur, un spectacle familier s'offrit à nous. Kinrove, plus gros que jamais, débordait quasiment de son fauteuil, tandis que des nourriciers allaient et venaient, garnissant des tables de victuailles. Galéa, sa première nourricière, et la préférée, se tenait derrière lui, les mains sur ses épaules. Nous nous avançâmes vers eux ; ils ne dirent rien, mais la femme ne quitta pas des yeux le paquet que portait Olikéa, et sa respiration parut s'accélérer à mesure que la distance entre nous s'amenuisait. Toutefois, alors que nous nous trouvions encore loin de lui, Kinrove leva la main, et le garde qui nous escortait nous dit d'un ton impérieux : « Arrêtez-vous ! » Au même instant, la magie du maître des lieux nous enveloppa et nous immobilisa. « Posez les objets que vous portez.

— Ce sont des cadeaux pour Kinrove. Je demande seulement à ce qu'il m'écoute, et il pourra conserver tout ce que j'apporte », répondit Fils-de-Soldat. Sans laisser à l'homme le temps de réagir, il posa son baluchon à terre et l'ouvrit largement ; avec un grognement d'effort, il mit un genou en terre, puis l'autre, et enfin entreprit de disposer les bijoux et les autres trésors sur la couverture, les yeux baissés. « Tout ceci appartenait autrefois à Lisana, mon mentor ; la valeur de cet étalage est incalculable, et je l'offre tout entier à Kinrove.

— En échange de quoi ? demanda l'Opulent d'un ton sceptique.

— Je te prie seulement d'écouter ce que j'ai à proposer, rien de plus. »

Olikéa prit une brusque inspiration puis intervint : « Et je veux aussi mon fils, Likari. Rends-le-nous, libéré de la danse, et toutes ces richesses te reviendront, y compris le nourrisson d'ivoire, le plus puissant talisman de fertilité que connaissent les Ocellions ! » Elle tira la figurine de son sachet et la brandit en la tenant avec autant de soin que s'il s'agissait d'un véritable enfant. « Rendez-moi mon fils, Galéa et Kinrove, et je vous donnerai cet objet afin que vous puissiez vous aussi avoir un fils. »

Les mains de Galéa se crispèrent sur les épaules de l'Opulent ; elle se pencha pour murmurer à son oreille, et le mage, malgré une expression agacée, l'écouta. Il prit une grande inspiration, souffla longuement, et déclara enfin à contrecœur : « Kandaia, va auprès des danseurs ; cherche le garçon qui se nomme Likari et, à son passage, touche son épaule et dis-lui : "Kinrove t'ordonne de t'arrêter et de me suivre." »

Avec un cri de joie, Olikéa saisit le bras de Fils-de-Soldat. « Je m'occuperai de toi comme jamais on ne s'est occupé de toi ! Tu pourras me parler sur le ton que tu voudras, te servir de moi comme tu voudras, et je te resterai à jamais redevable !

— Chut », répondit-il, fermement mais sans dureté. Il n'avait pas quitté Kinrove des yeux. Soutenu par Olikéa, il se releva, puis il déclara à mi-voix : « Opulent des Opulents, acceptes-tu de m'écouter ? Je te donne ce trésor et je m'adresse à toi à la demande de Lisana ; elle m'a confié une mission, mais elle est au-delà de mes capacités ; aussi viens-je requérir de toi une faveur.

— Laquelle ? fit Olikéa d'une petite voix, en retenant son souffle.

— Celle dont je t'ai parlé. » Il s'exprimait avec calme. « Ma grande ambition. »

Une expression étrange passa sur les traits de l'Ocellionne. Au bout d'un moment, je l'identifiai avec un choc : la jalousie. « Tu es venu pour elle, non pour moi », dit-elle d'un ton amer.

Il se tourna vers elle, lui prit la main et la regarda dans les yeux. « Je ne dirai pas un mot de plus tant que Likari ne t'aura pas été rendu. » Il reporta son attention sur Kinrove. « Rendu en bonne santé et délivré de la danse ; tel est le prix de l'amulette de fertilité : rends son enfant à Olikéa, fais-en un toi-même, et, un jour, j'espère, tu le regarderas et tu imagineras ce que tu éprouverais si une danse éternelle et cruelle te l'enlevait. »

Le rouge de la colère monta aux joues de Kinrove, et je songeai que le moment était mal choisi pour asticoter l'Opulent ; Fils-de-Soldat s'était lui-même passé la corde au cou, et, si Kinrove décidait d'ordonner à ses gardes de nous tuer, il pouvait facilement garder ce que nous avions apporté sans coup férir. Mais mon double n'en avait pas conscience, ou bien il s'en moquait ; il regarda de nouveau Olikéa et lui sourit. Je ne l'avais jamais vu agir ainsi avec elle. « Au moins, je réussirai à tenir parole envers toi ; une promesse tenue dans toute mon existence. »

Elle s'apprêtait à répondre lorsque Kandaia revint, la main sur l'épaule d'un jeune garçon décharné. L'espace d'une seconde, je faillis ne pas reconnaître Likari ; il avait beaucoup grandi, mais jamais je ne l'avais vu aussi maigre. Il parcourut l'intérieur de la tente d'un regard fixe et hébété. Olikéa poussa un cri et voulut courir vers lui, mais Galéa lança : « L'amulette ! D'abord l'amulette, ensuite ton fils ! » Je n'avais jamais perçu avidité aussi impitoyable dans la voix d'une femme. Kinrove leva la main, et Olikéa s'arrêta brusquement.

Elle se tourna vers ses bourreaux. « Prenez-la ! dit-elle furieusement. Prenez-la ! » Elle ramena le bras en arrière, et elle eût lancé le talisman à la tête de Galéa si Fils-de-Soldat ne s'en était adroitement emparé.

Il posa une main apaisante sur l'épaule de sa nourricière. « J'ai ce que vous voulez ; envoyez quelqu'un le récupérer, et laissez Olikéa rejoindre son fils. »

D'un petit geste, Kinrove libéra l'Ocellionne, qui se précipita vers Likari d'une foulée chancelante. Elle tomba à genoux devant lui et l'enlaça, mais il demeura le regard vide, la bouche entrouverte. Fils-de-Soldat se retourna vers Kinrove. « Délivre-le de la danse », dit-il d'une voix basse mais impérieuse. Un nourricier s'était approché de lui et attendait de recevoir la figurine ; un autre regardait d'un air sidéré le trésor étalé sur la couverture.

« Il a conclu lui-même un pacte avec la magie ; je ne peux rien y changer. »

Mon double tenait l'amulette entre les mains ; je sentis qu'il rassemblait son pouvoir. « Crois-tu que je ne puisse pas broyer cette figurine dans mes poings ?

Délivre-le, Kinrove ; libère-le de tes méfaits, et nous verrons quel "pacte" le lie à la magie. »

Galéa ajouta sa prière à la menace de Fils-de-Soldat : « Je t'en supplie, fais ce qu'il dit ! Il me faut ce talisman ! »

L'Opulent gonfla les joues, expression de déni et de mépris à la fois, mais il hocha la tête à l'adresse de Likari, et l'enfant s'effondra dans les bras d'Olikéa ; il ferma les yeux et perdit toute vigueur. L'Ocellionne le souleva, les jambes pendant de ses bras, et, sans demander la permission, alla le déposer dans un des baquets de Kinrove ; de la main, elle lui passa de l'eau sur le visage, puis, de la manche, nettoya la crasse qui le couvrait ; enfin, elle le transporta près d'un feu et s'assit en le tenant dans ses bras à la douce chaleur des flammes. Elle leva les yeux vers Fils-de-Soldat. « Il dort à poings fermés.

— C'est ce qu'il lui faut pour le moment », répondit-il. Il tendit la main et laissa le nourricier prendre la statuette ; l'autre serviteur s'agenouilla et, d'un geste plein de révérence, réunit les coins de la couverture. L'homme qui portait l'amulette n'avait fait que quelques pas quand Galéa s'élança de derrière le fauteuil de Kinrove ; mais, au lieu d'arracher la figurine des mains du nourricier, elle fit un berceau de ses bras et l'y déposa délicatement ; on eût dit que son corps tout entier la recevait : ses épaules s'enroulèrent, sa tête se pencha dans une attitude possessive, et elle regarda en souriant le nourrisson sculpté comme s'il eût été vivant. Puis, avec l'air d'une somnambule, elle sortit du pavillon avec le talisman, sans un regard pour personne. Quand le rabat retomba derrière elle, Kinrove prit la parole.

« Maintenant, allez-vous-en, tous », fit l'Opulent sèchement.

Fils-de-Soldat se tourna vers lui, incapable d'en croire ses oreilles. « Tu disais que tu écouterais ma prière. Comptes-tu enfreindre ta promesse devant tous tes nourriciers ?

— Je n'ai aucune confiance en toi, répondit l'autre, la mine sombre. Dois-je tenir ma promesse envers quelqu'un dont je me défie ? » D'un geste fluide de la main, il congédia le nourricier qui portait le baluchon au trésor. Autant pour Fils-de-Soldat qui voulait acheter ses faveurs : Kinrove acceptait la prébende mais ne s'en laissait pas éblouir.

« Moi non plus, je ne te fais pas confiance, dit mon double, mais c'est avec toi que je dois traiter, et réciproquement. Aujourd'hui, il n'existe qu'une solution possible, tu le sais comme moi, et nous devons la mettre en œuvre ; je la connais, Lisana aussi et, quand je suis venu chez toi la première fois, tu m'en as parlé. J'ai tenté de me débrouiller seul, mais en vain. Grand Kinrove, je viens me joindre à ta danse, cette danse, comme tu l'as appelée, qui n'a jamais été dansée, et tu dois te servir de ton pouvoir pour réunir mes deux moitiés. Quand Jamère et Fils-de-Soldat ne feront plus qu'un, la magie pourra employer toutes nos capacités pour parvenir à ses fins. C'est notre séparation qui nous interdit tout succès. Restaure-moi tel que j'étais, Kinrove, et je laisserai la magie opérer à travers moi. »

L'Opulent le regarda un long moment sans répondre. Je me faisais tout petit au fond de mon double, malade de peur. Je n'avais pas imaginé cette issue ; pourquoi ne l'avais-je pas prévue ? Il m'avait demandé de me fondre en lui de mon plein gré ; en refusant, j'avais cru contrarier ses plans, mais je me rendais compte à présent qu'il m'offrait une dernière chance de participer consciemment à notre destin. « Ne fais pas ça, Fils-de-

Soldat ! lui criai-je. Allons-nous-en et discutons encore. Il y a sûrement un autre moyen.

— Il n'y a pas d'autre moyen, parce que Jamère redoute de se joindre à moi et combat cette réunion. » Fils-de-Soldat parlait tout haut, en s'adressant à Kinrove autant qu'à moi. « Moi aussi, je redoute ce qui nous attend, et je ne pense pas y parvenir par ma seule volonté ; laisser cet intrus, ce Gernien, devenir une partie de mon âme, c'est comme regarder le soleil sans cligner les yeux, ou appliquer un brandon ardent sur une plaie à cautériser. Je sais ce qu'il faut faire, mais, tout comme je n'ai pu séparer nos deux moitiés, je ne puis les réunir ; Lisana m'a dit que tu es le seul magicien vivant capable de nous aider ; je viens donc t'offrir des présents et requérir ton secours. »

Kinrove eut un retroussis méprisant de la lèvre qui découvrit un instant ses dents et lui donna l'air d'un chien agressif. « Ainsi, aujourd'hui, tu viens me demander de t'aider, alors que ma danse n'est plus que l'ombre d'elle-même, après que tant de nos guerriers ont péri lors de ton attaque mal préparée, maintenant que tu as excité la haine et la méfiance des intrus à notre endroit ? Tu viens me demander de t'aider alors que tout mon pouvoir, à toutes les heures du jour, suffit à peine à tenir les intrus à distance des ancêtres ? Je ne peux plus envoyer sur eux un torrent de tristesse et de découragement, car je dois réserver mes forces à la seule défense de nos anciens. Et néanmoins, ce n'est pas assez ! Tous les jours, ils se pressent contre moi, tous les jours, ils effectuent de petites incursions. Et toi, tu me demandes de détourner d'eux mon pouvoir et de le concentrer sur toi pour réunir ce que Lisana a étourdiment séparé ? »

Fils-de-Soldat, qui avait courbé le cou sous les reproches de Kinrove, releva la tête et planta les yeux dans ceux de l'Opulent quand celui-ci évoqua la femme-arbre en termes méprisants. « Ce n'est pas la faute de Lisana ! répliqua-t-il d'une voix tonnante. Si elle ne m'avait pas divisé, comment la peste aurait-elle pu se répandre jusqu'au cœur même du nid des soldats ? Si elle ne m'avait pas divisé, ne serais-tu pas en ce moment même en train de surveiller tes arrières de crainte que les Kidonas n'envoient leur magie contre toi alors que tu défends le Peuple contre les intrus ? Ce n'est pas sa faute si elle n'a obtenu qu'un demi-succès. En revanche, je reconnais le bien-fondé de tes accusations contre moi ; la première fois où je t'ai rencontré, j'aurais dû te prier de me réunifier, et bien des erreurs n'auraient jamais été commises ! » Il jeta un coup d'œil à Likari, qui dormait dans les bras d'Olikéa. L'Ocel-lionne accordait toute son attention à son fils, et je crois qu'elle n'entendait même pas ce que disait Fils-de-Soldat.

« Mais je ne puis revenir à cette époque pour faire le bon choix ; aucun de nous, quelle que soit notre réserve de pouvoir, n'en est capable. Mais, parce que j'ai tardé, comptes-tu en faire autant ? Et, dans une saison ou dans un an, regretterons-nous de n'avoir pas suivi aujourd'hui ce que nous dictait la sagesse ? »

Kinrove s'était encore assombri. « C'est facile à dire pour toi ; tu ne songes pas à la magie que ça va me coû-ter, ni au temps ni aux préparatifs que cette opération exigera. Crois-tu qu'il me suffise d'un geste de la main pour te réunir ? »

C'était en effet ce qu'espérait mon double, du moins en eus-je l'impression devant le sentiment de déception qui l'envahit. Il prit une grande inspiration. « Que faut-il alors, Opulent des Opulents ? »

Son apparente humilité et son ton ouvertement fla-gorneur parurent apaiser Kinrove, qui se laissa aller contre le dossier de son fauteuil, se tapota les lèvres du bout de ses doigts joints puis se perdit quelques instants dans ses pensées. Puis, comme si même cette activité sédentaire l'exigeait, il fit signe à un serviteur de lui apporter à manger ; enfin, comme après réflexion, il ajouta : « Qu'on apporte aussi un siège pour Fils-de-Soldat, et de quoi se restaurer. »

Les nourriciers et leurs assistants se mirent aussitôt en action, servant non seulement mon double mais se précipitant aussi pour fournir à Olikéa un banc confortable et lui offrir une collation. On déplaça jusqu'à moi un grand fauteuil drapé de couvertures moelleuses et rembourré d'épais coussins ; à peine Fils-de-Soldat se fut-il assis qu'on plaça une table devant lui, sur laquelle on disposa un pot à eau, un autre de vin doux, deux verres, un plateau garni de petites boulettes de viande et de céréales, un bol de soupe épaisse et deux miches de pain encore chaudes. À ce spectacle, et enivré par les arômes, mon double perdit toute faculté de réflexion ; ses mains se mirent à trembler, et la faim noua sa gorge. Pourtant, un long moment, il demeura sans réaction, puis, s'apercevant qu'il attendait qu'Olikéa le servît, lui remplît son verre, arrangeât les plats et lui indiquât par lequel commencer, il secoua la tête et se jeta sur la nourriture.

Il avait déjà mangé à la table de Kinrove, mais il faillit néanmoins se laisser submerger par les goûts et les textures exquis. Chaque plat contenait des ingrédients destinés à alimenter la magie des Opulents, et, à mesure qu'il avançait dans son repas, il eut de plus en plus conscience du réseau complexe de pouvoir qui émanait de Kinrove. Sa description de l'énergie qu'il dépensait n'avait rien d'exagéré : il était le pivot de la danse qui protégeait les arbres des ancêtres, mais il contrôlait aussi la magie qui entourait son camp d'été par une barrière infranchissable ; il maintenait également entre lui et Fils-de-Soldat un bouclier dressé qui, d'un claquement de ses doigts, pouvait devenir meurtrier. Il y avait d'autres magies à l'œuvre, moins puissantes, y compris celles qui lui permettaient de bloquer les petites douleurs de son organisme malmené, et d'autres que Fils-de-Soldat n'arrivait pas tout à fait à suivre. En regardant Kinrove manger, il découvrit que chacun de ses mouvements servait deux objectifs, et que leur grâce n'était pas le fruit de son imagination ; chacun de ses gestes, chacune de ses poses, sa façon de lever son verre ou de tourner la tête, tout avait une signification.

Kinrove posa son verre ; il ne sourit pas à mon double, mais on lisait une sorte d'acquiescement sur ses traits. « Tu commences à saisir, n'est-ce pas ? C'est ainsi que la magie me parle ; je l'ai déjà expliqué, mais rares sont ceux qui comprennent : je suis la danse ; elle est moi et je fais partie d'elle. Quand j'appelle les danseurs et qu'ils viennent, ils s'unissent à moi et deviennent une part de moi-même. Je danse, Fils-de-Soldat, peut-être pas aussi énergiquement qu'à l'époque où je suis devenu Opulent, mais, depuis que la magie s'est éveillée en moi, chacun de mes mouvements participe de la danse. »

Il fit signe à une nourricière de lui resservir à boire ; comme elle s'avançait vers lui, il changea légèrement de posture, d'une façon qui faisait écho et pourtant s'opposait au mouvement de la femme, et, pendant les quelques instants où elle lui versa du vin, elle devint la cavalière inconsciente de l'Opulent. Comme elle s'éloignait, la main de Kinrove se porta vers le verre, et, l'espace d'une seconde, Fils-de-Soldat distingua les lignes de force invisibles que sa magie créait. Tout devint alors parfaitement clair. Et puis la compréhension se dissipa dans son esprit, et, bien qu'il vît la grâce avec laquelle

Kinrove levait son verre et buvait, il ne perçut plus la magie.

« Il faudra qu'on te prépare, déclara l'Opulent comme s'il poursuivait une conversation. Il y a naturellement des aliments qui élèveront ta conscience ; mais il ne s'agit pas seulement de manger ce qu'on dépose devant toi ; tu danseras jusqu'à devenir la danse. Ce sera épuisant, et rien dans ton existence ne t'a entraîné à cet effort ; tu risques de ne pas pouvoir répondre aux exigences de la danse pour que la magie opère. »

Fils-de-Soldat, vexé, frappa du plat de la main sur son ample poitrine. « Ce corps a marché des heures sans s'arrêter, monté à cheval pendant des jours sur de nombreuses lieues, creusé une centaine de tombes, et…

— N'a jamais subi les rigueurs de la danse. Mais il devra les supporter. Te rends-tu compte que tu risques de ne pas y survivre ?

— Je dois survivre pour me réunifier ; je dois survivre pour que la magie puisse s'accomplir à travers moi et chasser les intrus. Quoi, as-tu l'intention de me tuer avec ton pouvoir pour te débarrasser de moi et raconter à tous que c'était ma faute ? »

Kinrove se tut un moment. Son visage se creusa de rides graves qui, Fils-de-Soldat le comprit, faisaient partie elles aussi de sa danse éternelle. « Tu peux renoncer à ta résistance dès maintenant, ou bien laisser la danse te l'arracher, dit-il d'un ton posé. Je te conseille, si ça t'est possible, de chasser ta méfiance et d'accepter ce que je te dis. La magie est comme un fleuve quand elle t'emporte dans la danse ; que tu sois boue ou que tu sois pierre, elle coule toujours et perce toute résistance que tu peux lui opposer. Tout se déroulera plus facilement pour toi si tu élimines cette résistance de toi-même au lieu d'obliger la magie à la crever.

« — Laisse-moi le soin de contrôler ma résistance à ta magie, répliqua Fils-de-Soldat avec raideur, et occupons-nous de me préparer.

— Ma magie ? répéta Kinrove avec comme de la condescendance dans la voix. Le fait que tu en parles comme de "ma" magie au lieu de "la" magie indique que tu t'y opposeras. Très bien ; je n'ai aucun moyen de t'aider dans ce domaine ; peut-être accepteras-tu mon conseil quand tu seras prêt à laisser la danse te prendre. »

Il se détourna et appela, non pas un, mais trois nourriciers. Alors qu'il exécutait le triple geste d'un mouvement fluide, Fils-de-Soldat le vit de nouveau vaguement tirant des fils de magie, comme un marionnettiste invisible. Les serviteurs s'approchèrent de lui.

« Il nous faudra la quantité de nourriture que nous apprêtons chaque jour pour les danseurs, mais plus puissante, très sucrée, et avec deux fois plus d'écorce d'halléra ; qu'on déterre des racines de framboisier et qu'on ajoute aux plats les parties les plus jeunes une fois broyées. Qu'on prépare aussi un gros rôti, et de l'eau acidulée avec des feuilles d'atra. J'aurai d'autres plats à vous faire cuisiner, mais ça suffira pour le moment ; en attendant, j'ai une autre tâche à vous confier : avec de la graisse d'ours, du suif de daine, de la menthe poivrée, des baies de crimier et des pousses de saule, confectionnez un onguent pour Fils-de-Soldat, et versez-lui un bain très chaud pour délier ses articulations et ses muscles. Qu'on prévoie aussi des bandages de contention pour lui ligoter les pieds et les jambes afin de les protéger, et une bande plus large pour lui soutenir le ventre. Allez, à présent, et que tout soit prêt pour ce soir ; qu'on envoie aussi un nourricier à sa table pour l'aider à se remplir de ce qu'il désire. »

J'avais accueilli l'annonce du repas avec plaisir, mais la mention des bandages et du bain suscita mon inquiétude. « Ne fais pas ça, chuchotai-je à mon double. Arrête tout, prends Olikéa et Likari et va-t'en. On ne peut pas se fier à Kinrove ; tu ne sais pas plus que moi ce qui nous arrivera s'il essaie de nous réunir. Pars d'ici tout de suite !

— Selon Lisana, il n'y a pas d'autre moyen, dit-il tout haut à Kinrove, et j'ai confiance en sa sagesse ; je suis son conseil. Je m'en remets à toi. » Il parut avoir quelque peine à prononcer cette dernière phrase. Avec un regard à Olikéa, il s'éclaircit la gorge. « Je suis habitué aux soins de ma propre nourricière. Puis-je demander qu'on l'aide à s'occuper de notre fils afin qu'elle puisse m'assister ? »

En entendant son nom, l'Ocellionne leva la tête ; ses yeux quittèrent son enfant profondément endormi, se portèrent sur Fils-de-Soldat puis revinrent sur Likari. À l'évidence, deux envies contradictoires la déchiraient. Mais, quand elle prit la parole, il n'y avait nulle indécision dans sa voix. « Tu n'as pas besoin de le demander, Jamère ; nul n'a le droit de séparer un Opulent de son nourricier préféré, et nul n'a le droit d'empêcher un nourricier de prendre soin de son Opulent. »

Elle se baissa puis se releva, Likari inerte dans ses bras ; la tête de l'enfant pendait en arrière, et ses jambes, plus longues et plus maigres que dans mon souvenir, ballaient au pas de l'Ocellionne qui se dirigeait vers moi. Arrivée près de moi, elle le déposa, non à mes pieds, mais dans mes bras. Mon double les referma sur le garçon et le serra sur sa poitrine. « Likari était le nourricier de Fils-de-Soldat avant que ta danse ne nous le vole, dit Olikéa d'une voix forte. À son réveil, s'il est redevenu lui-même, il voudra recommencer à le servir, et je ne laisserai personne le priver de cet honneur. »

3

La danse

Un des premiers nourriciers de Kinrove nous laissa
sa tente. Elle était imprégnée de son odeur, et je savais
que Fils-de-Soldat s'y sentait mal à l'aise ; il avait du mal
à s'y habituer, au contraire d'Olikéa : à son entrée,
l'Ocellionne avait fait signe à l'homme qui portait Likari
de le déposer sur le lit ; elle avait chaudement couvert
l'enfant pour le protéger de l'air frais du soir, puis
ordonné au serviteur de pousser les meubles afin de
dégager l'espace pour le grand fauteuil qui m'avait suivi
depuis le pavillon de Kinrove. La tente paraissait spa-
cieuse avant l'arrivée du fauteuil.

L'Opulent des Opulents avait accédé sans discuter
aux revendications indignées d'Olikéa et nous avait
confiés à l'un de ses nourriciers, en disant qu'il avait lui
aussi des dispositions à prendre pour l'opération de
magie qu'il allait exécuter. L'homme nous avait trouvé
une tente, après quoi Kinrove lui avait laissé ses instructions pour me préparer ; j'en avais assez entendu pour
m'inquiéter, mais Fils-de-Soldat ne paraissait pas partager mes appréhensions. Il s'assit dans le fauteuil et
regarda Likari. L'enfant dormait toujours ; il avait de
meilleures couleurs, mais ne s'était pas encore réveillé

assez longtemps pour parler, et je percevais l'angoisse de Fils-de-Soldat sur l'état de ses facultés.

« Qu'il est maigre ! » fit Olikéa, assise sur le lit près de son fils, d'un ton angoissé. Elle lui caressait le dos à travers la couverture. « On sent chacune de ses vertèbres ; et regarde ses cheveux, comme ils sont rêches et secs ! On dirait la fourrure d'une bête malade.

— À partir de maintenant, il ne peut aller que mieux », lui dit Fils-de-Soldat, et je me demandai s'il y croyait lui-même. Le silence tomba un moment entre eux.

« Tu as dépensé tout le trésor de Lisana pour nous faire entrer et retrouver Likari.

— Je ne crois pas avoir fait une mauvaise affaire, répondit Fils-de-Soldat d'un air dégagé.

— Tu as dit "notre fils" en parlant de Likari.

— Oui, et je souhaite le présenter ainsi à tous : le fils d'Olikéa et Fils-de-Soldat. »

Un long silence suivit ces derniers mots. J'eusse donné beaucoup pour partager les réflexions de l'Ocellionne ; mon double, au contraire, pensait les connaître, ou bien il n'éprouvait pas le besoin de les découvrir. Elle posa une question : « Que va te faire Kinrove ? Et pourquoi veux-tu qu'il s'en occupe ? »

Il répondit, comme s'il s'agissait de la chose la plus simple du monde : « Deux hommes vivent dans mon corps ; l'un gernien, destiné par son éducation à devenir militaire, l'autre ocellion, qui a suivi l'enseignement de Lisana pour devenir magicien ; parfois, c'est l'un qui commande à notre chair, parfois, c'est l'autre. Quand la magie a parlé à Lisana pour lui dire que je devais la servir, elle m'a coupé en deux afin que je m'imprègne de la culture des deux peuples ; elle pensait agir sagement, et je le pense encore aujourd'hui. Mais la magie ne peut opérer à travers moi que si je me réunis en une seule entité, gernienne et ocellionne à la fois.

« — Je comprends », fit-elle d'une voix lente. Puis elle me jeta un regard perçant et répéta : « Oui, je comprends, car je vous connais tous les deux, n'est-ce pas ? Comment Kinrove s'y prendra-t-il ?

— Sa magie s'exprime par la danse ; peut-être devra-t-il danser pour moi, lui ou ses danseurs ; ou peut-être devrai-je, moi, danser.

— Sans doute. » Elle se tut un moment, songeuse, et lissa les cheveux de Likari ; enfin, elle demanda : « Une fois réuni, voudras-tu encore de moi comme nourricière ? » Elle ajouta d'un ton plus hésitant : « Considéreras-tu toujours Likari comme notre fils ?

— Je l'ignore. » Au ton qu'il employait, cette issue lui répugnait.

Elle regarda le garçon endormi. « Je sais que tu as toujours aimé Lisana, que je n'ai été parfois que... »

Un bruit étrange l'interrompit : un objet lourd venait de tomber sur le toit de la tente. Fils-de-Soldat leva les yeux : une créature grimpait sur la toile de cuir en grattant follement, et finit laborieusement par se percher au sommet. Tout de suite après, j'entendis l'oiseau pousser trois croassements de satisfaction. Le dieu de l'équilibre et de la mort se tenait sur la pointe de notre pavillon.

« Likari dort-il toujours ? » demanda mon double.

Olikéa perçut son inquiétude et se pencha sur le visage de l'enfant. « Oui ; il respire. »

Soudain, le rabat s'ouvrit, et deux nourriciers entrèrent, apportant une table sur laquelle trônait une grande jatte qui contenait une sorte de soupe ; il s'en dégageait un arôme à la fois délicieux et repoussant, comme si on avait préparé un plat succulent pour tenter d'y dissimuler une substance au goût trop fort. Les deux hommes disposèrent avec précaution la table sur le sol inégal puis sortirent : Fils-de-Soldat poussa un soupir de soulagement quand le rabat retomba derrière eux, mais la toile se releva aussitôt et d'autres nourriciers entrèrent. L'un d'eux portait un grand broc d'eau et un verre, d'autres des aliments variés, pains, légumes, poisson et volaille, qu'ils déposèrent près de la soupière.

La procession s'acheva par la nourricière à qui Kinrove nous avait confiés, jeune femme avenante à la poitrine généreuse, aux longs cheveux noirs et luisants, et au visage parsemé de taches minuscules, comme un fin semis de graines. Elle se présenta sous le nom de Wurta, et paraissait ravie de l'importante tâche dont on l'avait chargée. Sans prêter quasiment aucune attention à Fils-de-Soldat, elle s'adressa à Olikéa, de nourricière à nourricière.

« J'ai reçu des instructions que je dois te transmettre », dit-elle. À ces mots, Olikéa se leva, abandonnant Likari à contrecœur, et vint se placer près de mon fauteuil. La jeune femme aux taches de son s'exprima d'un ton vif, presque officiel, en s'approchant de la table et en tournant dans la jatte de soupe brun crème qui laissa échapper des nuages de vapeur piégés sous l'épaisse surface. « Il doit tout manger ; nous avons fait notre possible pour donner au plat un goût agréable, mais les raves qui alimentent sa magie ont une saveur forte qu'il aura peut-être du mal à supporter. Aussi Kinrove nous a-t-il demandé de parfumer son eau pour qu'il puisse se laver la bouche de temps en temps. Les autres plats, tu devras lui en fournir quelques bouchées à la fois ; ne le laisse pas se bourrer : il doit avaler principalement la soupe, et Kinrove juge qu'il doit la terminer. »

Un grand reniflement interrompit Wurta. Likari, les yeux toujours fermés, avait levé la tête et humait la vapeur qui s'échappait de la jatte ; il avait une expression vide, infantile, ou peut-être plutôt semblable à celle d'un chiot nouveau-né qui cherche l'odeur de la nourriture. Olikéa le regarda, horrifiée.

« Non, il ne faut pas qu'il mange ça ! intervint Wurta en suivant la direction dans laquelle se tournait l'enfant. Je vais lui faire apporter autre chose tout de suite – et de l'eau pour le laver. D'accord ? »

Elle s'en alla rapidement remplir ces tâches tandis que Fils-de-Soldat se penchait et tirait d'un geste hésitant la louche de la jatte. Il la porta à ses lèvres puis aspira une gorgée de soupe ; elle n'avait pas le goût affreux auquel il s'attendait. Il avala en redoutant un arrière-goût âcre, mais rien – si, quelque chose quand même, une saveur parfumée, pas déplaisante, mais que je n'associais pas à la cuisine, sinon peut-être à celle qu'on nous servait à l'École. Elle dominait, mais n'était pas délicieuse au point de donner envie d'y revenir.

Likari cessa soudain de humer l'air et retomba sur le lit ; si l'on pouvait se fier à ses ronflements étouffés, il avait sombré dans une nouvelle strate, plus profonde, du sommeil. Olikéa parut soulagée, et reporta son attention sur Fils-de-Soldat. « Tu devrais peut-être commencer à manger pendant que c'est encore chaud », dit-elle ; elle se leva, plongea la louche dans la soupe, en remplit un bol et le posa devant lui.

Il l'avala, ainsi que les trois bols suivants ; c'était chaud et pas déplaisant, même si le parfum commençait à devenir gênant. Avec sa sollicitude habituelle, Olikéa lui offrit un peu de poisson et du pain pour faire passer le goût, et, quand il eut fini, elle lui présenta un nouveau bol, qu'il attaqua vaillamment.

Il avait vidé environ un tiers de la jatte quand Wurta entra, précédée d'une équipe de nourriciers qui apportaient un grand pot d'onguent aromatique, une collation pour Likari, un baquet et plusieurs brocs d'eau chaude. Avec douceur, elle proposa à Olikéa de réveiller son fils, de lui faire sa toilette puis de le faire manger ; pendant ce temps, Fils-de-Soldat irait avec elle se faire oindre de l'onguent que Kinrove avait ordonné de préparer. Olikéa parut hésitante, mais mon double la rassura : « Je suis parfaitement capable de dire quels soins me conviennent ; en revanche, je ne veux pas confier Likari à quelqu'un d'autre que toi. Occupe-toi de lui ; je ne tarderai sans doute pas à revenir.

— C'est moi qui devrais me charger de toi ; je suis ta nourricière, dit-elle, mais son ton manquait de conviction et son regard ne quittait pas son fils.

— Likari aussi. Soigne-le pour le moment ; si j'ai besoin de toi, je peux toujours t'envoyer chercher.

— Comme tu voudras », répondit-elle avec soulagement, et, avant même que Fils-de-Soldat eût quitté la tente, elle était revenue au chevet de l'enfant.

Mon double suivit Wurta et ses assistants qui le conduisirent à une petite hutte de vapeur construite avec des branches recouvertes d'un enduit de terre ; dedans, une grosse casserole en cuivre bouillonnait sur une fosse à feu. Tous se déshabillèrent avant d'entrer ; à l'intérieur, la porte bien fermée, il régnait une chaleur et une buée à la limite du supportable. « D'abord, dit l'Ocellionne, il faut t'ouvrir la peau pour que l'onguent pénètre bien. »

Pour cela, on l'installa dans un fauteuil pendant qu'on trempait de lourds tissus dans l'eau bouillante. Les nourriciers les laissèrent refroidir assez pour pouvoir les essorer, puis ils entreprirent aussitôt d'en emmailloter Fils-de-Soldat. Sans être brûlants, les linges étaient néanmoins inconfortablement chauds, et mon double serra les dents pour supporter ce traitement. Quand les serviteurs retirèrent les tissus, sa peau avait une teinte rouge vif à la lumière du feu, et ses taches apparaissaient d'un noir d'encre. Les nourriciers se mirent rapidement à l'oindre d'onguent, puis, une fois qu'ils l'eurent enduit de la tête aux pieds, ils le couvrirent à nouveau avec les linges fumants. Entre la chaleur et l'odeur de menthe piquante, la tête lui tournait, le repas qu'il venait d'ingurgiter s'agitait dans son estomac, et il commençait à regretter amèrement qu'Olikéa ne fût pas là pour le défendre contre les nourriciers de Kinrove.

Je partageais cet avis. « Ils vont te tuer à force de te maltraiter, dis-je. Ton cœur bat la chamade, et tu arrives à peine à respirer dans toute cette vapeur et cette puanteur. Dis-leur de te laisser partir ; ils doivent t'écouter : tu es un Opulent. Tu as obtenu ce que tu voulais : on t'a rendu Likari ; maintenant, va-t'en et ramène-le avec sa mère à son clan ; trouvons un autre moyen de résoudre notre problème. »

Il avait de plus en plus de mal à respirer, et l'air brûlant imprégné de l'arôme âcre de l'onguent n'arrangeait rien. Néanmoins, il répondit : « Je ferai tout ce qu'il faut... »

Les mots moururent sur ses lèvres, car, l'espace d'une fraction de seconde, il avait respiré non de l'air mais de la musique. Elle le souleva comme s'il ne pesait rien, et il se sentit s'élever, flotter sur elle vers le ciel, arraché aux liens de la terre.

Tout aussi brusquement, il se retrouva dans son corps, asphyxié, non par manque d'air, mais par l'absence de la musique qu'il venait d'inhaler. « ... pour retrouver Lisana. » Il acheva sa phrase d'une voix rêveuse puis ouvrit grand les bras dans l'espoir d'attirer de nouveau la musique.

« Vous sentez ça ? » fit Wurta, étonnée.

Plusieurs nourriciers acquiescèrent d'un murmure empreint de respect.

« Il dansera, reprit-elle d'un ton qui en disait beaucoup plus long. Kinrove a vu juste : quand il sera réuni, la magie coulera en lui comme un fleuve. La danse l'a déjà trouvé ; dépêchons-nous, il faut qu'il consomme toute la nourriture dont il aura besoin. »

Mais il était trop tard.

Ils firent sortir Fils-de-Soldat de la hutte, toujours enveloppé des linges chauds qui maintenaient l'onguent sur sa peau. Comme nous émergions de l'obscurité dans la lumière de la forêt, il inspira longuement l'air frais qui l'accueillit, et le sang qui circulait dans ses veines se changea en musique. Il commença à danser.

Les nourriciers poussèrent des exclamations affolées ; deux d'entre eux le saisirent par les bras et tentèrent de l'arrêter en criant : « Non, pas encore, pas encore ! Tu n'es pas prêt ! » Quelqu'un d'autre lança : « Allez prévenir Kinrove, vite, vite ! », et une troisième voix : « Allez chercher sa nourricière ! Il l'écoutera peut-être ! »

Quand Olikéa arriva en courant, j'entendis sa voix, mais Fils-de-Soldat demeura sourd à ses appels, pris dans une extase de son et de mouvement, bien au-delà de l'ivresse, bien plus profonde que l'inconscience. Je l'appelai puis me tendis vers lui comme on plonge un bras dans un lac sans fond et glacial pour rattraper un camarade tombé par-dessus bord, mais je ne pus l'atteindre ; il n'existait plus aucun contact entre nous, et cette découverte me terrifia : au lieu de nous réunir, la magie de Kinrove semblait nous séparer encore davantage.

Olikéa se rua vers lui et lui prit les mains. « Je n'aurais jamais dû les laisser t'emmener ! Je n'aurais pas dû t'écouter. Jamère, Jamère, cesse, cesse de danser ! Reviens-moi ! »

Mais, loin d'obéir, il s'efforça de l'entraîner avec lui dans la danse : il lui saisit les poignets et la força à le suivre dans ses pas, ses pirouettes et ses contorsions. Les nourriciers de Kinrove poussèrent des cris d'effroi ; quatre d'entre eux agrippèrent l'Ocellionne et l'arrachèrent à la poigne de mon double, puis ils durent la retenir, hurlante et griffante, pour l'empêcher de retourner auprès de Fils-de-Soldat.

« Ça ne servirait à rien ! Il ne t'entend pas ! Si tu le laisses s'emparer de toi, il t'obligera à danser jusqu'à ce que tu en meures. Songe à ton fils, songe à ton fils ! Reste ici et prends soin de lui ! »

Je n'eus que de brefs aperçus de cette confrontation. Fils-de-Soldat avait les yeux grands ouverts, mais il ne regardait personne ; il ne voyait que les arbres et la lumière changeante du soleil dans les jeunes feuilles. Il distingua la vibration d'une foliole, et ses doigts imitèrent son mouvement ; il sentit l'effleurement de la brise sur son visage, et il recula en dansant, emporté par son léger déplacement. Comme beaucoup d'obèses, il possédait une force insoupçonnée dans les jambes, et il se mouvait avec une grâce empreinte de maîtrise ; l'onguent paraissait avoir délié et huilé ses muscles. Il fit un pas de côté, pivota et leva les mains au ciel, en imitation de la fumée qui s'élevait de la hutte de vapeur. Par ses yeux mi-clos, j'aperçus Kinrove, soutenu par deux nourriciers, les traits décomposés par l'horreur.

« C'est trop tôt ; il n'y a que la moitié de lui qui danse ! J'ignore comment ça va tourner. Montrez-moi la jatte de soupe ; quelle quantité a-t-il mangée ? »

Olikéa s'était laissée tomber à genoux et continuait à pleurer et à pousser des cris déchirants. Derrière elle, je distinguai Likari, très maigre, une couverture serrée sur les épaules, qui se dirigeait d'un pas chancelant vers sa mère ; quand il me vit, une lamentation aiguë lui échappa, et lui aussi s'agenouilla brutalement. Ma seule consolation fut de voir Olikéa, au son de sa voix, se retourner vers lui ; elle reprit son souffle puis s'approcha de son fils à quatre pattes. Il voulut se lever pour aller vers moi, mais elle le saisit et le retint entre ses bras ; au moins, il était à l'abri de la danse démente de Kinrove.

Mais pas moi. La musique courait dans mes veines comme de l'eau bouillante dans des canalisations, douloureuse et vivifiante à la fois. Cette sensation me rappelait celle que j'éprouvais quand mon grand frère me faisait tournoyer à bout de bras dans mon enfance : la tête me tournait et je n'arrivais à concentrer mon regard sur rien. Je retrouvais aussi la même impression d'un désastre imminent : lorsque Posse m'attrapait par le poignet et la cheville pour me faire voler autour de lui, je savais que, s'il lâchait prise, j'en sortirais meurtri ; mais je savais aussi que, tôt ou tard, il se fatiguerait et tâcherait de me reposer doucement à terre, et cela me permettait de profiter pleinement de l'expérience.

En revanche, dans la danse de Fils-de-Soldat, il n'y avait aucun espoir de répit. Je ne le retrouvais pas dans l'entrelacs touffu de la danse et de la musique : il s'y était fondu et ne faisait plus qu'un avec elles. Je pris encore davantage conscience de mon corps, ou plutôt du corps qui m'appartenait naguère : mes poumons se gonflaient et se vidaient comme des soufflets de forge, et j'avais déjà la bouche sèche. Contaminé par la musique, Fils-de-Soldat dansait, tournait, pirouettait ; il sautillait puis se penchait et oscillait comme un arbre dans le vent. À chacun de ses pas, il s'éloignait de moi et s'enfonçait davantage dans le pouvoir de la musique.

J'aperçus l'image virevoltante de Kinrove dans le fauteuil qu'on lui avait apporté ; il affichait une expression grave, mais ses mains bougeaient à l'unisson des mouvements de Fils-de-Soldat, comme s'il les conduisait. Les commandait-il ? Cette idée me glaça. Les yeux de mon double s'étaient réduits à des fentes, et je tâchai de discerner le peu que je voyais, principalement le ciel et de brèves images de troncs d'arbres, Olikéa, le visage ruisselant de larmes, une des nourricières de Kinrove qui se grattait le nez, la paroi de la hutte de vapeur, Kinrove qui agitait les doigts en mesure selon mes déplacements.

Fils-de-Soldat dansait, dansait, et, peu à peu, il cessait de bondir pour traîner les pieds ; au bout de quelque temps, il peinait à tenir la tête droite et à lever les mains ; le sang battait douloureusement dans ses pieds, et tous les muscles de son dos hurlaient que leurs attaches avaient été arrachées ; pourtant il continuait.

Je devais l'arrêter. J'ignorais ce que Kinrove espérait exactement, mais ce n'était pas ce résultat-là : je me séparais plus que jamais de Fils-de-Soldat, et le processus détruisait l'organisme qui nous abritait. Sa respiration se faisait de plus en plus rauque, son cœur tonnait à ses tympans, les veines battaient dans ses mollets. Cessant de chercher à regarder ce qui se trouvait autour de nous, je tournai mon attention vers l'intérieur, en quête de mon double.

Il avait quasiment disparu ; je ne décelai nulle trace chez lui d'une conscience de lui-même distincte de la danse. Je fouillai plus loin en suivant la magie qui bouillonnait en lui comme un fleuve en crue, spectacle effrayant. « Fils-de-Soldat ! » criai-je, en me demandant où il se trouvait dans cette effervescence et s'il ne s'y était pas déjà complètement fondu. Je n'osai pas toucher ce torrent ; pouvais-je prendre les commandes du corps maintenant qu'il ne le possédait plus consciemment ? Peut-être, si la danse l'avait totalement emporté.

À cette idée, je sentis jaillir en moi un espoir tel que je n'en avais pas ressenti depuis des mois. Je me préparai du mieux que je pus ; il y avait tant d'éléments à maîtriser, et je devais les saisir tous à la fois ! Mes mains, mes bras, mes pieds en mouvement, ma tête qui s'agitait – comment parvenait-on à contrôler simultanément toutes les parties d'un corps vivant ? L'espace d'une seconde, cette pensée me laissa abasourdi.

Et puis une douleur écarlate éclata dans ma poitrine. Fils-de-Soldat fit trois pas chancelants de côté, et je crus que nous allions tomber ; mais il se rattrapa à un arbre, s'y accrocha de toutes ses forces un moment, puis, comme son cœur reprenait un rythme régulier, se redressa et se remit à danser. C'est alors que je compris que seule la mort l'arrêterait. Je me déployai et tentai d'occuper à nouveau mon corps.

J'éprouvai une sensation des plus étranges, comme si je m'étais jeté sur le dos d'un cheval au galop ; je sentais soudain les muscles bouger, les douleurs fulgurantes qui taraudaient mes pieds meurtris. Le corps m'appartenait et pourtant me restait étranger ; je dansais toujours, maladroit, soubresautant, comme une marionnette dont un enfant a saisi les fils ; je me campais sur le sol, mais mes bras battaient et s'agitaient follement ; si je m'efforçais de les tenir immobiles, ma tête se mettait à branler en tous sens et mes pieds à chasser de côté. Brusquement, un combat sans merci s'engagea entre Fils-de-Soldat et moi pour la domination ; je percevais sa présence, non comme un jumeau de mon esprit, mais comme la volonté de notre organisme. Je serrai les dents, crispai les poings et ne bougeai plus ; malgré leurs protestations, je raidis les muscles de mon dos en leur interdisant tout mouvement d'inclinaison ou de torsion ; je rabattis les bras sur mon torse, plaquai le menton sur ma poitrine et les maintins en place ; enfin, avec une résolution brutale, je repliai les jambes. Je tombai durement au sol mais ne relâchai pas le contrôle de mon corps, puis je me roulai en une boule aussi serrée que possible et ordonnai à toutes les parties de mon organisme de cesser tout mouvement ; aussitôt, je compris mon erreur. Non, pas ma respiration, pas mon cœur ! Je respirai à longues goulées et tâchai de calmer mon cœur affolé comme j'eusse tenté d'apaiser un animal sauvage.

« Tenez-vous tranquilles, tenez-vous tranquilles »,
murmurai-je à toutes les parties de moi-même.

Et c'est ainsi que je tombai dans le piège.

Je n'eus aucune sensation de me fondre en Fils-de-
Soldat, je ne rencontrai nul « autre moi » tapi dans ma
chair. Non, je me retrouvai assiégé par une décennie
de souvenirs et de pensées, les miens, les siens ; ils nous
appartenaient à tous les deux, et j'avais toujours été
conscient de mes existences et de mes expériences
jumelles ; j'avais toujours été moi, jamais Fils-de-Soldat,
jamais Jamère, toujours moi. Carsina lui avait brisé le
cœur autant qu'à moi, et j'avais aimé Lisana aussi profondément que lui ; j'éprouvais une grande affection
pour la forêt et il voulait lire la fierté dans les yeux de
son père ; c'était moi que la foule déchaînée avait voulu
tuer dans les rues de Guetis, et j'avais toutes les raisons
d'en haïr les habitants ; c'étaient mes arbres qu'ils voulaient abattre, la sagesse de mes anciens, et le fait que
nul n'acceptât de m'écouter me mettait en rage.

Je me relevai lentement, et mon corps tomba en
place sur moi. J'étais chez moi ; j'étais complet, j'étais
tel que mon destin le voulait ; j'étais le réceptacle parfait de la magie, prêt à exécuter ma mission. Cependant, il s'agissait non d'une mission mais d'une joie. La
magie et sa musique couraient dans toutes les veines
de mon corps et me poussaient à la danse ; mes mains
flottaient au bout de mes bras ; je redressai la tête et
sentis la magie me grandir ; je me déplaçais avec grâce,
beauté, dignité et détermination. Je fis deux fois le tour
d'Olikéa et Likari et les enserrai dans ma protection ;
mes mains s'agitèrent pour leur modeler une vie. Puis
je m'approchai de Kinrove et, devant lui, les yeux dans
les yeux, je dansai mon indépendance ; ses mains bougeaient, voletaient, mais elles ne représentaient que sa
partie de la danse : elles ne me contrôlaient pas. Je lui

tournai le dos et tranchai les fils arachnéens qui me liaient à son pouvoir. J'ouvris les bras à la forêt, au vaste monde et à tout ce qu'il renfermait ; j'ouvris mon cœur, mes yeux, mon esprit, et m'éloignai en dansant de ceux qui m'observaient. J'avais une mission à remplir.

Je sortis du monde et y rentrai pour retrouver sa forme réelle, profonde ; je n'étais plus réduit par l'espace ni par le temps. Je me déplaçais dans la magie, appelé par une succession de tâches inachevées.

Je revins au Fuseau-qui-danse. Il ne tournait plus ; j'avais fait ce qu'il fallait pour cela : j'avais prévu que le couteau qui avait glissé jusqu'à sa base se ficherait comme un coin sous la pointe de ce monument magique. Toutefois, je n'avais pas terminé mon travail : le Fuseau tenait toujours debout et forçait sur la lame de fer qui l'immobilisait. Quel sot j'avais été ! La première fois que je l'avais vu, j'étais resté béant : comment un pilier de pierre d'une telle taille pouvait-il demeurer en équilibre sur une pointe aussi fine ? Pourquoi ne tombait-il pas ? L'ingénieur gernien n'avait pas réussi à trouver la réponse à cette énigme, mais le magicien ocellion la connaissait ; il voyait les filaments de magie qui jaillissaient de l'extrémité de l'aiguille de pierre et fusaient au loin dans le monde de l'esprit que j'avais visité en compagnie du chamane kindona des années plus tôt. Dewara savait, lui.

Je gravis en dansant les nombreuses marches qui montaient en spirale le long de la tour ; au sommet, les yeux ouverts, je distinguai la magie qui maintenait le Fuseau comme le cordon d'une toupie – moins qu'un cordon : un fil d'araignée à mes yeux. Je tendis la main, puis, l'espace d'un instant, j'eus une hésitation ; Dewara avait été mon professeur, mon mentor ; malgré tout le mal qu'il m'avait fait, ne lui étais-je pas redevable ? Et qu'adviendrait-il des magiciens du vent et des autres magiciens des Nomades ? Je poussai un soupir ; ils redeviendraient des magiciens individuels, chacun doté uniquement du pouvoir qu'il pouvait générer. Ma décision était prise. Une main au-dessus de la tête, je sautai, et mes doigts agrippèrent le fil de magie et l'arrachèrent.

Le Fuseau tomba, s'abattant sur la tour ; seule ma danse me sauva quand la structure se fissura, poussa un soupir de tonnerre puis s'effondra. Au sommet des décombres en chute libre, je ne tombais pas avec eux, mais bondissais, me posais et bondissais à nouveau. Nous descendions sans cesse, et, quand nous touchâmes le fond de la vallée, le pilier se sépara en milliers de tronçons de pierre à stries rouges et blanches qui roulèrent et sautèrent au milieu des ruines antiques, tandis qu'une brume de poussière rose emplissait le paysage. Le Fuseau n'existait plus ; les Kindonas ne menaceraient plus jamais aucun de mes deux peuples. Cette bataille était terminée.

Et je m'éloignai en dansant, ma mission achevée. Lisana n'aurait plus à surveiller éternellement les magiciens kidonas ; je sentis sa présence et compris que je pouvais la rejoindre : elle m'accueillerait avec joie. Mais le moment n'était pas encore venu ; il restait du travail.

Mes pieds me portèrent jusqu'à Tharès-la-Vieille ; la distance ne m'opposait nul obstacle. Je pénétrai chez mon oncle Sefert en dansant et me rendis dans sa bibliothèque : mon journal, celui dans lequel j'avais soigneusement couché mes notes, m'appelait. Mais il ne se trouvait pas sur les étagères. Sans plus de substance qu'une ombre, je montai à l'étage et traversai les salles, et le vis ouvert sur le secrétaire de ma tante. J'en fis trois fois le tour en dansant, puis elle entra, se dirigea vers son bureau et s'y assit ; elle regarda mon journal, et j'instillai des pensées dans son esprit. L'ouvrage renfermait tout ce dont elle avait besoin pour devenir une des favorites de la reine ; encore une fois, j'eus un instant d'hésitation : qu'en coûterait-il à ma dignité ? Et au noble nom de ma famille ? Il y avait dans ce journal des secrets que je n'eusse jamais dû coucher par écrit.

Et pourtant, leur publication, même si je devais en souffrir, pourrait mettre un terme au conflit entre nos deux peuples ; le bien du plus grand nombre primait. Je tournais les pages avec ma tante et lui indiquais les passages à lire ; penché sur elle, je soufflai à son oreille : « Quelques changements ; il n'en faudrait pas plus pour éviter le scandale et gagner les faveurs de la reine. Songez à l'influence qui deviendrait la vôtre si vous étiez dans ses petits papiers ; songez à l'avenir qui s'ouvrirait devant votre fille. Rien que quelques modifications ; prenez ces mots à votre compte et chuchotez-les là où il faut ; cela suffirait. »

Je dansais autour d'elle pendant qu'elle lisait le journal. Finalement, elle ouvrit le rabat du secrétaire, en tira du beau papier épais à la texture crémeuse et sa propre plume de nacre ; elle déboucha son encrier, y trempa sa plume et entreprit de prendre des notes. Je souris, dansai une dernière fois autour d'elle et m'en allai.

Je quittai Tharès-la-Vieille pour suivre le fleuve et la Route du roi, et je constatai toutes les modifications qu'elle avait apportées avec elle : des pistes, des chemins et des sentiers en poussaient et se ramifiaient ; cahutes, chaumières, hameaux, terres de nouveaux nobles, bourgs animés et villages ambitieux semblaient jaillir du sol à chaque croisement ou là où la route frôlait la rive du fleuve. Il y avait du bien comme du mauvais dans ce processus, mais en soi ce n'était ni l'un ni l'autre, seulement du changement. Les gens devaient bien se loger, et les populations chassées d'une région s'installaient dans une autre, aussi naturellement que l'eau coule vers le bas.

Pour déplacer les gens, il fallait les pousser ou les tirer ; les Canteterriens avaient refoulé les Gerniens, et les Gerniens avaient refoulé les Nomades. En s'emparant de nos provinces côtières, Canteterre nous avait propulsés jusqu'à la Barrière, comme l'onde soulevée par la chute d'une pierre dans un bassin finit par atteindre le bord. Ce n'était pas la Route du roi qui créait le problème : elle n'était que le fer de lance qui ouvrait le chemin. Le Peuple avait tenté de repousser les Gerniens, mais son impact ne suffisait pas : il n'avait pas la capacité de rassembler une force de répulsion assez grande pour chasser les intrus.

Mais peut-être pouvait-on leur opposer une force d'attraction qui les pousserait à faire demi-tour.

Je me rendis à l'Intérieur, dans la propriété de mon père à Grandval. Là, le soir tombait. Je suivis la route gravillonnée qui menait à sa maison, et je constatai là aussi des changements ; les signes de laisser-aller n'étaient pas flagrants mais ils ne m'échappèrent pas : on n'avait pas coupé les branches cassées par le vent d'hiver dans l'alignement d'arbres le long de l'allée, des nids-de-poule crevaient la voie, remplis d'eau de pluie, des ornières se creusaient dans l'allée circulaire destinée aux véhicules. Pour l'instant, il ne s'agissait que de détails, mais, si on n'y prenait pas garde, ils n'iraient qu'en s'aggravant ; ils me laissaient entendre que mon père n'avait pas repris la gestion quotidienne du domaine, et que Yaril avait beau se démener, elle n'accorderait son attention à ces tâches qu'au moment où elles l'exigeraient. Mais le sergent Duril eût dû s'apercevoir de ces négligences ; pourquoi ne lui en avait-il rien dit ?

J'entrai dans la maison, et l'ordre et la propreté que j'y découvris me rassurèrent ; ici, au moins, Yaril était dans son élément et tenait la barre. Des flambées de printemps bondissaient joyeusement dans les âtres bien tenus, et des bouquets suaves d'anémones, de tulipes et de jonquilles ornaient les vases. Je perçus un parfum de jacinthe dans la chambre de ma sœur ; assise à son petit secrétaire blanc, elle rédigeait une lettre, et, sans cesser de danser, je lus par-dessus son épaule. Elle écrivait à Carsina pour lui demander pourquoi elle n'avait pas répondu à sa lettre précédente et si elle avait des nouvelles de moi. Je lui murmurai à l'oreille : « Rappelle-lui qu'elle m'aimait naguère et que nous devions nous marier. Rappelle-le-lui. » J'ignore ce qui m'avait pris : sa missive s'adressait à une femme morte depuis plusieurs mois ; mais la magie m'avait soufflé cette idée et j'avais obéi.

Je n'en dis pas plus à Yaril. J'avais senti quelque chose céder dans mon organisme. J'ai peine à décrire la sensation ; si mon corps avait été une maison, j'eusse comparé cela à un mur porteur qui commence à se fissurer. L'espace d'un instant, je retombai dans ma chair et je perçus les dégâts que la danse y provoquait ; chaque fois que mon pied tapait sur le sol, le choc se répercutait dans mes muscles et mes os, et, comme un séisme régulier, il ébranlait ma charpente, effilochait les tendons et déchirait les vaisseaux sanguins qui déversaient leur sang dans les cavités de ma chair. Les impacts de mes pieds sur la terre équivalaient à autant de petits coups de marteau ; chaque pas m'abîmait.

Mais nul n'y pouvait rien ; les dégâts faisaient partie de la danse.

Je me replongeai dans la magie et me retrouvai dans le bureau de mon père. Un feu brûlait dans la cheminée ; près d'elle, installé dans un fauteuil rembourré, une robe de chambre sur les genoux, mon père faisait face à l'oncle de Caulder assis en face de lui. Je ne connaissais pas ce dernier, mais je l'identifiai à sa ressemblance avec le colonel Stiet, son frère. L'avidité le faisait quasiment trembler tandis qu'il montrait à mon père la carte grossière que j'avais dessinée bien des mois auparavant et que les multiples pliages et manipulations qu'elle avait subis n'avaient pas arrangée. « À votre avis, dit le géologue en suivant du doigt le ravin que j'avais tracé, qu'est-ce que ceci ? Reconnaissez-vous le terrain ? »

Mon père avait vieilli ; ses cheveux blanchissaient, les veines et les tendons saillaient sur le dos de ses mains. Encore une fois, je constatais les ravages de la magie ; toutefois, il me semblait distinguer aussi des traces de guérison, comme du tissu cicatriciel qui referme ce qui reste d'une plaie saine. Il ne serait plus jamais le même, mais il pouvait se rétablir et au moins redevenir lui-même au lieu de la créature de la magie : elle n'avait plus besoin de lui si elle me possédait tout entier.

Stiet ne laissa pas mon père prendre la carte ; il la garda à la main et montra la zone sur laquelle il souhaitait des détails. Son interlocuteur y jeta un coup d'œil poli puis se détourna, vaguement agacé. « Je vous l'ai déjà dit trois fois, j'ignore de quoi il s'agit. Si vous tenez tant à le savoir, interrogez Jamère, puisque c'est lui qui a dessiné ce plan, d'après vous.

— C'est lui, en effet ! Mais je ne puis l'interroger : vous l'avez mis à la porte. Vous ne vous en souvenez plus ? Pourtant, vous avez passé la journée d'hier à vous lamenter de l'avoir fait ! » Stiet se laissa aller brutalement contre le dossier de son fauteuil et éclata. « Ah, il n'y a rien à tirer de vous ! Je suis à ça d'une véritable fortune, seul un petit renseignement de rien du tout m'empêche d'y accéder, et personne ne le détient ! »

La fureur le disputait à la cruauté dans ses propos. Le visage de mon père se plissa, comme s'il avait reçu un coup au ventre ; ses lèvres tentèrent de former des mots, tremblèrent, puis, prenant sur lui-même, il crispa les mâchoires. Le voir ainsi affaibli, indécis et maltraité par un homme qui abusait de l'hospitalité de ma famille balaya les dernières bribes de colère et de rancœur que je conservais contre lui. Les moqueries grossières de Stiet m'enragèrent, et je dansai autour de mon père pour le protéger des paroles brutales de son hôte, pour lui inspirer force d'âme et fierté. « Dites-lui de vous laisser tranquille ! Dites-lui de s'adresser au sergent Duril ; il saura déchiffrer mes gribouillages. »

Mon père se redressa sur son siège. « Demandez au sergent Duril. C'est lui qui connaît le mieux mon fils ; il a été pour lui un père autant que moi. Il reconnaîtra ce que désignent les gribouillages de Jamère. »

Stiet serra les dents ; d'une main nerveuse, il replia la carte et la lissa. « Mais peut-on lui faire confiance ? demanda-t-il d'une voix tendue. Je le répète, il y a une fortune en jeu. En outre, j'ignore si je pourrai attendre son retour de Guetis ; le printemps s'installe de plus en plus, et quelqu'un d'autre risque de découvrir le site que nous cherchons et de se l'approprier. Alors, tous nos efforts auront été vains. Pourquoi a-t-il fallu que vous envoyiez le sergent loin d'ici ? »

Mon père serra ses mains osseuses sur ses genoux, et son regard parut s'éclaircir en se fixant sur Stiet. « Mais pour aider ma nièce, Epinie ! Yaril avait reçu des nouvelles d'elle ; Guetis a subi un hiver très dur et des escarmouches avec les Ocellions. Duril est parti avec le chariot à grandes roues rempli d'approvisionnements, et il tâchera d'apprendre au passage ce qu'il est advenu de Jamère. Apparemment, il y a des raisons de penser qu'il est parvenu jusqu'à cette garnison et qu'il s'y est enrôlé. Il a du cran, ce garçon ; un vrai Burvelle, qui ne se laisse pas abattre.

— Un vrai Burvelle ? Mais vous l'avez déshérité ! Il était devenu gras comme un porc ! L'École de cavalla l'a mis à la porte, il est rentré chez vous déshonoré et vous l'avez renié ! » Stiet se calma non sans difficulté, reprit son souffle et se pencha vers mon père comme s'il partageait sa peine. « Il n'existe plus, sire Burvelle. Votre dernier fils survivant n'existe plus. Je regrette qu'il vous ait tant déçu, mais il n'est plus ; tous vos fils sont morts. Votre dernier espoir, c'est que votre fille fasse un bon mariage, reste auprès de vous et s'occupe de vous ; mon fils adoptif représente un bon parti pour elle : il vient d'une excellente famille. Hélas, je n'ai guère de fortune à lui léguer ; mais, si nous parvenions à établir d'où provient cet échantillon minéral, je pense qu'il pourrait intéresser d'autres géologues, et alors je pourrais généreusement subvenir aux besoins de Caulder ; et lui, à son tour, pourrait subvenir à ceux de votre fille. Tout le monde s'y retrouverait.

— Je veux voir le caillou. » Mon père s'exprimait brusquement avec énergie. « Je veux savoir ce qu'il a d'unique ; montrez-le-moi.

— Je vous l'ai déjà dit, monsieur : il a été égaré ; je ne puis donc vous le montrer. Il vous faut me croire sur parole : il présente un mélange d'éléments tout à fait exceptionnel ; les spécialistes de la géologie y porteront un grand intérêt, mais il n'inspirera sûrement qu'un profond ennui aux profanes. Les chercheurs qui étudient les origines du monde seront curieux de voir la région d'où il vient. »

Tout en dansant, je secouai la tête. Il mentait ; il ne portait pas un intérêt scientifique au caillou : il y voyait autre chose, une valeur pécuniaire, j'en avais la certitude, même si mes connaissances en géologie ne me permettaient pas de déterminer ce qu'il cherchait. À cet instant, le regard de mon père croisa le mien, et mon sang se glaça ; on eût dit qu'il me voyait vraiment, et, comme en réponse à mon geste, il secoua lentement la tête à son tour. « Non, dit-il en tournant les yeux vers Stiet. Vous ne me dites pas tout. Même si le sergent Duril était revenu, il ne vous aiderait pas tant que vous maintiendriez cette attitude dissimulatrice. Et, si mon fils est toujours vivant… (il adopta un ton soudain plus ferme) si mon fils est vivant, il rentrera. N'espérez pas m'appâter avec votre adolescent maigrichon ; il cesse à peine de mettre des culottes courtes, et ma fille m'a prévenu qu'elle ne souhaitait pas se marier si jeune. Elle vous le dira elle-même. » Il leva la voix tout à coup. « Yaril ! Yaril ! J'ai besoin de toi ! » Et, en cet instant, je retrouvai le père que je me rappelais de mon enfance, et non plus l'homme rendu à moitié fou par mon échec à l'École et brisé par la mort de ses proches.

J'entendis une chaise qu'on reculait puis les pas rapides de ma sœur dans le couloir. « Ce n'est pas nécessaire, fit Stiet précipitamment ; renvoyez-la. Vous n'avez nul besoin d'elle. Ne vous mettez pas dans cet état ; je ne faisais que poser une question.

— Si, j'ai besoin d'elle », répliqua le vieillard d'un ton acerbe. Encore une fois, il me regarda, et j'eusse pu jurer qu'il me voyait. « J'ai besoin d'elle pour tout ce que je ne peux pas faire moi-même par manque de force. » Il ne me quittait pas des yeux, et j'eus l'étrange impression qu'un échange se produisait entre nous, comme si la magie qui l'avait infecté retournait en moi ; je m'en sentis plus complet, et je crus la voir quitter mon père et le laisser redevenir lui-même. Quelle quantité de mon pouvoir avais-je déployée, et sur combien de personnes ? Je savais qu'il avait fortement touché Epinie et Spic ; il avait contraint Carsina à revenir auprès de moi après sa mort pour implorer mon pardon. Yaril ? J'avais imposé ma magie à Caulder quand je l'avais obligé à faire demi-tour sur le pont. Qui d'autre ? Combien ? Une part de moi-même voulait éprouver un sentiment de culpabilité au souvenir de mes actions, mais une autre rétorquait, désinvolte, que je n'y avais nulle part, que c'était la magie qui avait agi ; elle n'acceptait, ne tolérait aucun remords.

Les mouvements de mon corps lointain firent à nouveau irruption dans mon esprit. Kinrove ne savait exprimer la magie que par la danse, et, sur son ordre, je dansais. Je me demandai soudain quel moyen d'expression j'avais employé ; la parole écrite, peut-être, en avait été la manifestation la plus forte : le journal, la carte dessinée à la hâte, même la correspondance entre Carsina, Yaril, Epinie et moi. Une sensation me parvint de ma lointaine nature physique : de l'eau ruisselait sur mon dos. Des nourriciers versaient sur moi de l'eau pour me rafraîchir, et je la sentais dégouliner. Quelque part, j'avais soif ; sans cesser de danser, j'ouvris la bouche, et on y fit tomber un filet d'eau. Olikéa ? Peut-être.

Mais je ne pouvais pas penser à elle ni à rien d'autre qu'à combler les lacunes de mes missions magiques. Tout ce que mes deux moitiés n'avaient pu accomplir séparément se résolvait à présent ; il faut deux mains pour tisser.

Quand Yaril entra, je compris ce que je devais faire. Un pli creusait son front, et elle serra soudain les bras sur sa poitrine. « Y a-t-il un courant d'air ici ? » demandat-elle, et elle entreprit de vérifier que les croisées étaient bien fermées et de tirer les rideaux ; cela fait, elle se porta rapidement auprès de notre père dans le froufrou de ses jupes et le tapotis de ses pieds sur le plancher. Ces bruits ordinaires auxquels on ne prête habituellement nulle attention parurent se fondre dans la musique, et je dansai avec eux. Ses paroles me semblèrent celles d'une chanson quand elle dit : « Me voici, père ; que vouliez-vous ?

— Une réponse ! » Il abattit brusquement sa paume sur sa cuisse, comme si Yaril l'avait trompé et qu'il l'en tançât.

Le tremblement qui saisit ma sœur me fendit le cœur ; mais elle se redressa et soutint son regard. « Une réponse à quelle question, père ? » Elle s'exprimait d'un ton grave, sans impertinence, et je compris qu'elle se servait de son propre maintien pour rappeler ses manières au vieillard.

« Le fils de cet homme, son fils adoptif, ce Caulder, désires-tu te fiancer avec lui ? »

Elle baissa les yeux mais déclara d'un ton ferme : « Vous m'avez donné à entendre que la décision ne dépend pas de moi.

— Et elle ne dépend toujours pas de toi ! » cria-t-il. Il avait élevé la voix, mais il y manquait le tonnerre d'autrefois, et Yaril tint bon. « Mais rien ne t'empêche d'avoir une opinion, n'est-ce pas ? Eh bien, je te la demande ; quelle est-elle ? »

Elle releva le menton. « Souhaitez-vous que je l'exprime devant le professeur Stiet ?

— Dans le cas contraire, t'en prierais-je alors qu'il est assis avec nous ?

— Très bien. » Sa voix se durcit pour rivaliser avec l'acier de celle de mon père. « Je ne le connais pas assez pour former un jugement sur son caractère : je le vois comme un hôte plutôt que comme un homme en déplacement pour affaires. Si je dois l'épouser, je tâcherai de m'en arranger ; c'est ce que font habituellement les femmes. »

Mon père la regarda fixement un moment puis il éclata d'un rire fêlé. « Assurément, c'est ainsi que ta mère a agi avec moi. Bien, vous l'avez entendue, Stiet ; vous n'avez rien qui nous intéresse pour le moment. Vous pouvez garder votre satané caillou, votre satané bout de papier et votre satané "fils" ; ma fille et moi n'en avons pas besoin. »

Je remarquai alors quelque chose : je vis que mon père percevait la magie et la défiait. Elle se vrillait en lui comme un parasite et cherchait à le plier à sa volonté : elle ne voulait pas que le professeur Stiet s'en allât. Le vieil homme leva une main décharnée et se frotta la poitrine comme pour calmer une vieille douleur. Ses lèvres se retroussèrent, laissant voir ses dents, mais il se domina : il combattait la magie comme je l'avais combattue. Je me remémorai soudain le jour où j'avais dessiné la carte ; je l'avais griffonnée à la hâte, rageusement, de façon volontairement négligente, simplement pour pouvoir dire que je l'avais fait et l'oublier. Ce Jamère avait bravé le pouvoir de manière instinctive, tout comme mon père à présent. Un sursaut l'agita.

« Attends ! criai-je tout haut à la magie au flanc de la montagne. Laisse-le, cesse de le tourmenter. Il y a un autre moyen, plus efficace. Je te guiderai et je te jure que tu parviendras à tes fins ; mais laisse mon père tranquille. »

Je tendis mes mains absentes, je crochai de mes doigts que je n'avais pas, et j'extirpai du vieillard la magie comme si je tirais sur un serpent qui fouissait sa chair. Il poussa un cri et crispa les poings sur sa poitrine ; je savais que je lui faisais mal, et m'inquiétais qu'il ne fût pas en état de supporter la douleur. Mais je n'en savais rien ; en revanche, j'étais sûr que si je laissais la magie le dominer il finirait par se plier à sa volonté ou par mourir. Le connaissant, il choisirait sans doute la mort.

Il était blême et avait les lèvres d'un noir violacé quand la magie s'arracha enfin à lui. Avec un cri, il se courba en se tenant la poitrine ; Yaril se précipita en s'exclamant : « Non ! Non, père, ne mourez pas ! Respirez, respirez, père, respirez. » Elle se tourna vers Stiet et aboya : « Ne restez donc pas les bras ballants ! Appelez les domestiques, envoyez quelqu'un chercher le médecin de Port-Burvelle ! »

Il ne bougea pas. À son regard, on voyait qu'il se livrait à de froids calculs.

« Envoyez chercher le médecin ! hurla-t-elle d'une voix stridente.

— J'y vais. » Caulder Stiet se tenait dans l'encadrement de la porte. Il avait l'air d'un pâle intellectuel, pour le décrire gentiment. Si je l'avais croisé dans la rue, je ne l'eusse sans doute pas reconnu ; ses cheveux avaient poussé, il portait des chaussures basses, un pantalon gris et une chemise blanche avec une cravate gris clair. Il tenait à la main un livre, l'index lui servant de marque-page. Bref, il n'avait pas l'air d'un homme d'action, et il regardait Yaril d'un air de chiot énamouré.

« Oui, allez-y ! » cria-t-elle. Néanmoins, il prit le temps de s'avancer dans la pièce et de poser son ouvrage sur une table basse avant de sortir au pas de course.

J'avais songé à me servir de Caulder, mais l'aperçu que je venais d'en avoir me décida. Non, père avait raison : c'était Yaril qui devait se charger de ce que sa faiblesse lui interdisait de faire. Le vieil homme me regardait ; ses lèvres formaient des mots silencieux. « Merci, mon fils. Merci. » Puis sa tête tomba sur son épaule.

La magie se tordait contre moi, se débattait et s'enroulait autour de mes poings fantômes pour essayer de m'échapper. Je dansai plus fort, pris dans le pouvoir, et le combattant en même temps. Mon cœur brinquebalait dans ma poitrine comme un chariot emporté par un attelage emballé. J'étais la magie et je luttais avec elle pour la dominer, l'obliger à emprunter un chemin qui ne détruirait pas toute la famille Burvelle. Je l'empoignai fermement, jetai un coup d'œil à ma petite sœur désespérée, à genoux près de mon père agonisant, puis repliai la magie pour en faire un cercle ; je l'appuyai sur mon front pour y graver un vieux souvenir, y imprimer une image au fer rouge et y ajouter un message : « Voilà d'où vient le caillou ; mais ne donne pas ce renseignement à Stiet : sers-t'en pour le bien de notre famille et donne ce que tu trouveras au roi et à la reine. Il n'y a pas d'autre moyen. »

J'endurcis mon cœur. « Pardon, dis-je à Yaril ; pardon de t'utiliser ainsi, mais je n'ai personne d'autre. » Je pris ma couronne de magie et l'en coiffai.

Elle rejeta la tête en arrière comme un cheval qui refuse la bride, mais la magie était là, l'information aussi, ainsi que mon souvenir où je lui racontais l'été où mon père m'avait confié au guerrier kindona Dewara ; le contact le lui rappela comme s'il datait de la veille, et elle sut aussi clairement que moi comment se rendre là où Dewara avait fait son feu et m'avait conduit dans le monde de l'esprit. C'était là, pensais-je, l'origine de ce caillou que j'avais emporté en mémoire de cette rencontre, celui-là même que Caulder m'avait dérobé pendant l'année que j'avais passée à l'École.

Je sentais la magie et sa colère d'avoir été détournée de la voie qu'elle avait choisie pour se retrouver sur la mienne, mais je savais sans pouvoir l'expliquer rationnellement que ma solution fonctionnerait ; elle serait plus complexe mais elle parviendrait au même résultat. Même mon adversaire l'acceptait, mais sans grâce et

avec la promesse furieuse d'une vengeance ultérieure ;
à mon tour, j'acceptai ces termes : je paierais comme
j'avais déjà payé. Mais cette fois le jeu en vaudrait la
chandelle.

D'accroupie qu'elle était près de mon père, Yaril
s'était assise lourdement sur le plancher, les jambes
inconfortablement repliées sous elle, et elle oscillait de
droite à gauche. Les yeux de mon père, à peine entrou-
verts, étaient fixés sur elle ; soudain, il laissa sa tête aller
contre le dossier du fauteuil, inspira profondément et
poussa un grand soupir, comme si un harnais pesant
lui était enlevé. Il tourna les yeux vers moi, et ses lèvres
pâles s'écartèrent comme en un sourire. « Seigneur
Burvelle », dit-il dans un souffle. Il tendit une main tremblante et la posa sur les cheveux blonds de ma sœur.
« Protège-la. » Il ferma les paupières.

« Il est mort, dit Stiet.

— Non. » Mon père, à nouveau, inspira lentement.
« Je ne suis pas mort. » Nouvelle inspiration, plus
hachée.

Avec difficulté, il se tourna pour faire face à Yaril,
assise par terre, hébétée, blanche comme un linge, hormis une tache rouge sur la lèvre inférieure, là où elle
s'était mordue. Elle leva les mains et les pressa sur ses
tempes comme pour empêcher sa tête d'éclater.

« Tu vas bien, ma chérie ? demanda-t-il.

— Je... Oui. » Son regard s'éclaircit. Stiet lui tendit la
main, mais elle prit appui sur le plancher, se releva
seule et s'approcha de mon père d'un pas mal assuré ;
elle s'agrippa au dossier du fauteuil, se redressa et posa
les mains sur les épaules du vieillard, se penchant pour
lui murmurer à l'oreille : « Je crois que tout ira bien
désormais ; je sais ce que je dois faire. »

À ces mots, la magie cessa de me harceler. Je vis le
halo qui nimbait la tête de Yaril se dissiper soudain, ne

lui laissant que l'information dont elle avait besoin. C'était fini ; j'avais accompli tout ce que souhaitait la magie ; j'avais servi ses desseins et elle en avait terminé avec moi. Je dansais toujours, mais plus lentement.

Je levai la tête et tournai mon regard vers l'est. Je sentais mon corps qui se déplaçait lourdement, mais il me paraissait très loin ; parviendrais-je à le rejoindre avant qu'il ne défaillît complètement ? Je savais que c'était important, mais la tâche me paraissait tout à coup écrasante, à la limite de mes capacités. Je revins à la pièce où je me trouvais. Du temps avait dû passer, car un médecin soignait mon père et mélangeait à de l'eau une poudre effervescente. Le professeur Stiet avait disparu, mais Caulder était là, rouge encore de ses récents efforts, et il regardait mon père avec une inquiétude apparemment non feinte. Yaril occupait un fauteuil à côté de mon père, et une femme de chambre posait sur une table un plateau garni d'une théière et de plusieurs tasses. Ma sœur paraissait encore en moins bon état que le vieillard à côté d'elle. Au loin, je sentis mon corps me tirailler, comme un pantin à l'agonie qui cherche à rattraper ses fils. Je m'approchai de mon père.

« Adieu », lui dis-je, mais il ne me regarda pas ni ne réagit d'aucune façon. Je me penchai et baisai son front comme il le faisait parfois quand, enfant, j'allais me coucher. « Adieu, sire Burvelle ; j'espère que vous porterez votre titre encore de longues années. »

Mon corps me rappela soudain plus fort, mais, sans l'écouter, je me rendis auprès de Yaril pour danser une dernière fois devant elle. « Adieu, petite sœur. Sois forte ; je t'ai donné la clé ; à toi de découvrir comment la tourner et employer ce qu'elle cache de la manière la plus profitable pour la famille. Je remets cette tâche entre tes mains capables. » À nouveau, je me penchai et déposai un baiser sur sa tête ; ses cheveux sentaient les fleurs.

Puis je cédai à l'attraction de la magie ; elle m'emporta hors de la maison et le long de la Route du roi dans une marche-vite de l'esprit. Je reconnus la longue route bordée de bourgs en pleine croissance, et m'étonnai des nouvelles propriétés agricoles implantées de part et d'autre. Le temps accélérait et m'entraînait à une allure grisante. La magie me transportait dans le soir quand je reconnus le sergent Duril installé pour la nuit près de son chariot à larges roues, et je freinai des deux pieds. Il dormait déjà sur la couche exiguë qu'il avait improvisée sur son chargement, son fusil à portée de main ; ses cheveux enjarretés s'agitèrent, et l'un d'eux leva la tête en hennissant doucement quand je m'approchai. La casquette du sergent avait glissé, dévoilant sa calvitie presque complète désormais. Tenterais-je de m'introduire dans ses rêves ? Non. Léger comme la brise, je dansai autour de son chariot, puis je posai les mains sur les siennes. « Quoi qu'on vous dise, tâchez de conserver un bon souvenir de moi, lui dis-je. Je n'ai rien oublié de ce que vous m'avez appris, et ça m'a bien servi, sergent ; vous avez parfaitement accompli votre travail. »

Il ne bougea pas. Cependant, ce n'était pas à lui que je faisais mes adieux, mais à moi, je le savais. Le fil de la magie me tira de nouveau, et je repartis sur une longue section de la route éclairée par la lune ; je traversai Ville-Morte, passai devant l'ancienne maison d'Amzil, déjetée par le poids de la neige de l'an dernier, et poursuivis mon chemin jusqu'à voir les lumières et à sentir les odeurs de fumée de Guetis. Une fois encore, je ralentis l'allure ; j'eus du mal, car la magie défaillante me tirait comme un crochet enfoncé dans ma poitrine.

Mon organisme puisait dans ses dernières ressources. Je devais le rejoindre tant qu'il y restait une étincelle de vie, mais, plus encore, il me fallait revoir les visages de ceux que j'aimais. Je trouvai leur maison et me dirigeai vers leur porte en dansant ; sans plus de bruit qu'un spectre, je traversai les murs de planches et pénétrai dans une chambre où Epinie et Spic partageaient un lit, leur enfant nouveau-né mussé entre eux. Ma cousine avait un aspect de cadavre, le teint cireux, des cernes noirs sous les yeux ; Spic avait les cheveux secs et cassants, semblables à la fourrure d'un chien affamé ; même le nourrisson paraissait maigre, avec ses joues plates au lieu d'être rebondies. « Ne baissez pas les bras, suppliai-je. Les secours arrivent ; le sergent Duril est en route. » Je caressai leurs visages endormis de mes doigts sans substance pour en effacer les plis, mais je n'avais plus la force de m'introduire dans les rêves d'Epinie.

La traction de la magie déclinante devenait douloureuse. Quelque part, mon cœur maltraité cognait sur un rythme inégal dans ma poitrine. Pourtant, je pris le temps d'un dernier plaisir et me rendis auprès de la femme qui m'avait sauvé naguère. Mes lèvres effleurèrent la pommette saillante d'Amzil ; elle dormait dans le même lit que ses enfants, pelotonnée contre eux, et ils avaient tous le visage aussi maigre que lorsque je les avais connus. « Adieu, lui soufflai-je à l'oreille d'une voix plus douce qu'un murmure. Soyez sûre que je vous ai aimée. » Je m'efforçai de me convaincre que je ne les avais pas abandonnés et me laissai entraîner au loin.

Soudain, en l'espace d'un battement de paupière, je réintégrai mon corps en ruine. Il faisait nuit noire, mais un brasier éclatant illuminait les ténèbres. Je bougeais toujours, mais une personne sensée n'aurait jamais reconnu une danse dans mes mouvements. Je me tenais debout, les mains molles et tremblantes au bout des bras ; je ne les sentais plus, pas plus que mes doigts violacés. Je penchais vers l'avant, incapable de me redresser, et je distinguais mes pieds qui se déplaçaient en frottant la terre, nus et ensanglantés là où ils n'avaient pas viré au noir. Je compris : mon cœur surchargé, épuisé, n'avait plus la force d'envoyer mon sang jusqu'à mes extrémités. À titre d'expérience, j'essayai de lever un pied ; j'y parvins, à condition de tirer ma jambe au niveau de la hanche, et je réussis à faire un pas maladroit, puis un autre, et encore un autre. Seule ma jambe gauche répondait ; je devais traîner la droite.

« Mais que fait-il ? » s'exclama quelqu'un ; la voix avait la force d'un cri mais la forme d'un chuchotis.

« Laissez-le passer. » Je reconnus la voix de Kinrove. « Suivez-le, mais n'intervenez pas. C'est son temps et il le sait. »

J'eusse voulu répliquer que je ne savais rien, mais je n'en avais plus la force. Je devais réserver toute mon énergie à continuer mon lent déplacement ; quelque chose m'attirait, quelque chose de plus puissant que la danse de Kinrove. Après ce qui me parut une éternité, je sortis du cercle de lumière du feu. « Suivez-le ! » ordonna l'Opulent à nouveau, et, à mon grand soulagement, quelqu'un vint se placer à côté de moi, une torche à la main, quelqu'un de petit et qui pleurait ; une autre personne vint se joindre à nous. Olikéa et Likari. De part et d'autre de moi, ils éclairaient mes pas. J'y voyais de moins en moins, mais une autre vision me guidait. Je distinguais mal ce qui se trouvait devant moi et j'ignorais où je me rendais, mais je savais que je devais y aller. Un pas, traîner la jambe, un pas, traîner la jambe. J'empruntai un sentier pendant un long moment mais, quand il se détourna de la direction voulue, je le quittai. Un pas, traîner la jambe ; un pas, traîner la jambe.

Comme les dernières heures de la nuit s'écoulaient, mon allure se ralentit, mes pas se réduisirent et ma jambe droite s'alourdit. Le sol commença de s'élever, et, à un moment, je tombai à genoux puis à quatre pattes ; je continuai ainsi. À plusieurs reprises, j'entendis mes compagnons demander de nouvelles torches ; on leur en apporta et ils les allumèrent aux tisons des précédentes, mais pas instant ils ne me quittèrent. Leurs pleurs se muèrent en respiration rauque, et, quand j'en vins à me traîner sur le ventre, ils étaient muets. « La torche va s'éteindre », dit Likari, et Olikéa répondit : « Peu importe ; le soleil se lève, et de toute manière il n'y voit plus. »

Elle avait raison.

Je reconnus l'environnement à l'odorat, à l'angle de la lumière de l'aube et à la configuration du terrain. Je sentis Lisana me regarder tandis que j'approchais ; je n'avais plus la force de lui parler, mais elle m'interpella : « Je ne peux pas t'aider, Jamère ; tu dois achever seul cette tâche – et tu dois l'achever. »

À plat ventre, je passai devant sa souche brisée ; j'eus du mal à me déplacer car ses branches mortes jonchaient le sol, et je crus que je n'arriverais pas à mouvoir ma masse au-delà d'elle ; pourtant, j'y parvins. Alors je dus me traîner le long de la pente jusqu'au jeune arbre qui poussait à l'extrémité de son tronc.

« Il est trop petit ! s'exclama quelqu'un.

— Laisse-le choisir ; ne discute pas avec lui. » C'était la voix de Kinrove.

Je parcourus la dernière distance en rampant puis tendis la main pour saisir le baliveau. Je tombai le visage dans l'humus, la main agrippée à l'écorce. Il n'en fallait pas davantage : ma décision était claire pour tous. Kinrove déclara : « Il a choisi son arbre. Attachez-le au tronc ! »

4

L'arbre

Le kaembra que j'avais choisi était beaucoup plus jeune que ceux sur lesquels les Opulents jetaient habituellement leur dévolu ; pire, au lieu de s'enraciner dans la terre, il avait rejailli du tronc abattu de Lisana. Je m'y agrippais de toutes mes forces. Moins de deux années s'étaient écoulées depuis que j'avais tranché l'arbre de Lisana ; certes, les kaembras poussent à une allure exceptionnelle, mais le mien n'en restait pas moins filiforme. J'entendis les nourriciers s'interroger entre eux sur mon choix, et l'un d'eux eut même l'audace de suggérer de me déplacer ; je vécus un instant de pure terreur lorsque je sentis leurs mains saisir mes poignets et mes chevilles.

« Ne tentez pas de vous opposer à la décision d'un Opulent ; qu'il fasse selon son gré. » Kinrove s'exprimait d'un ton impérieux ; d'une voix plus douce et plus pensive, il ajouta : « La magie ne nous laisse guère de liberté tant que nous sommes des hommes ; qu'il jouisse à présent de ce qu'il peut. »

Poussant, tirant, hissant, les nourriciers mirent en place la masse de viande morte qui abritait mon étincelle de conscience. La douleur avait disparu par excès d'assauts : je ne la sentais plus ; en revanche, j'éprouvais une profonde sensation d'anomalie ; mon organisme comptait tant d'éléments abîmés que rien ni personne ne pourrait le réparer, ni un guérisseur, ni le temps, ni même la magie. Mon corps était devenu territoire inconnu, mes organes me donnaient l'impression de se déchirer lorsque les nourriciers me déplaçaient, je ne pouvais plus bouger mes doigts ni mes pieds ; je me rappelais vaguement les sentir gonfler, mais il s'agissait d'un souvenir physique plus que mental. Je cessai d'inventorier tout ce qui se détériorait en moi : ma chair ne fonctionnait plus et je ne tarderais pas à la quitter.

Je me demandai si Dasie avait connu ce même flottement, cette bribe de conscience enfermée dans une carcasse morte. Comme pour elle, on centra ma colonne vertébrale le long du tronc étroit puis on me ligota, après quoi on étendit mes jambes devant moi, serrées l'une contre l'autre, bien que cette position me parût inconfortable, on les lia par les genoux et les chevilles, et enfin on me fixa à mon arbre au niveau de la poitrine, du cou et de la tête. Les nourriciers s'écartèrent pour contempler leur travail.

Je n'y voyais plus ; mon ouïe fonctionnait encore, mais j'avais du mal à me concentrer sur les paroles. J'entendis néanmoins Olikéa envoyer Likari à la place d'honneur, et il prit la parole en tant que premier nourricier. J'avais des difficultés à l'écouter, non seulement parce que le carillon de la mort emplissait mes tympans, mais aussi parce qu'il s'exprimait d'une voix plus âgée, comme si les mois passés à danser l'avaient obligé à vieillir, mais de façon anormale. Les souvenirs qu'il gardait de moi étaient puérilement idylliques et d'une immaturité amusante. Il raconta par le menu les circonstances de son entrée à mon service, les repas qu'il m'apportait, la garde qu'il avait montée près de moi pendant ma fièvre dans les cavernes ; il narra nos parties de pêche, les vivres que j'avais partagés avec lui ; il parla de la chaleur que je dégageais quand il dormait contre mon dos, mais aussi de l'odeur infecte de mes pets la nuit, ce qu'il n'avait jamais mentionné devant moi.

Olikéa lui succéda. Avait-elle profité de la pitoyable lenteur de mon trajet pour organiser ses pensées ? En tout cas, elle avait ordonné ses souvenirs et ses images de moi chronologiquement, et j'appris alors qu'elle m'avait observé dès le premier jour de mon arrivée au cimetière ; elle raconta qu'elle m'avait enseigné les nourritures propres à alimenter ma magie, et narra avec grande fierté l'éducation qu'elle m'avait donnée sur la façon dont un Opulent doit faire l'amour, mais dit son regret de n'avoir jamais réussi à avoir un enfant de moi. Je songeais en l'écoutant que nous en avions pourtant partagé un, quand je pris soudain conscience de la présence de Lisana. Elle avait subrepticement suivi nos racines communes pour parvenir jusqu'à moi, et ses pensées touchaient enfin les miennes sans rien pour les séparer. Elle regarda Olikéa, et je crus déceler une pointe de jalousie dans ses propos.

« Moi non plus, je n'ai jamais pu avoir d'enfant, et je compatis avec elle ; mais parfois je songe : "Tu as déjà un fils ; pourquoi tant d'avidité ?"

— Je suis soulagé qu'elle ait retrouvé Likari ; j'espère qu'elle le gardera.

— Elle le gardera. » Lisana se rapprochait lentement de moi. Je la voyais à présent sous l'aspect d'une jeune femme, ronde et en pleine santé. Elle marchait pieds nus sur le tronc moussu de son arbre abattu, en s'efforçant de conserver son équilibre. Sa bouche souriait mais le bonheur l'illuminait tout entière. Elle se déplaçait prudemment et s'exprimait d'un ton désinvolte, et je comprenais son attitude ; nous nous dirigions vers un sommet de bonheur qu'aucun mot, aucun geste ne pouvait décrire sans le déparer. Je voulus ouvrir les bras pour l'accueillir mais ne pus bouger. Ah oui, c'est vrai, on m'avait attaché à l'arbre !

« Bientôt, dit-elle d'un ton rassurant, bientôt. » Puis elle ajouta, comme contre son gré : « Il y aura de la douleur ; mais concentre-toi sur l'idée que, si mal que tu aies, ça ne durera pas, tandis que nous survivrons. Nos arbres sont jeunes, et je sens la magie qui s'écoule comme un torrent que plus rien n'entrave.

— J'ai donc réussi ? »

J'entendais d'autres intervenants qui parlaient de moi et de ce qu'ils avaient su de moi. La voix d'Olikéa s'était tue et Kinrove psalmodiait à sa place, mais je ne l'écoutais que d'une oreille distraite : je n'attachais nulle importance à ce que pouvaient dire les uns et les autres alors que Lisana m'attendait, elle qui me connaissait le mieux. Un frisson glacé me parcourut le dos quand je songeai à la souffrance à venir, mais j'en détournai mes pensées ; craindre la douleur revenait à la subir deux fois ; pourquoi ne pas plutôt se réjouir à l'avance du plaisir ?

Le sourire de Lisana s'élargit. « Tu ne t'en es pas rendu compte ? Moi, je l'ai senti malgré la distance ; je pense que tous ceux qui servent la magie l'ont perçu : on aurait dit une brise fraîche, le soir, après une longue journée torride. Le changement est en route.

— Alors tu ne crains plus rien, et tout ira bien désormais. »

Son sourire s'atténua. « Il faut l'espérer ; entre-temps, nous aurons ce que nous aurons. »

Un nouveau frisson d'inquiétude me parcourut. « Il faut l'espérer ?

— Tu l'as constaté, la magie ne se compose pas d'un événement unique produit par un claquement de doigts. Un même geste ne donne pas toujours les mêmes effets ; c'est une succession d'actes en cascades qui oscillent entre la coïncidence et la chance et qui aboutissent, après de multiples culbutes, à une conclusion qui nous laisse toujours pantois. Pourtant, il y a une chaîne qui les relie tous, et, quand on la suit, on peut dire cyniquement : "Ah, mais il ne s'agit pas du tout de magie, seulement de hasard." » Elle sourit. « Toutefois, pour ceux qui abritent le pouvoir, la vérité est criante : la magie existe.

— Mais tu as dit "Il faut l'espérer". Entends-tu par là que ce n'est pas sûr ? » Le picotement le long de mon épine dorsale se transforma en démangeaison puis en une sensation plus désagréable. *N'y pense pas, n'imagine pas les minuscules racines qui poussent soudain contre la peau de ton dos, qui s'étendent et te tâtent en quête de l'endroit le plus facile à pénétrer.* Une égratignure, une meurtrissure. Il ne s'agissait plus d'une démangeaison, mais d'une piqûre. La douleur passerait, elle s'achèverait bientôt, mais je craignis soudain que ce ne fût que le début.

Le temps s'écoule différemment quand la douleur égrène les secondes.

« Regarde-moi, Jamère ; n'y songe pas.

— Il faut l'espérer ? répétai-je afin de distraire mon esprit.

— Ces événements en cascade prennent du temps. Les Gerniens ne partiront pas tout de suite ; la colère bout encore en eux, et leurs haches s'abattent encore.

— Non.

— Si. Certains d'entre nous tomberont ; combien, je l'ignore. Tout ça participe du lent processus de la magie, Jamère, de… »

La souffrance commença. Ce que j'avais éprouvé jusque-là ne pouvait même pas se décrire comme une gêne en comparaison. Je sentis les pointes de dizaines, non, de centaines de racines avides ; elles s'enfoncèrent en moi, grimpèrent le long de ma colonne vertébrale comme un nouveau système nerveux, contournèrent les os de mes bras et de mes jambes. Je perçus les mouvements spasmodiques de mes membres et entendis les cris de joie de ceux qui regardaient l'arbre s'emparer de moi. En moi, comme un acide qui se répand, les racines créaient un réseau.

J'étais mort, je ne respirais plus, mon cœur ne battait plus ; des racines se déversaient dans mes entrailles et s'étendaient dans ma chair. J'étais mort. Je n'eusse dû rien éprouver ; je n'eusse pas dû sentir la masse de radicelles qui grouillaient dans ma bouche. Une femme me cria : « Ça ne durera pas éternellement ! » J'eusse voulu répondre que c'était déjà l'éternité, que je ne me rappelais rien d'autre que ce supplice, qu'une dizaine d'éternités avaient passé depuis qu'il avait commencé.

Pourtant, en effet, je percevais un changement : je pénétrais dans l'arbre autant qu'il pénétrait en moi. Mais cela n'atténuait pas mon calvaire. J'avais l'impression qu'on enfonçait dans le bois du kaembra les nerfs qui couraient naguère dans mes mains et dans mes pieds ; des bribes de moi étaient arrachées et mises en place de force dans des endroits étrangers. Par une inversion fort à propos, j'avais le sentiment qu'on me déchiquetait en copeaux et qu'on me reconstruisait sous la forme d'un arbre.

« Ne retiens pas ton ancien corps », me disait Lisana d'un ton pressant ; j'eusse voulu lui répondre que j'ignorais comment m'y prendre, mais je ne pouvais plus parler. Je commençais à éprouver de nouvelles sensations que je ne savais pas interpréter ; était-ce le vent ? Le soleil ? L'enserrement rassurant de la terre sur mes racines ? Ou bien du papier de verre sur ma peau, une lumière éblouissante dans les yeux, une terrible stridence dans mes oreilles ? Ce corps ne correspondait pas à mes sens, ou bien mes sens ne correspondaient pas à ce corps. Il y avait une erreur, une terrible erreur. Il fallait que cela s'arrête ; je désirais seulement la mort, mais où trouver de l'aide ?

Les changements se poursuivaient sans cesse ; pendant ce qui me parut un temps interminable, je ne pus penser. Il est toujours difficile de former des réflexions cohérentes quand on est assailli par une grande douleur ; mais la petite voix qui continue à parler en soi quand la grande voix, celle qu'on maîtrise, se tait, même celle-là était absente. Mes idées fusaient par bribes et, même assemblées, restaient inintelligibles, comme des bouts de papier arrachés aux pages d'un livre.

Ma conscience se fondait à la vie de l'arbre, feuilles qui se tournent vers le soleil, racines qui aspirent l'eau, boutons qui éclosent lentement. Très progressivement, je commençai à sentir les sens et les besoins de ce nouvel organisme ; il percevait le monde autrement : lumière, température et humidité avaient soudain une importance énorme. Pour une créature qui ne se déplace pas, ces éléments comptent beaucoup plus que pour un être mobile qui peut aller chercher ce qu'il lui faut, et je compris que, pour survivre, je devais récolter les ressources à ma portée ; je pouvais me servir des nutriments de mon ancien corps pour grandir et produire davantage de feuilles, et ainsi capter une plus grande quantité de lumière solaire tout en ombrageant le sol à mes pieds afin de gêner la germination des concurrents ; je voulais que rien ou presque ne crût sous mes branches : les feuilles que je perdais devaient pourrir et nourrir mes propres racines, et je souhaitais profiter de toute l'humidité qui tombait à mes pieds, sans la partager avec d'autres plantes. C'est seulement quand je me surpris à me dire que, par bien des aspects, un arbre n'est pas très différent d'un homme que je me rendis compte que mon esprit fonctionnait à nouveau.

« Jamère ? Tu es là ? »

La voix de Lisana me parvenait par de nouveaux
biais : par le vent qui faisait bruire ses feuilles et, de
façon plus intime, par le tronc abattu qui nous était
commun. Je me tendis vers elle et la trouvai ; le contact
s'apparentait à une poignée de mains, mais il allait
pourtant bien au-delà.

« Enfin te voici, tout entier, au bout de ce long
chemin.

— Oui. » Qu'il était facile de la percevoir complètement ! J'ignorais jusque-là que, pour nous entendre,
nous devions crier à tue-tête par-delà une si grande distance ! À présent, quand elle parlait, ses pensées s'épa-
nouissaient sans effort dans mon esprit. C'était elle qui
allait vers moi naguère et se manifestait sous une forme
humaine que je pouvais identifier, mais je ne distinguais et ne comprenais qu'une infime fraction de sa réalité. Maintenant, je la voyais tout entière ; Lisana l'arbre
était aussi belle et attirante que Lisana la femme, or
elle était les deux. Quel être, quelle vie magnifiques !
Jamais je n'avais contemplé quiconque sous un spectre
aussi complet ; c'était comme percevoir un jardin sous
le soleil, dans toutes ses couleurs et tous ses détails,
après l'avoir observé à la lumière d'une torche.

« Regarde-toi », m'ordonna-t-elle, ravie du torrent de
compliments que je lui avais envoyés sans m'en rendre
compte. « Regarde donc ce que tu deviens. »

Mon baliveau avait déjà commencé à se servir des
nutriments prélevés dans mon corps : de nouvelles
branches apparaissaient, couvertes de petites feuilles,
tandis que les précédentes, plus grandes, avaient pris
une teinte verte plus profonde. Je les tendis vers la
lumière et le vent en m'émerveillant de savoir le faire.
Je sentis le soleil effleurer mes frondaisons, savourai la
brise légère qui les agitait et perçus même le poids d'un

oiseau qui s'y posa. Il se déplaça sur ma branche puis frotta son bec puissant sur mon écorce. Enfin il parla.

« Bonjour, Jamère ; je viens récupérer une dette. »

C'était la voix d'un dieu qui coulait en moi comme un sang glacial se mêlant à mon sang chaud. Orandula, l'ancien dieu, dieu de l'équilibre, dieu de la mort. Il formait une tache obscure dans mes branches, les serres plantées dans mon bois, sa masse cachant le soleil à mes feuilles. Une angoisse mortelle se répandit en moi.

Et pourtant, que pouvait-il me faire désormais ?

« Que ne puis-je pas te faire désormais ? dit-il en réponse à ma pensée. À de multiples reprises je t'ai laissé la possibilité de choisir. Paie ce que tu as pris ; tu peux me donner une mort ou une vie. Je t'ai même proposé de me remettre l'enfant. Mais à chaque fois tu refuses l'occasion que je t'offre d'apurer tes comptes avec moi.

— Tu arrives trop tard pour me menacer, je pense, rétorquai-je d'un ton assuré. Je suis déjà mort.

— Tiens donc ! » En sautillant, il se rapprocha de mon tronc ; j'eus l'impression de le voir pencher la tête de côté pour me regarder fixement. Il donna un coup de bec à la branche ; les feuilles frissonnèrent. « Tu te sens mort ?

— Je… » Non, je ne me sentais pas mort ; je me sentais même plus vivant que jamais depuis longtemps. Depuis quelques instants, j'éprouvais un sentiment de liberté, l'impression d'entamer une nouvelle existence.

« J'ignore ce que tu es, mais ne me le prends pas. » Lisana s'exprimait d'un ton suppliant, à voix basse. « Nous avons subi tant de souffrances, nous avons tant sacrifié ! La magie ne peut en exiger davantage que nous n'en avons déjà fait !

— La magie ? » Il modifia la prise de ses serres sur ma branche. « Je m'en moque ; mais les dettes, ça m'intéresse, et je ne les oublie pas.

— Que veux-tu de nous ? demanda Lisana d'une voix tendue.

— Seulement ce qu'on me doit. Et je suis même prêt à te laisser le choix une dernière fois ; choisis, Jamère ; choisis ce que tu me donnes, ou bien je prendrai ce qui me chante.

— Mais qu'est-ce que ça veut dire, une mort ou une vie ? s'exclama-t-elle à mon adresse.

— Je n'en sais rien. Il se croit drôle à jouer avec les mots. Les Gerniens parlent de lui comme d'un ancien dieu, que la plupart d'entre eux ont mis au rebut ; rares sont ses fidèles aujourd'hui. Quand on l'adore encore, il est le dieu de la mort, mais aussi de l'équilibre.

— Et ça se tient parfaitement, intervint Orandula. Comment peut-on être le dieu de la mort sans être aussi celui de la vie ? Il ne s'agit pas de deux choses différentes ; l'une est la continuation de l'autre, comprenez-vous ? Quand l'une s'achève, l'autre commence. » Il se déplaça légèrement. « Elles s'équilibrent.

— Donc, s'il te demande ta vie, tu la lui donnes et tu choisis la mort ? » Lisana s'adressait à moi exclusivement.

« Je suppose, mais je n'en sais vraiment rien et il refuse de s'expliquer. »

Le dieu éclata de rire. « Ça n'aurait plus rien d'amusant ; en outre, même avec des explications, tu ne comprendrais toujours pas. »

Lisana commençait à s'effrayer. « Et nous qui nous croyions enfin en sécurité ! Que se passera-t-il si tu lui offres ta mort ?

— Je l'ignore.

— Tu ne peux pas le lui demander ? » Elle paraissait effarée que je ne l'eusse pas fait déjà depuis longtemps.

« Je ne pense pas qu'il répondrait ; à mon avis, il trouve amusant d'exiger de moi un prix alors que j'ignore ce que j'accepte de lui donner. »

Avec un soupir qui évoquait le vent dans les feuilles nouvelles, elle alla se placer devant lui. « S'il offre sa mort, que prends-tu ?

— Mais sa mort, bien entendu !

— Et tu tueras donc son arbre ? »

Je sentis l'oiseau se déplacer, et soudain je le vis. Ma vision avait changé : je sentais sa forme et sa masse qui empêchaient la lumière de parvenir à mes feuilles. Il penchait la tête en direction de l'arbre de Lisana. « Non, bien sûr que non ; ce serait lui donner la mort au lieu de la lui prendre. » D'un brusque frisson, il ébouriffa ses plumes, puis il les rabattit et entreprit de les lisser à nouveau. « Je n'attendrai pas beaucoup plus longtemps, fit-il, menaçant.

— Dis-lui de prendre ta mort, déclara Lisana d'un ton décidé.

— D'où te vient cette assurance ?

— La seule autre option, c'est lui offrir ta vie, or nous savons comment ça se terminerait. Tu dois choisir vite, avant qu'il ne le fasse à ta place. Nous avons deux possibilités, dont une mauvaise ; prends l'autre : elle est peut-être mauvaise, mais il y a une chance qu'elle soit bonne.

— Pas avec cet oiseau de malheur », fis-je avec amertume.

Orandula éclata d'un rire croassant. « Alors, que choisis-tu ? »

Je rassemblai mon courage. « Orandula, finissons-en ; prends ma mort et rembourse-toi de ce que je te dois.

— Très bien, répondit-il d'un ton approbateur. Excellent. »

Il ouvrit les ailes et sauta de ma branche ; avant de toucher le sol, il se mit à battre lourdement des ailes et gagna lentement de l'altitude. Une fois arrivé si haut que je sentais à peine son ombre sur mes frondaisons, il poussa un, deux, trois croassements.

« Il est parti ? demanda Lisana.

— Je ne sais pas. »

Au loin, j'entendis soudain d'autres criaillements ; ils se répétèrent peu après, beaucoup plus proches. Lisana s'accrochait à notre conscience commune comme si elle agrippait ma main. « Il a appelé d'autres oiseaux.

— J'ai déjà vu des croas agir ainsi quand ils trouvent une carcasse : ils rameutent le reste de leur vol pour la partager.

— Une carcasse ?

— Mon ancien corps, je suppose. » Je le sentais qui pesait sur le tronc de l'arbre de Lisana ; mes racines y plongeaient fermement. Certains nutriments s'en étaient écoulés comme l'eau d'une outre qui fuit ; peu importait : ils s'infiltreraient dans la terre au pied de la souche, et je finirais par les récupérer. Cette pensée me fit soudain réfléchir. « Combien de temps a passé ? demandai-je à Lisana.

— Pardon ?

— Depuis combien de temps ce corps est-il mort ? »

Le sujet ne l'intéressait manifestement pas. « Je n'ai pas fait attention. J'ai l'impression qu'il t'a fallu longtemps pour entrer dans ton arbre, plus longtemps qu'à moi ; mais c'était il y a bien longtemps. »

Je me tendis vers elle et sentis sans effort notre communion, d'une douceur brûlante, franche et toujours renouvelée. Jamais je n'avais cru qu'un lien pareil pût exister. Elle rit tout bas, ravie de mon bonheur. Je découvris autre chose : si j'étendais encore davantage ma conscience, je percevais tous les autres kaembras qui renfermaient la sagesse ancestrale des Ocellions dans une communauté telle que je ne l'avais jamais imaginée. D'une simple pensée, je pouvais trouver Buel

Faille si je le souhaitais ; je m'aperçus aussi que je pouvais aussi éprouver la peur et la douleur des arbres les plus proches de la Route du roi, mais je m'écartai de leur malheur et de leur désespoir qui noircissait le plaisir jusque-là immaculé de mon exploration.

Les croas arrivaient les uns après les autres et se posaient sans grâce au sol : ils avaient beau déployer largement leurs ailes, ils atterrissaient et rebondissaient avec un choc sourd, puis, aussi rébarbatifs que disgracieux, ils se rendaient au festin en se dandinant. Lointainement, je sentis le premier coup de bec qui arracha une bribe de chair à mon cadavre ; je regrettai cette perte : ce que les oiseaux prélevaient de ma charogne, c'était autant de nutriments dont ils privaient mon arbre. Les tiraillements que je ressentais rappelaient une douleur, mais en moins aigu ; je percevais les dégâts qu'ils faisaient à mon corps abandonné. Un second, puis un troisième oiseau se posèrent et ils se précipitèrent à la curée ; il ne manquait pas de place ni de viande à consommer, mais ils croassaient, battaient des ailes et se bousculaient autour du banquet. Quand ils n'échangeaient pas des coups, ils lançaient vivement la tête en avant, leur bec avide grand ouvert, prêt à se refermer sur ma chair et à en arracher des lambeaux.

Un autre croas descendit du ciel, puis trois autres qui atterrirent comme des fruits tombant d'un arbre ; ils criaillèrent et lancèrent des défis stridents à leurs semblables qui festoyaient déjà. Les oiseaux se battaient à coups d'aile, apparemment décidés à s'approprier le plus de viande possible et à l'engloutir avant que leurs voisins n'eussent le temps d'intervenir.

« C'était sans doute ce qu'il voulait dire quand il parlait de prendre ta mort, dit Lisana d'un ton empreint de regret. Ta chair aurait bien nourri ton petit arbre ; ce spectacle me fend le cœur.

— Moi aussi, répondis-je en songeant à l'utilité pratique de mon ancien corps plus qu'à un quelconque attachement sentimental, mais, si c'est tout ce qu'il veut de moi, je le lui donne volontiers. »

Un croas d'une taille remarquable avait grimpé sur mon cadavre et se régalait activement, arrachant bribe après bribe de peau amollie et de graisse de la viande tendre de mon ventre. Il déchira un morceau particulièrement juteux, le jeta en l'air et l'avala tout rond avant de s'essuyer le bec sur ma poitrine. Le soleil se réfléchit sur l'œil qu'il leva vers moi.

« Ah, mais nous ne faisons que commencer. Ceci n'est pas ta mort, mais seulement des restes. Nous en nettoierons une bonne part avant que je ne te prenne ta mort. »

Lisana frissonna. « Rien ne nous force à regarder. Nous avons conclu un marché, nous ne te devons plus rien. Viens, Jamère. »

Et, sans autre forme de procès, elle m'emmena loin de la scène de boucherie. « Il y a une astuce pour se déplacer dans la forêt, me dit-elle alors que nous nous éloignions de nos arbres : nous pouvons nous rendre partout où s'étendent nos racines ; et, quand tu seras devenu plus vigoureux, tu pourras t'aventurer plus loin tant que tu maintiendras le contact avec la forêt elle-même. Tant de kaembras partagent des racines communes que nous pouvons circuler partout où ils poussent.

— Des racines communes ?

— Les jeunes arbres sont pour la plupart des drageons de leurs aînés ; d'autres, comme ceux qui bordent ton cimetière, ont rejailli de branches tombées.

— Je vois. » D'une certaine manière, nous ne formions tous qu'un seul organisme ; je me détournai de cette idée un peu effrayante et nous continuâmes notre promenade. Peu à peu, je me rendis compte que Lisana m'aidait à « voir » et à « sentir » ; je n'étais pas aussi habile qu'elle à simuler un corps humain, et il me fallut du temps pour maîtriser le contact de mes pieds avec le sol et percevoir le passage du soleil à l'ombre sur ma peau. J'y travaillai en refusant mes autres sensations, celles des croas qui mettaient en pièces mon ancien organisme.

Je dus faire un effort pour me rappeler que je n'éprouvais nulle douleur, tout au plus le picotement d'un coup de soleil ou la démangeaison d'une croûte qu'on arrache. Je sentais les oiseaux qui m'arrachaient des bribes de viande, mais cela ne faisait pas mal, hormis un élancement de temps en temps, comme s'ils avaient atteint la limite de la chair morte et s'attaquaient au muscle encore vif. Je tressaillis, et Lisana se tourna vers moi, l'air inquiet. « Qu'est-ce que c'était ?

— Tu l'as senti aussi ?

— Évidemment ; nous sommes reliés. » Elle fronça les sourcils, pensive.

« Je suis mort, n'est-ce pas ? »

Elle se passa la langue sur les lèvres et réfléchit. « Non, toi, tu n'es pas mort, bien sûr, mais ton ancienne enveloppe devrait l'être ; tu ne devrais rien ressentir… »

Je n'entendis pas le reste de sa phrase : une entaille de chaleur rouge me zébrait le dos ; j'avais l'impression d'avoir reçu un coup de fouet, ou du moins ce que j'en imaginais, et, comme un coup de fouet, la douleur persista après la brûlure initiale. Je repris mon souffle. « Que se passe-t-il ?

— Je ne sais pas. » Elle saisit ma main et la tint serrée entre les siennes.

Une nouvelle strie de souffrance me frappa, cette fois en travers du ventre. « Il me fait quelque chose.

— J'en ai peur. » Les yeux de Lisana s'étaient démesurément agrandis. « Jamère, reste avec moi ; tu veux rester avec moi, n'est-ce pas ?

— Naturellement ; que veux-tu dire ?

— Comme avant. » Elle me lâcha d'une main, la tendit et s'empara d'une large mèche de cheveux au sommet de ma tête. Elle l'agrippa fermement, presque à m'en faire mal, et je sentis la traction sur la peau de mon crâne.

« Mais que fais-tu ? demandai-je en craignant de connaître la réponse.

— Je ne sais pas comment il pourrait s'y prendre, mais s'il tente… s'il enlève ton corps d'ici, comme Dewara autrefois, je garderai ton âme, ou du moins ce que je pourrai en garder.

— Tu serais prête à me diviser à nouveau ?

— J'espère ne pas en arriver là ; j'espère que tu resteras tout entier avec moi. » Des larmes perlaient à ses yeux. Elle m'enlaça de son bras libre et pressa sa chair tendre contre mon corps. « Tiens-moi fort, dit-elle d'une voix suppliante. Tiens-moi très fort ; ne le laisse pas t'emmener.

— Je te le promets. » Je l'enlaçai à mon tour et l'embrassai. « Je resterai avec toi. » Nous étions si proches que je sentais son haleine sur mes lèvres et ses larmes mouiller mes joues. Une nouvelle rayure de douleur me balafra le dos. Je poussai un cri mais ne lâchai pas Lisana. Encore un coup de fouet, cette fois à côté du premier, et encore un autre.

Je subissais une flagellation en règle, coup sur coup, chaque strie brûlante alignée sur la voisine, et je pouvais maîtriser mes réactions. Le corps que j'avais imaginé pour moi dans le monde de Lisana n'avait plus qu'une plaie béante à la place du dos ; le sang ruisselait sur mes jambes et la douleur me faisait trembler, mais je m'accrochais à ma compagne, incapable de rien faire d'autre, incapable d'échapper aux charognards avides qui m'attaquaient dans un autre univers.

Mon calvaire dura longtemps. Quand Lisana ne put plus m'étreindre à cause des dégâts que subissait mon corps, quand je m'écroulai à genoux en gémissant de souffrance, elle demeura près de moi en pleurant, sans lâcher la poignée de cheveux au sommet de mon crâne.

Lors de notre première rencontre, alors que nous nous affrontions en adversaires, moi champion de Dewara et elle gardienne du pont du rêve, elle m'avait attrapé de la même façon, et, quand j'avais chu dans l'abîme, elle avait tiré sur la poignée de cheveux pour arracher de moi le cœur de ma personne. Elle l'avait gardé, et, avec le temps, cette part de moi-même était devenue Fils-de-Soldat. Mais qu'adviendrait-il de moi cette fois-ci ? Nous l'ignorions ; je ne savais même pas si je quitterais son monde. Peut-être, quand Orandula aurait fini de me tourmenter, me laisserait-il partir ; alors je pourrais guérir et rester avec elle.

Une pensée plus sinistre traversa mon esprit englué de souffrance : peut-être mon supplice ne s'achèverait-il jamais ; peut-être était-ce là ce que l'ancien dieu entendait par « prendre ma mort » : même après la fin de mon existence, je ne connaîtrais pas la paix. Mais c'était un sort trop cruel pour l'imagination ; pouvait-on, fût-on un dieu, se montrer aussi impitoyable ?

Pour la première fois depuis le début de mon calvaire, Orandula prit la parole. « Je le pourrais, naturellement – mais ce n'est pas ce dont nous sommes convenus. Tu m'as dit que je pouvais prendre ta mort, et je ne m'en priverai pas.

— Pitié, je t'en supplie ! m'exclamai-je d'un ton implorant.

— Mais je ne suis pas le dieu de la compassion : je suis le dieu de l'équilibre.

— Par le dieu de bonté, je t'en prie, arrête !

— Je ne connais pas ce dieu de bonté. À vrai dire, je pense parfois que ce peut être n'importe quelle divinité, pourvu qu'elle te fournisse ce que tu crois désirer ; ainsi, chacun d'entre nous deviendrait ton dieu de bonté à tour de rôle.

— Alors sois-le pour moi aujourd'hui », fis-je, suppliant. Je n'éprouvais plus que de la douleur ; disparus, le soleil sur mes feuilles, Lisana qui me tenait la main, et même sa poigne de fer sur mes cheveux. Il ne subsistait plus que moi et la punition éternelle que m'infligeait Orandula. « Dieu de l'équilibre, contrebalance la justice que tu exiges de moi avec la pitié que j'implore. »

Encore une zébrure cinglante. Était-ce la flagellation à laquelle j'avais échappé dans mon autre vie ? Cette souffrance rattrapait-elle celle que je n'avais pas ressentie alors ? Cette question n'avait pas de sens.

Orandula ne paraissait pas concerné par mes tourments. « Contrebalancer la justice par la pitié ? Voyons, mais seule l'injustice peut contrebalancer la justice ! » Les mots se bousculaient et s'entrechoquaient dans ma tête. Si la pitié n'était pas la justice, était-ce une injustice de faire preuve de pitié ?

Les becs fouaillaient mes viscères, claquaient, pinçaient, arrachaient des bribes d'organes et les emportaient.

« Je t'en supplie. » Il ne me restait plus au monde qu'Orandula à qui parler. « Je t'en supplie, fais que ça cesse. »

J'ignorais que je l'implorerais, mais ça y était, les paroles avaient quitté mes lèvres.

« Très bien », répondit le dieu. Et les ténèbres m'engloutirent.

5

Émersion

L'obscurité, l'obscurité absolue, mais non la paix. J'étais plongé dans un bain de douleur ; mon visage, mes bras, mes jambes, mon dos et mon ventre me cuisaient comme sous l'effet de brûlures intenses. Voilà ; alors que les pensées reprenaient forme dans ma tête, j'avais compris ce qui m'arrivait : Dewara m'avait laissé inconscient en plein soleil et j'avais subi de graves brûlures sur tout le corps. Tout me revenait à présent ; j'ouvrirais bientôt les yeux et je me retrouverais chez moi, dans mon lit ; ma mère pleurerait à mon chevet tandis que mon père veillerait sur moi.

Je remontais jusqu'au début de tout, là où je pouvais faire des choix différents, revivre ma vie, éviter les erreurs que j'avais commises ; je me montrerais fort et agressif, mon père serait fier de moi, et je deviendrais officier de la cavalla royale ; ma mère, mes frères et mes sœurs ne mourraient pas de la peste que j'aurais répandue sur la Gernie. L'ancien dieu m'avait ramené là où tout avait commencé, au moment où Dewara m'avait envoyé combattre la femme-arbre et où j'avais échoué. Était-ce une mort ? Était-ce la mort que l'ancien dieu avait prise ?

« Tu es très loin de la vérité », dit Orandula avec une touche d'amusement dans la voix. Au-dessus de moi, j'entendis une créature dans les branches d'un arbre, puis elle s'envola dans un battement d'ailes qui s'éteignit très vite. Je tendis l'oreille : il était parti. Où me trouvais-je ?

Je n'y voyais pas, mais mon ouïe fonctionnait, et le silence retentissant prit peu à peu la forme des stridulations incessantes des insectes nocturnes. Prudemment, j'explorai mes autres sens. Je perçus le goût et l'odeur du sang ; la souffrance bourdonnait tout autour de moi, mais certaines douleurs avaient des localisations précises : je m'étais mordu la langue et l'avais entaillée profondément, une migraine me martelait les tempes, et j'avais une sensation étrange dans le ventre, comme si mes viscères s'étaient redisposés bizarrement dans mon abdomen. Je fis l'inventaire de tout ce qui me faisait mal et m'aperçus que j'étais assis, le dos droit ; je voulus bouger, déplacer une jambe, et poussai un cri quand un nouvel élancement me poignit. Je retombai dans l'immobilité.

L'obscurité provenait à la fois de la nuit et du ciel couvert. Le temps s'écoulait très lentement, et il s'en fallut de plusieurs minutes avant que je ne comprisse que le noir qui m'entourait n'était rien de plus terrifiant ni d'angoissant que l'obscurité de la nuit. Toutefois, la venue de l'aube évanescente et les premiers rayons du soleil filtrant à travers les feuillages suscitèrent l'horreur en moi, car j'y voyais à présent, et le spectacle qui s'offrit à mes yeux me mit le cœur au bord des lèvres.

Je n'avais pas bougé de l'arbre au pied duquel les Ocellions m'avaient laissé ; les oiseaux charognards, en arrachant ma chair, avaient aussi effiloché les liens qui m'attachaient. J'étais nu au milieu d'un tas de morceaux de viande pourrissante ; sur la terre autour de moi, ma chair décomposée formait une flaque visqueue maillée d'un réseau de racines blêmes. Pourtant, ce n'est pas cela qui m'horrifia.

Il ne restait de moi qu'une ruine monstrueuse, couverte d'une couche de peau si fine que je voyais au travers, et, à mesure que l'éclat du jour augmentait, le spectacle devenait de plus en plus affreux. Muscles rouges, tendons blancs, protubérances d'os et de cartilage ; je ne respirais plus qu'à petits à-coups tremblants. Un instant, je me demandai à quoi ressemblait mon visage, et je me réjouis de ne pas le savoir.

Le soleil qui montait dans le ciel inondait le monde de lumière et de couleur, et mon corps m'apparut encore plus hideux ; je me détournai de ce spectacle et parcourus les alentours du regard. L'arbre de Lisana se dressait non loin, les feuilles luisantes, en pleine santé ; je levai les yeux et vis mon propre kaembra, dont la taille avait doublé, et dont, par bonheur, l'épais feuillage me protégeait, car je redoutais l'effet du soleil sur mes chairs à vif. Toute la surface de mon corps me brûlait comme un genou écorché.

À gestes prudents, je levai les mains en m'efforçant de ne pas les regarder mais sans pouvoir m'en empêcher, et, au bout de quelque temps, je parvins à me redresser malgré les protestations de mes pieds nus que ne protégeait qu'une peau fine dépourvue de corne. Avec un luxe de précautions, je me frayai un chemin parmi les branches mortes et autres débris de la forêt pour m'approcher de l'arbre de Lisana, et je levai les yeux vers sa voûte. « Lisana ? » fis-je à mi-voix.

Il n'y eut pas de réponse. Mais, plus profondément encore, je sentis que rien n'eût pu répondre. Je posai les mains sur son tronc ; la sensation me déplut sous la peau délicate de mes paumes et de mes doigts. J'appuyai mes mains à vif sur son écorce rugueuse en redoutant d'arracher le peu de peau que j'avais, et pressai néanmoins mon front contre le bois. « Lisana ? répétai-je tout haut. Lisana, je t'en prie, tâche de me parler ; je ne te sens pas. »

Mais il n'y avait rien. Je restai un long moment sans bouger dans l'espoir de percevoir sa présence ; je me fusse réjoui même de sentir ses racines tenter de s'enfoncer dans ma chair, mais même cela me fut refusé.

Celle de mon kaembra, en revanche, je le constatai, consommait rapidement les reliefs de mon corps ; mais, de celui de Lisana, je ne captais rien, nulle conscience, nul sentiment de parenté, rien du tout.

Nulle magie.

J'ignore combien de temps je fusse resté là si la soif n'avait pas commencé à m'assaillir. Je me rappelais comment me rendre au plus proche ruisseau et me mis en route, descendant prudemment de la crête de Lisana et marchant comme si j'étais fait de toile d'araignée et de verre, la respiration tremblante. Arrivé au bord de l'eau, je dus m'agenouiller pour la puiser dans mes mains en coupe ; mes nerfs à peine protégés supportèrent tant bien que mal le choc du froid et de l'humidité, et je sentis le liquide glacé couler en moi jusque dans mon estomac. En buvant, j'avais regardé mes mains, et un frisson d'horreur me parcourut à ce souvenir.

Vers midi, j'avais l'esprit plus clair, mais seulement parce que j'avais écarté de mes pensées les aspects les plus résistants à la logique de ce que j'avais vécu. J'avais fait le point sur ma localisation géographique et sur les moyens dont je disposais : ma situation était tragique. J'étais nu, je n'avais rien à manger ni aucune protection contre les épines ni les piqûres d'insectes. J'avais besoin d'aide, et je ne voyais qu'une seule personne qui pût me la fournir. Je me levai et m'éloignai du ruisseau.

Je m'enfonçai dans la forêt d'un pas mal assuré, en me déplaçant avec un luxe de précautions afin de ne pas abîmer ma peau toute neuve. Tout me semblait excessivement difficile ; j'avais les jambes molles, et il m'arrivait de chanceler de façon soudaine et imprévisible. Une fois, alors que, sur le point de m'écrouler, je me rattrapais à un tronc d'arbre, je me déchirai la paume de la main ; la douleur inattendue m'arracha un cri strident, et le sang se mit à couler de l'entaille et à ruisseler sur mon poignet. Au loin, comme en réponse à mon exclamation de souffrance, j'entendis des oiseaux partir en croassements rauques qui paraissaient autant de rires moqueurs. Affaibli et désorienté par ce que j'avais vécu, je sentis les larmes me monter aux yeux à ces cris, et elles roulèrent sur mes joues alors que je reprenais ma marche hésitante dans la forêt ; leur sel cuisait ma peau à vif.

Ce furent la chance et le hasard qui me conduisirent là où je voulais aller. Le soir tombait quand je parvins enfin au camp d'été du clan familial d'Olikéa. J'avais faim, mais, pire, j'avais froid ; je n'avais rien pour m'en défendre, et même la douceur printanière de la nuit me semblait cruellement glaciale. Les feux de camp et l'odeur de la cuisine en préparation m'attiraient comme une bougie attire les insectes nocturnes. Claudiquant, le visage de nouveau baigné de larmes, je me précipitai tant bien que mal vers leur lumière et leur chaleur.

La vie dans toute sa merveilleuse confusion emplissait la clairière ; les gens cuisinaient côte à côte, mangeaient, bavardaient et riaient autour des feux ; comme j'approchais, un groupe entonna une chanson, et, à l'autre bout du camp, un autre répondit avec force éclats de rires par une version paillarde du même air. La mélodie et les étincelles des feux de camp montaient ensemble dans le ciel nocturne. D'un côté de l'espace dégagé, plus haut et plus grand que les autres, un brasier brûlait, et Jodoli était allongé sur la couche surélevée qu'il avait fait sortir du sol de la forêt, tandis que Firada, debout à ses côtés, lui tendait des morceaux de viande embrochés sur une pique. Je passai entre les autres groupes et me dirigeai droit vers eux ; j'avais besoin d'aide, et ils ne me repousseraient sans doute pas. Firada devait savoir où se trouvait sa sœur, elle enverrait sûrement un coursier la chercher, Olikéa et Likari viendraient me soigner et tout serait bien à nouveau.

Comme je traversais le camp, nul ne m'adressa la parole. De temps en temps, une tête se tournait brusquement vers moi puis se détournait lentement ; tous faisaient semblant de ne pas me voir, et je tâchai de comprendre cette attitude : ils avaient dû apprendre par Olikéa que j'étais mort, et mon présent aspect ne correspondait nullement à leurs souvenirs de moi. Néanmoins, je trouvais étrange que nul n'arrêtât ni ne saluât un inconnu qui pénétrait dans le camp ; mais je n'avais pas la force de poser des questions ni de reprocher leur grossièreté aux Ocellions.

Alors que je m'approchais du feu de Firada, je m'aperçus que la femme assise dos à moi était Olikéa. Elle avait beaucoup changé : elle avait perdu le potelé qu'elle avait gagné lorsqu'elle me servait, et sa tête au port naguère orgueilleux était courbée, comme si ma nourricière était une invitée auprès du feu de sa sœur et non une femme qui gouvernait son propre âtre. Likari se trouvait là aussi, couché sur le flanc, la tête posée sur les bras, et je constatai avec plaisir qu'il avait repris un peu de poids. Il se redressa, jeta un os dans le feu et se rallongea.

« Olikéa ! » lançai-je à l'Ocellionne, et je restai stupéfait devant la faiblesse de ma voix. Je voulus m'éclaircir la gorge, mais en vain : j'avais la bouche sèche, et même la légère pente que je gravissais m'épuisait. « Olikéa ! » répétai-je, mais elle ne tourna même pas la tête.

« Likari ! » criai-je alors dans l'espoir que ses jeunes oreilles m'entendraient mieux ; il changea de position par terre. Dans le camp, nul n'avait seulement levé la tête. Je rassemblai toutes mes forces pour un dernier effort. « Likari ! » Le garçon se redressa lentement et parcourut les alentours des yeux ; son regard passa sur moi sans s'arrêter.

« As-tu entendu ? demanda-t-il à sa mère.

— Quoi donc ?

— Quelqu'un m'a appelé.

— Non, je n'entends que les chants. Comment peut-on être aussi joyeux si peu de temps après sa mort ?

— Pour eux, ce n'est pas si récent, intervint Firada avec douceur : la lune a crû et décru depuis l'époque où il se trouvait parmi nous. Et puis ils n'étaient pas proches de lui ; il se tenait à distance même quand il vivait chez nous et choisissait ses nourriciers dans notre clan. Il est arrivé brusquement et il est reparti tout aussi brusquement. Je sais que tu le pleures toujours, ma sœur, mais tu ne peux pas exiger que tous partagent ta peine. Il est mort, et, si Kinrove a raison, il a atteint son but en délivrant la magie. Désormais tout ira bien pour le Peuple.

— Ils fêtent sa victoire, non sa disparition, enchaîna Jodoli d'un ton grave, et je trouve que ces réjouissances lui rendent hommage aussi bien que des pleurs. »

Ces mots me réchauffèrent le cœur. J'étais arrivé près de leur feu, et je me tenais derrière Olikéa quand je déclarai avec bonne humeur : « Sauf que je ne suis pas mort – du moins pas encore : si je ne mange pas tout de suite, ça ne devrait pas tarder ! »

L'Ocellionne ne sursauta pas ni ne poussa de hurlement comme je l'avais imaginé : elle continua de contempler le feu d'un air lugubre. Firada non plus n'eut aucune réaction. Jodoli me jeta un bref regard de désapprobation puis se replongea dans l'observation des flammes. Seul Likara se raidit à mes paroles ; il se redressa de nouveau et parcourut les alentours des yeux. « J'ai cru entendre… » Jodoli le coupa : « Ce n'était rien, petit ; rien que le crépitement du feu. »

À cet instant, le regard interrogateur de l'enfant croisa le mien, et je lui adressai un grand sourire. Il poussa un hurlement de terreur et se leva d'un bond. La main de Jodoli jaillit et le saisit par l'épaule. « Regarde-moi ! ordonna-t-il au jeune garçon.

— Mais, mais…

— Regarde-moi ! » répéta-t-il plus sèchement. Likari obéit, et, les yeux dans les yeux, l'Opulent lui dit d'un ton sévère : « Regarder un fantôme, ça porte malheur ; et tu lui portes encore plus malheur si tu lui parles. Ce n'est qu'un souvenir trop présent, Likari ; les Opulents laissent des souvenirs très forts. Ne le regarde pas, ne lui adresse pas la parole. Il ne faut pas le retenir ; ça l'empêcherait de suivre son destin.

— Un fantôme ? Où ça ? » demanda Firada, les yeux fixés sur moi. Olikéa se retourna, elle aussi, et son regard ne s'arrêta pas un instant sur moi.

« Il n'y a rien, Likari. Un Opulent pénètre dans son arbre. Jamère n'errera jamais comme un spectre car il n'a laissé aucune tâche inachevée. » Il tapota l'épaule de l'enfant d'un geste rassurant avant de le lâcher.

« Pourtant, j'ai cru voir… quelque chose.

— Non, ça ne ressemblait même pas à Jamère, Likari. N'y pense plus et n'essaie pas de le revoir.

— Un Opulent n'a pas de fantôme, normalement, fit Olikéa d'un air très inquiet. Sauf si… L'arbre aurait-il pu le refuser ?

— Tu as dit avoir vu les racines s'enfoncer en lui, et l'avoir vu bouger avec elle tandis que tu lui chantais ses souvenirs.

— C'est vrai, je l'ai vu !

— Alors tout doit bien aller. Si tu veux, demain j'irai rendre visite à l'arbre et lui parler pour m'assurer qu'il a été bien reçu ; il devrait y être bien installé à présent.

— Oui, s'il te plaît. » Olikéa s'exprimait avec reconnaissance.

« Et je t'accompagnerai, déclara Likari en se rasseyant.

— Tu étais son nourricier, c'est ton droit », répondit Jodoli.

Je vis les yeux de l'enfant commencer à se tourner vers moi ; aussitôt, l'Opulent haussa les sourcils, et le jeune garçon baissa la tête.

Je n'en croyais pas mes oreilles. « Je ne suis pas un fantôme ! C'est une plaisanterie ? Vous ai-je offensés ? Je ne comprends pas ! J'ai faim ! J'ai besoin d'aide ! »

Je me rapprochai de leur cercle, mais nul ne réagit ; Likari voûta peut-être un peu plus les épaules. Je tendis la main vers la brochette de viande que tenait Jodoli ; c'était un oiseau qui y avait cuit, et j'en arrachai une aile. S'il sentit mon mouvement ou le vit, il n'en laissa rien paraître. Je dévorai la chair grasse et salée, rongeai le cartilage au bout de l'os et jetai le petit relief dans le feu ; les flammes crachèrent en l'attaquant.

Près de la flambée, Firada se mit à converser avec Olikéa comme si tout était normal. « Alors, que vas-tu faire maintenant ?

— Ce que j'ai toujours fait : vivre. »

Firada secoua la tête. « Kinrove n'aurait jamais dû garder tout ce trésor ; il aurait dû t'en rendre au moins une partie ; tu t'étais bien occupée de Jamère. Maintenant, à part la hutte et ce qu'elle contient, tu te retrouves à ton point de départ. »

Malgré le ton compatissant de sa sœur, Olikéa se hérissa. « La hutte renferme peut-être encore des choses que tu ignores ; Jamère n'a peut-être pas déposé tout le trésor de Lisana aux pieds de Kinrove. »

Firada haussa les sourcils. « Vraiment ? »

L'autre eut un petit sourire. « J'ai dit "peut-être". »

Sa sœur toussota. « Tu as toujours su te préserver.

— Bien obligée. »

Il y avait une outre près de la couche de Jodoli. Je la pris, bus et recrachai aussitôt. Je connaissais ce goût : on avait parfumé l'eau avec une écorce qu'Olikéa mélangeait souvent à ma boisson et qui amplifiait la magie ; mais à présent elle me donnait des haut-le-cœur. À peine eus-je lâché l'outre que l'Opulent la ramassa, but avidement, puis se remit à arracher des morceaux de viande de l'oiseau à la broche.

« Olikéa, dis-je soudain d'un ton implorant, je t'en prie, aide-moi, par pitié ! »

Elle s'étendit sur la mousse à côté de Likara et ferma les yeux. Une larme roula sur sa joue. Avec un gémissement pitoyable, je me détournai d'elle.

Je m'éloignai du feu et descendis vers le reste du camp. Une femme avait mis à refroidir plusieurs gâteaux ; j'en prélevai trois et les mangeai. Nul ne fit attention à moi.

Je m'enhardis dans mes efforts pour me faire remarquer et satisfaire mes besoins. Je pris un bol qu'un homme venait de remplir de soupe et mis de côté à refroidir, le vidai et le reposai ailleurs ; l'homme se borna à froncer les sourcils, contrarié par sa distraction.

Ma faim apaisée, je retournai près du feu de Jodoli au moment où Likari et Olikéa s'installaient pour la nuit. Il faisait doux, et l'Ocellionne étendit une couverture pour elle et son fils entre les racines d'un arbre ; ils s'installèrent rapidement et sombrèrent bientôt dans le sommeil. Le sac d'Olikéa se trouvait non loin de là, et j'entrepris sans vergogne de le fouiller ; je découvris qu'elle avait conservé mon manteau d'hiver, le sortis, le secouai et l'enfilai ; comme il était trop grand pour moi, j'enroulai chacun des pans autour de moi. Je retrouvai aussi mes chaussures, mais elles me tombèrent des pieds quand je les mis. Je fouillai à nouveau le sac à la recherche du couteau et des instruments de couture de ma nourricière, après quoi je resserrai grossièrement le cuir souple de mes chaussures afin de les adapter à ma pointure. Je ne puis exprimer le bien-être que j'éprouvais à me retrouver au chaud ; j'avais l'impression que mon organisme avait oublié comment générer sa propre chaleur.

Réchauffé, le ventre plein, je sentis soudain la fatigue peser sur moi, et, par habitude, je cherchai une place près d'Olikéa ; mais elle s'était installée avec Likari dans l'espace étroit entre deux grosses racines afin de conserver leur chaleur animale, et il n'y avait pas de place pour moi. Je trouvai une zone plane près d'eux, m'allongeai puis me relevai aussitôt pour débarrasser le sol de plusieurs petites branches qui l'encombraient : mon corps paraissait soudain très sensible à tout ce qui pouvait le piquer ou le meurtrir. Regardant ma couche, je songeai à la magie qui répondait à mes ordres et transformait le plancher de la forêt en un lit moelleux ; toutefois, si je me rappelais l'opération, je n'avais aucun souvenir de la façon dont je m'y prenais. Il ne restait pas la plus petite trace de magie en moi.

Je regardai le ciel nocturne à travers les frondaisons et réfléchis : mon pouvoir avait disparu, la graisse qui l'abritait aussi ; je n'étais plus obèse. Étais-je mort ? Étais-je un fantôme ? Orandula avait dit qu'il prendrait ma mort, et il avait apparemment tenu parole, mais à quelle vie m'avait-il condamné ?

Je regrettais l'absence de confort pour dormir, mais la fatigue qui m'envahissait m'assurait que j'étais parfaitement à mon aise ; alors qu'elle enfonçait ses crochets en moi pour m'entraîner dans le sommeil, deux questions me traversèrent fugitivement l'esprit : qui étais-je ? Et qu'étais-je ? Un fantôme eût-il ressenti la faim et le froid ? Pouvait-il avoir à ce point sommeil ? Mais peut-être dormais-je déjà et faisais-je seulement un songe. Je dus m'endormir au moment exact où je me demandais où ma vraie vie finissait et où mon rêve commençait.

À l'aube, je m'éveillai en entendant les gens du camp s'agiter ; je me retournai, tirai ma couverture sur moi et me rendormis.

Quand je me réveillai une seconde fois, l'éclat du jour avait augmenté, j'avais trop chaud, très faim, et une grande envie de me vider la vessie. Je repoussai mon manteau et m'étirai. Puis, alors que le souvenir de mon existence refluait dans mon esprit, je me redressai avec un sentiment de mieux-être, de vigueur retrouvée, et l'idée que ma vie allait reprendre un cours compréhensible.

Autour de moi, les gens vivaient la leur ; entre deux femmes accroupies, un enfant faisait ses premiers pas de l'une à l'autre ; une femme plus âgée réduisait en farine des racines séchées ; un jeune garçon malaxait une peau de lapin entre ses doigts pour l'assouplir. Je traversai le camp avec le même résultat que la veille : nul ne me prêta la moindre attention.

Je trouvai les latrines à l'orée de la clairière, me soulageai et revins sur mes pas avec une assurance consolidée : les fantômes, ça n'urine sûrement pas. En outre, je commençais à reprendre un aspect plus normal : ma peau, quasiment transparente jusque-là, apparaissait plus opaque ; mes mains et mes pieds restaient affreusement sensibles, et toute la surface de mon corps me faisait toujours mal comme à la suite d'un coup de soleil, mais c'était déjà moins douloureux, et cela me rendait confiance. Je notai avec intérêt que la peau de mes bras avait une couleur uniforme : mes taches avaient disparu ; pour moi, c'était un bouleversement aussi radical que la perte de mon obésité, et, l'espace d'un instant, je me vis comme arraché à mon ancienne enveloppe, laissant derrière moi une masse de chair et de graisse pour émerger nu d'une muraille de saindoux. Pris d'un frisson d'horreur, je chassai cette image de mon esprit.

J'étais gras et aujourd'hui je ne l'étais plus. Naguère, je n'aspirais qu'à cela et j'y attachais toute l'importance du monde, et à présent je me trouvais ridicule d'y avoir accordé tant de poids. Qu'est-ce que cela changeait ? Je restais moi-même ; alors qu'est-ce qui comptait pour moi, si ce n'était pas mon apparence ? Où était ma vie ? Je fouillai mes émotions, et Amzil surgit aussitôt à mon esprit. Oui, elle comptait pour moi ; je voulais la savoir en sécurité et nantie, tout comme Epinie, Spic et leur enfant.

Étrangement, alors que je pensais à eux, ils prirent soudain de l'importance dans mes pensées, comme si je les avais complètement oubliés et que je ne reprisse conscience que maintenant de leur place dans ma vie. Qu'avais-je perdu d'autre ? Qu'avais-je abandonné d'autre dans mon ancien corps ? Et qu'en retrouverais-je ?

Je marchai à travers le camp en observant les gens qui refusaient de me voir et en prenant mon petit déjeuner dans diverses casseroles posées sur le feu. Une femme me regarda dans les yeux tandis que je me servais dans sa marmite. C'est avec plaisir que je découvris Kilikurra ; le père d'Olikéa et Firada, assis près de sa flambée, tressait des tendons pour en faire un cordon fin, sans doute dans l'intention de fabriquer un collet.

Bien que ce fût le premier Ocellion à qui j'eusse parlé, nous n'avions guère entretenu de relations, mais il m'avait toujours bien traité. Je posai doucement la main sur son épaule ; il tourna la tête vers moi, mais son regard me traversa comme si je n'existais pas. « Je t'en prie, Kilikurra, c'est toi qui m'as approché le premier, et j'ai absolument besoin d'un ami aujourd'hui. » Il ne parut pas m'entendre.

Je m'assis à côté de lui devant le feu. « Je ne comprends pas, dis-je ; faisais-je un si mauvais Opulent ? D'accord, j'ai mené les guerriers à la défaite, mais je pensais avoir payé cette erreur en me rendant chez Kinrove et en me remettant entre ses mains ; j'ai dansé sa danse, et à présent la magie s'écoule librement. Alors pourquoi me traite-t-on en paria ? Qu'attend-on de moi ? »

Il coinça une extrémité de son cordon entre ses dents pour continuer à tresser les brins de tendon ; la grimace de ses lèvres noires retroussées découvrait ses dents blanches. Il acheva son travail, noua le bout de son filin et le posa par terre.

« Kilikurra, par pitié, réponds-moi. »

Il jeta un morceau de bois dans le feu dans une gerbe d'étincelles et un nuage de fumée, puis il passa le cordon entre ses doigts et hocha la tête, satisfait de son œuvre.

Je me frottai les yeux, frémis au contact de mes mains sur ma peau puis pressai doucement mes paumes sur mes tempes. La migraine me martelait le crâne depuis que j'avais quitté mon arbre. Je repoussai une mèche qui me tombait sur le visage en m'étonnant vaguement d'avoir encore des cheveux, puis je tressaillis en sentant sous mes doigts une croûte de sang coagulé ; sous l'effet de la terreur, mon cœur manqua un battement puis se mit à cogner follement dans ma poitrine. Des deux mains, j'explorai délicatement la blessure au sommet de ma tête ; elle était presque parfaitement circulaire, et je me rappelai que Lisana avait saisi une poignée de mes cheveux et l'avait tenue fermement pendant qu'Orandula déchirait ma chair à coups de bec.

Elle m'avait déjà tenu ainsi, lorsque je l'avais connue alors qu'elle veillait sur le pont du monde spirituel. Elle m'avait vaincu, saisi par les cheveux puis m'avait arraché la moitié de l'âme, et elle avait certainement recommencé cette fois-ci : elle avait gardé de moi tout ce qu'elle pouvait retenir. Mais qu'avait-elle conservé ? Quelle part de moi-même avait-elle jugée digne de redevenir son amant et son compagnon ? Des larmes me piquèrent les yeux : mon aimée avait choisi, non pas moi, mais des parties de moi, et c'était beaucoup plus dur que si elle m'avait repoussé complètement pour jeter son dévolu sur un autre ; et à présent, moi le rebut, le déchet dédaigné, j'étais un fantôme. Qu'avait-elle pris et que me restait-il ? Était-ce pour cela que je me sentais si vague et si indifférent ? Que m'avait-elle donc fait ? Devais-je passer le restant de mes jours dans cet état, invisible, sans personne pour me reconnaître ?

La peur et la colère s'empoignaient en moi, mais cela n'excuse pas ce que je fis alors. Je me dressai d'un bond en hurlant ma douleur et ma rage, me déchaînai dans le campement, jetai un homme à terre, renversai une marmite pleine de ragoût, m'emparai de couvertures pliées et les répandis par terre. J'obtins alors une réaction, mais non celle que j'espérais : des cris de terreur et de consternation s'élevèrent, mais nul ne tenta de m'arrêter ; les gens contemplaient la dévastation que j'avais commise mais ne me prêtaient aucune attention. Debout au milieu du camp, je criai : « Je suis là ! Je ne suis pas un fantôme ! Je ne suis pas mort !

— Du calme ! Du calme ! Vous tous, apportez-moi tout le sel dont vous disposez ; j'en aurai besoin ! »

C'était Jodoli qui avait parlé ; à la périphérie du campement, il haletait comme s'il venait de courir, mais je me doutai qu'il venait d'effectuer l'aller et retour avec mon arbre en marche-vite ; Olikéa et Likari l'accompagnaient, ainsi que Firada. Cette dernière se précipita vers leur feu et ramassa son sac de sel de cuisine, tandis que sa sœur, paralysée, parcourait les alentours d'un œil agrandi. Seul Likari me regardait, avec une expression empreinte d'émotion.

« Likari ! » Mon cœur bondit de joie : si une seule personne me voyait, cela signifiait que j'étais réel. Je me dirigeai vers lui. « Si tu vas bien, je n'ai pas souffert en vain. »

J'ouvrais les bras, mais, alors que j'arrivais près de lui, Firada passa entre nous. Jodoli prit le sac qu'elle lui tendait et en tira une grosse poignée de sel. Sous mon regard accablé, il en répandit autour du garçon ; lorsqu'il referma le cercle, Likari se tourna vers lui, l'air surpris. « Il a disparu !

— Parce qu'il n'était pas vraiment là. Il s'agissait d'une ombre, Likari, non de Jamère. Tu as vu son arbre ? Eh bien, c'est là qu'il se trouve désormais, et son kaembra se développe majestueusement ; il a absorbé Jamère très rapidement et il grandit bien, avec force. Je lui ai parlé ; il va bien et il est heureux, et nous devons donc nous réjouir pour lui. Laisse-le aller, mon garçon ; penser à lui, regretter sa présence ne fera que rappeler son ombre, et ça porte malheur. Laisse-le s'en aller. »

Toute une gamme d'émotions passa sur le visage de Likari. Je le regardai attentivement, espérant contre tout espoir, mais ce fut la résignation qui finit par triompher chez lui. Il dit à voix basse : « Quand j'ai touché son arbre, j'ai cru sentir sa présence. »

Jodoli acquiesça de la tête d'un air indulgent. « C'est possible : la magie t'a imprégné quand tu dansais pour Kinrove ; elle a pu te laisser une certaine ouverture des sens. Ce serait un don exceptionnel ; que ça te soit une consolation. Mais n'encourage pas l'ombre à se manifester en la voyant ni en lui adressant la parole. »

Olikéa s'approcha et entoura de son bras les épaules de l'enfant. « Nous l'aimions, et maintenant nous le laissons partir. Il ne souhaiterait pas que tu passes tes jours à le pleurer, Likari. Il parlait de toi comme de son fils, et il voudrait que tu vives ta vie sans t'attarder dans le passé. »

Avec quelle sincérité elle s'exprimait ! J'eusse aimé être le personnage altruiste qu'elle décrivait, mais j'avais aussi besoin de savoir que j'existais encore pour quelqu'un. « Likari ! » criai-je, mais il ne se retourna même pas.

Jodoli tenait toujours le sac de sel de Firada, et des Ocellions accouraient lui en apporter d'autres ; beaucoup jetaient autour d'eux des regards apeurés tandis que certains gardaient les yeux obstinément baissés de crainte de m'apercevoir. L'Opulent brandit le sac à bout de bras. « Pratiquez un petit trou au fond de chaque sac, comme ceci ! » Il sortit son couteau, donna l'exemple puis ferma l'ouverture en la pinçant entre ses doigts. « Maintenant, je vais parcourir un cercle autour du camp, et chacun d'entre vous me suivra à son tour pour laisser une traînée de sel derrière soi. Allons, plus vite nous nous couperons de cette ombre, plus vite elle se dissipera. N'ayez pas peur, elle ne peut pas vous faire de mal. » Il me regarda et ajouta d'une voix plus forte : « Je ne pense pas qu'il veuille du mal à quiconque ; il est simplement désorienté et il ne comprend pas ce qui lui arrive. Il doit retourner à son arbre et y chercher la paix. »

Je refusai de reculer et le foudroyai du regard. Il me tourna le dos et gagna d'un pas lourd la périphérie du campement.

Ils formaient une étrange procession. Jodoli marchait lentement, et tous les Ocellions du clan le suivaient ; tout à la fin venait Firada qui laissait couler patiemment un filet de sel de son sac. Quand il fut vide, une autre femme prit sa place.

L'Opulent parcourut un large cercle qui englobait les latrines et le bassin où l'on puisait l'eau pour la cuisine et la boisson. Traversant le camp, j'allai marcher à ses côtés et m'efforçai de prendre un ton calme. « Jodoli, j'ignore en quoi j'ai enfreint vos règles, mais je le regrette. Je ne suis pas un fantôme : je suis bien là et tu me vois. Likari aussi me voit, et je crois que tu te sers de ta magie pour empêcher les autres de me distinguer, ou quelque chose comme ça. Peux-tu me rejeter comme ça après tout ce à quoi j'ai renoncé pour la magie ? J'ai obéi à sa volonté, j'ai rempli ma mission, et maintenant tu me tournes le dos ? »

Il ne me regarda pas. Je voulus l'attraper par le bras, mais n'y parvins pas ; il avait dû se protéger derrière son pouvoir. Je m'éloignai pour regagner son feu de camp ; là, je m'emparai des couvertures pliées et les jetai sur les flammes pour les étouffer. « Ça peut faire ça, un fantôme ? » lançai-je à Jodoli. Je vidai un des sacs de victuailles de Firada ; de la viande fumée et des racines séchées roulèrent à terre. Je ramassai une tranche de venaison et mordis dedans ; c'était résistant, mais avec un bon goût. Entre deux bouchées, je criai : « Un fantôme est en train de manger tes vivres, Jodoli ! »

Il ne m'accorda même pas un coup d'œil et poursuivit sa lente procession. Je m'installai confortablement sur la couche de mousse et terminai la viande que j'avais commencée avant d'aviser une outre de vin. Je m'en saisis, la portai à mes lèvres et recrachai aussitôt ce que j'avais bu : Firada y avait ajouté des herbes propres à accroître la magie de l'Opulent, et le goût était horrible. Je la vidai sur le tas de couvertures fumantes.

Je jugeais mon attitude puérile et vindicative, et pourtant je me sentais étrangement justifié de mes destructions. Il pouvait me voir, je le savais ; pourquoi refusait-il de me parler et de m'expliquer ce qui m'arrivait ? Je voulais seulement comprendre ce qui se passait.

Je levai les yeux et le vis qui ramenait son clan dans le camp. Assis près de son feu, j'attendis qu'il revînt et constatât les dégâts que j'avais commis, mais il se rendit auprès d'une autre flambée, au milieu des gens qui s'assemblaient peureusement autour de lui. À mon grand étonnement, j'éprouvai une forte jalousie quand il fit appel à son pouvoir et que la terre s'éleva sous ses pieds pour le hisser au-dessus de la foule.

« Ne craignez rien, dit-il. Il ne reste qu'une étape avant de chasser définitivement le fantôme. » Il se tourna vers Firada, qui plongea la main dans sa besace et lui tendit une double poignée de feuilles. « Nous les avons cueillies sur son arbre ; il ne pourra pas leur résister. »

Sur ces mots, il jeta les feuilles dans le feu voisin, et, au bout de quelques instants, une fumée blanche se mit à monter. J'en avais assez ; je me levai et me dirigeai vers lui. Il me reconnaîtrait, même s'il fallait pour cela que je le saisisse à la gorge.

Au lieu de cela, je sortis du camp. Je n'avais pas changé d'avis, je n'avais pas eu de scrupules à l'idée d'attaquer Jodoli pour l'obliger à reconnaître ma présence ; au contraire, ma colère et mon exaspération avaient encore grimpé d'un cran. Je poussai un hurlement de rage et je pourrais jurer que je fonçai sur lui.

Mais je me retrouvai brusquement à la périphérie du campement. Je me retournai d'un bloc, ahuri, et vis Jodoli qui traçait soigneusement une ligne de sel pour clore le cercle autour du camp. Quand il eut terminé, il se redressa avec un soupir et leva les yeux vers moi, mais refusa de me regarder en face. Olikéa se tenait près de lui ; elle me cherchait, je pense, mais son regard ne s'arrêta pas sur moi.

« Les ombres ne sont même pas des fantômes ; il s'agit seulement de quelques bribes d'un homme qui n'accepte pas que son existence soit achevée. Elles doivent retourner à la place qui est la leur ; et, quand elles comprendront que nul ici ne leur prête attention, elles y retourneront.

— Ma place est ici », lui dis-je, et je me dirigeai vers le bivouac.

Mais un phénomène incompréhensible se produisit alors : parvenu à la ligne de sel, je ne pus la franchir. Je fis un pas en avant et m'aperçus que j'avais reculé. Ce n'était que du sel, récolté dans la mer, mais il m'empêchait de passer. Hurlant, tempêtant, je fis le tour du camp, incapable de croire qu'une simple ligne de sel me tenait en échec ; et pourtant c'était le cas.

Je passai le reste de la journée à parcourir en vain la périphérie du bivouac, et, la nuit tombée, je m'endormis enroulé dans mon manteau en regardant les feux inhospitaliers. Quand je me réveillai le lendemain, j'avais faim et soif, et le clan commençait sa journée ; je sentais des odeurs de cuisine et j'entendais les gens bavarder. Quelque temps après, je vis un groupe de chasseurs se préparer à quitter le campement ; alors qu'ils prenaient leurs carquois en bandoulière et vérifiaient leurs arcs, Jodoli vint leur parler, puis il remit à chacun un petit sac à accrocher autour du cou ; enfin, Firada versa dans chaque sac une dose de sel.

Sottement, j'attendis que les trois hommes fussent sortis du cercle de sel et je fonçai sur eux ; je voulais prouver que, si la magie de Jodoli m'interdisait l'entrée du camp, un petit sac de sel ne m'empêcherait pas de les forcer à me remarquer, et j'avais l'intention d'en jeter au moins un à terre. Mais, contre toute réalité, je les manquai tous trois et c'est moi qui m'étalai au sol ; et ils ne me virent pas. Je les injuriai d'une voix stridente tandis qu'ils s'éloignaient tranquillement.

Assis par terre, enroulé dans mon manteau, je les suivis du regard, puis, levant les yeux, je vis Jodoli tourné vers moi. « Je ne suis pas un fantôme ! lui criai-je. Je ne suis pas une ombre. »

À cet instant, j'entendis un bruit que j'avais appris à redouter : un lourd battement d'ailes. Orandula se posa d'abord au sommet d'un arbre puis sauta pesamment de branche en branche jusqu'à en atteindre une hors de ma portée mais où je le distinguais parfaitement. Il rabattit ses plumes, se lissa le bout d'une aile puis me demanda sur le ton de la conversation : « Comment vas-tu ?

— Oh ! Merveilleusement, répondis-je d'un ton acide. Tu as pris ma mort, mais personne ne veut croire que je suis vivant, Jodoli s'est servi de sa magie pour m'exclure du camp et m'empêcher d'entrer en contact avec les gens, je n'ai pour tout vêtement qu'un manteau et des chaussures trop grandes pour moi, je n'ai rien à manger, pas d'outils ni d'armes. C'est ça, la vie que tu m'as rendue ? »

Il pencha la tête de côté, et sa caroncule se balança horriblement. « Je ne t'ai pas donné une vie, j'ai pris ta mort ; et même ça, ça ne s'est pas passé exactement comme je l'avais prévu.

— Comment ça ?

— Je m'étonne que tu poses la question. À l'évidence, ici, tu es mort ; tu en manifestes tous les signes : personne ne te voit, tu es incapable de franchir une ligne de sel… Je pensais que tu l'aurais déjà compris.

— Mais j'ai un corps ! J'ai faim, je mange, je peux déplacer des objets ! Comment puis-je être mort ?

— Ma foi, c'est que tu ne l'es pas, enfin, pas complètement. Je te l'ai dit, ça ne s'est pas passé exactement comme je l'avais prévu ; ça se produit souvent quand les dieux se disputent quelqu'un : aucun ne remporte vraiment la victoire. »

Je resserrai mon manteau sur mes épaules ; malgré la chaleur du jour qui montait, un frisson d'angoisse m'avait parcouru. « Les dieux se sont battus pour moi ? »

Il entreprit de se lisser l'autre aile avec soin. « Une part de toi est restée morte dans ce monde tandis que l'autre ressuscitait. Je me sens un peu gêné ; tu comprends, j'aime que les choses s'équilibrent, or tu demeures un peu de guingois, et je me sens responsable. Je veux rectifier mon erreur. »

Je ne tenais nullement à ce qu'il me « rectifiât » davantage. Obstiné, je reposai ma question sous un autre angle. « Lisana, la femme-arbre, est-elle une déesse ? S'est-elle battue pour moi ? »

Il baissa la tête, le bec dans les plumes de la poitrine, et me regarda. Je me demandai s'il comptait me répondre. Mais il finit par déclarer : « Une déesse ? Non, assurément. Mais elle s'est battue pour toi, évidemment ; et on peut la considérer comme reliée à la Forêt, laquelle, étant donné le pouvoir dont elle dispose, peut se ranger parmi les dieux. Néanmoins, non, Lisana n'est pas une déesse. »

Il s'ébroua et déploya ses ailes.

« Alors qui… »

Il m'interrompit. « Mais moi je suis un dieu, et rien ne me force donc à répondre aux questions d'un mortel.

Je réfléchirai à la meilleure façon d'équilibrer ce qui reste instable ; j'aime tout laisser en ordre derrière moi – d'où mon affinité avec les charognards, vois-tu ? »

Il sauta de sa branche et tomba comme une pierre. Ses larges ailes battirent frénétiquement, et, avec un soubresaut, sa chute se transforma en vol.

« Attends ! criai-je. Je ne comprends toujours pas ! Que vais-je devenir ? »

Trois croassements rauques me répondirent. Il inclina brusquement son vol pour éviter un taillis, repéra une ouverture dans les frondaisons et battit plus violemment des ailes pour l'atteindre. En un clin d'œil, il disparut.

Je me redressai lentement, et demeurai un bref moment à contempler le campement du clan où les gens vaquaient à leur existence. Je vis Olikéa en train de coudre ; elle leva son ouvrage, le secoua et le tendit à Likari ; je reconnus le tissu : il provenait d'une de mes robes, dans laquelle elle taillait un vêtement pour son fils. Le jeune garçon courait déjà nu dans le soleil du printemps et jouait à une sorte de jeu de saute-mouton avec les autres enfants du bivouac. J'espérai qu'elle avait prévu une tenue assez ample pour lui afin qu'il pût encore la mettre en hiver, même s'il avait grandi d'ici là.

J'eusse voulu leur faire des adieux. J'y songeai quelque temps, puis je me détournai sans un mot et m'enfonçai dans la forêt.

6

La quête d'un mort

Je marchai sans but. Je franchis un ruisseau dans lequel j'étanchai ma soif, mais non ma faim ; il y avait sans doute du poisson dans le petit cours d'eau et j'envisageai de tenter d'en attraper à la main, mais j'eusse été obligé de manger mes prises crues, et je n'avais pas encore assez faim pour cela. Il était trop tôt dans l'année pour les baies, mais je découvris quelques légumes sauvages et je m'en nourris. Je me rappelai que naguère Fils-de-Soldat avait englouti de grandes quantités de l'herbe aquatique qui croissait sur les berges du ru ; j'en cueillis quelques pieds et les goûtai, mais même les pousses les plus jeunes et les plus tendres me parurent insupportablement amères. Encore un aliment exclusivement réservé aux Opulents des Ocellions.

Je quittai le ruisseau et poursuivis ma route sans quitter l'ombre des arbres : la lumière du soleil sur ma peau fine demeurait désagréable, et, quand je palpais délicatement le sommet de mon crâne, ma tonsure restait sensible elle aussi ; en revanche, mon derme avait gagné en épaisseur sur mes muscles et mes os par rapport à la veille, et j'offrais un spectacle moins épouvantable. Je me remettais donc, rapidement mais non avec la miraculeuse vitesse de guérison que m'offrait la magie. Il me paraissait évident que je possédais un corps physique et actif ; par conséquent, je ne pouvais pas être mort. Mais, si j'étais vivant, qui étais-je ? Qu'étais-je ?

Kinrove m'avait enjoint de retourner à mon kaembra. Coïncidence ou intention inconsciente ? J'avais regagné la crête de Lisana qui dominait le Val des arbres des ancêtres. Je contemplai un moment le paysage avant que le silence ne pénétrât mes sombres cogitations ; je plissai les yeux pour mieux distinguer la Route du roi au loin ; aucun bruit ne m'en parvenait. Non, pas tout à fait : je n'entendais aucun des bruits que les hommes introduisent toujours dans la forêt : nul cri, nul tintement de hache, nul crissement de roues sur une route grossière, nul choc des pelles qui mordent dans l'humus. Seule la brise légère murmurait dans les arbres ; les feuilles bruissaient doucement, mais la voix de l'homme s'était tue.

Ce silence piqua ma curiosité, puis je me demandai quel jour de la semaine on était, et cette question se répercuta bizarrement dans ma tête. Il y avait si longtemps que je n'avais plus regardé les jours comme fixés à un calendrier et dotés d'un nom ! Mais si nous étions un sixdi gernien, cette absence de bruit s'expliquait : même les prisonniers étaient dégagés de l'obligation de travailler ce jour-là. Tournant le dos au Val des ancêtres, je me dirigeai vers Lisana et mon kaembra.

Tous deux m'inspiraient une étrange antipathie. En fin de compte, Fils-de-Soldat avait pris de moi tout ce qu'il désirait et avait réussi à le garder, en même temps que Lisana. J'avais l'impression que la femme-arbre m'avait rejeté avec mépris ; je l'avais aimée aussi fidèlement que Fils-de-Soldat, me semblait-il, mais elle s'était emparée d'une partie de moi et avait repoussé l'autre. Eût-elle pu m'infliger pareil sort si elle m'aimait vraiment ? Le « moi » qui errait à présent se composait-il des aspects de ma personnalité qu'elle trouvait peu attachants, voire inutiles ? J'écartai les mains et les regardai ; comment saurais-je jamais ce qu'elle avait décidé de conserver ? Ces facettes de moi-même avaient disparu pour constituer un individu qui me resterait inconnu.

Je songeai à toutes les qualités dont je croyais manquer pendant mes études à l'École et plus tard : le courage face à l'adversité, l'agressivité nécessaire pour prendre le commandement et s'en servir. J'avais vu d'autres hommes que la colère ou l'ambition poussaient en avant, mais je n'avais jamais reconnu ces feux en moi-même. Fils-de-Soldat, lui, possédait un côté impitoyable qui m'horrifiait ; je me remémorai la sensation du sang chaud de la sentinelle coulant sur mes mains, et, saisi d'un sentiment de culpabilité, je les essuyai par réflexe sur mon manteau.

Ah, et puis à quoi bon me demander ce que j'avais ou n'avais plus ? Il ne me restait que ma présente personnalité ; que pouvais-je en tirer ?

Je passai devant mon arbre avec à son pied le tas détrempé de chair en décomposition qui ne sentait quasiment plus. Quelques mouches le survolaient en bourdonnant, mais je n'éprouvai nulle envie de m'en approcher ni de déranger les vers qui réduisaient peu à peu en compost mon ancienne enveloppe. Un autre, animé par un esprit de revanche, eût cerné le kaembra, mais je n'avais pas de couteau ni aucun outil pour entailler l'écorce, et, plus encore, je n'en avais pas la volonté ; une telle vengeance ne m'apporterait nul plaisir.

En revanche, je me dirigeai vers l'arbre de Lisana. Comme le mien, il avait rejailli d'une nouvelle vie avec le printemps ; beaucoup plus étoffé, il avait des feuilles d'un vert brillant, et la sève gonflait l'extrémité de ses branches. Délicatement, je posai la paume sur son tronc ; au bout de quelques secondes, je ne sentais toujours qu'un arbre sous ma main, rien d'autre. Aucun lien, aucun contact. Un souvenir me piqua soudain et je retirai vivement la main de l'écorce, mais nulle racine tâtonnante ne cherchait à aspirer les nutriments de mon organisme. L'arbre était sans doute très occupé à se nourrir de la terre riche et du chaud soleil.

« Lisana ? » dis-je tout haut. J'ignore ce que j'espérais, mais seul le silence me répondit. Je longeai le tronc abattu dont son kaembra avait surgi jusqu'à l'endroit où une large bande de bois et d'écorce le rattachait à la souche ; la suie en noircissait encore un des côtés, mais l'herbe du printemps avait recouvert les cendres et le bois brûlé du feu d'Epinie. Je me retournai et regardai la femme-arbre et mon autre moi qui tendaient les bras vers la lumière du jour.

Je poussai un soupir. « Vous avez eu tous deux ce que vous désiriez, et vous devez bien vous moquer que je me retrouve comme un fantôme dans ce monde. » Une brise légère parcourait la forêt, et, quand elle atteignit les deux arbres, leurs feuilles miroitèrent dans le soleil, d'un vert profond, luisantes de santé. Leurs kaembras étaient magnifiques, et j'éprouvai un instant une jalousie teintée de haine. Puis ce sentiment se dissipa. « Pour ce que ça vaut, je vous souhaite le bonheur. J'espère que vous vivrez plusieurs siècles et que les souvenirs de ma famille vivront avec vous. »

De sottes larmes me piquèrent les yeux. Les arbres n'avaient aucune raison de m'entendre ni de me prêter attention ; eux grandissaient, bien vivants, tandis que j'étais comme la souche de Lisana. Je regardai le sabre de cavalla piqué de rouille et toujours fiché dans le bois ; distraitement, j'en saisis la poignée et tirai d'un coup sec. Je ne parvins pas à le retirer, mais la lame cassa, et je contemplai la garde et les quelques pouces d'acier corrodés au bout de mon bras : ma foi, j'avais à présent une espèce d'arme, bien appropriée à ma situation : une moitié d'épée rouillée pour une moitié d'homme écorché.

Je me servais du fil émoussé pour découper une bande de tissu de mon manteau afin de me fabriquer une ceinture grossière où glisser mon sabre quand je me rendis soudain compte que je tenais un objet en fer et que je n'en ressentais nul malaise. Cette constatation n'avait rien d'étonnant, et pourtant elle me surprit. Je réfléchis un instant, ne trouvai aucun sens particulier à cette découverte et repris mon travail de découpe. Après que j'eus obtenu une bande de tissu, j'abandonnai toute prudence et attaquai mon manteau pour le réduire à un rectangle et y pratiquer un trou pour la tête ; cela donna une sorte de tunique, ouverte sur les deux flancs mais munie de deux ceintures, l'une pour fermer mon vêtement, l'autre pour mon épée. Ma nouvelle tenue était mieux adaptée à la chaleur croissante du printemps. Je fis un rouleau des chutes de tissu et l'emportai en quittant la crête de Lisana. Je ne fis aucun adieu ; je ne me voyais plus comme quelqu'un qui parle aux arbres.

Restait à trouver qui j'étais.

Le soir tombait quand j'arrivai près du camp des ouvriers, à proximité du chantier de la route. Des grenouilles croassaient dans le ruisseau le long de la chaussée, et des moustiques zonzonnaient à mes oreilles. J'escaladai le remblai en partie achevé de la route et parcourus les environs du regard, les yeux plissés pour percer la pénombre. Ce que je vis me parut tout à fait anormal.

Des ronces des fauvettes avaient émis de longs coulants qui s'aventuraient sur la chaussée chaude de soleil, et nul passage de véhicules ne les avait écrasés ; de l'herbe poussait dans les ornières laissées par les chariots ; courte et récente, elle n'eût pas dû croître là si le travail se poursuivait. Comme je m'approchais des cabanes à outils, indistinctes dans le crépuscule, tous mes sens observaient une situation insolite : je n'apercevais nulle lampe de garde, les odeurs ne correspondaient pas à celles d'un chantier, fumées des feux de déchets d'abattage ou de camp, et le crottin dans lequel je marchai accidentellement était vieux et sec. Tout évoquait un projet abandonné depuis des semaines, voire des mois.

Pourtant, la dernière fois que j'avais contemplé cette vallée avec Lisana, j'avais vu de la fumée et entendu les bruits des ouvriers au travail. Combien de temps s'était-il écoulé depuis ma « mort » ? Et qu'est-ce qui avait poussé les Gerniens à renoncer à la Route du roi ? Kinrove avait-il inventé une nouvelle danse, plus puissante, pour les tenir à distance ? Mais, s'il déversait toujours la peur et l'abattement du haut des montagnes, pourquoi ne sentais-je rien ? À l'évidence, je n'avais plus de magie en moi ; je n'eusse pas dû être immunisé au pouvoir de la danse.

Je me retournai pour regarder les montagnes assombries par la nuit. Je me rappelais avoir souffert d'une suée de Guetis, et il me fallut faire un effort pour ouvrir mes sens et tâcher de percevoir ce qui affluait vers moi ; mais, j'eus beau faire, je ne ressentis rien. C'était une belle soirée de printemps dans la forêt, nulle peur ni désespoir ne pesait sur la route, et pourtant le travail avait cessé. La magie que j'avais opérée avait donc fonctionné – mais de quelle magie s'agissait-il ?

J'imaginai les maisons de Guetis pleines de gens tués pendant leur sommeil, et un frisson d'horreur me parcourut. Non ; j'eusse certainement senti une magie aussi meurtrière si j'y avais pris part. Ma danse avait-elle chassé tous les habitants ? Étais-je le dernier Gernien dans les piémonts de la Barrière ?

La nuit s'approfondissait ; les grenouilles coassaient toujours, et, de temps en temps, montait le meuglement grave d'une grenouille-taureau. Moustiques et cousins m'avaient repéré, et ma tenue ouverte sur les côtés me laissait très vulnérable à leurs attaques ; je me protégeai la tête et les épaules avec les chutes de mon manteau et m'avançai avec prudence vers le camp du chantier.

Il avait beaucoup changé depuis la dernière fois que je m'y étais rendu ; on avait complètement déblayé les ruines carbonisées du bâtiment qu'Epinie avait fait exploser, et, dans la pénombre, je m'approchai lentement de celui qui le remplaçait. Coassements et stridulations cessèrent brusquement quand une toux me prit, et cela suffit à me convaincre que le lieu était désert. Il n'y avait pas de porte dans l'encadrement ; il ne s'agissait que des bâtiments provisoires, montés rapidement pour offrir aux ouvriers un confort minimal pendant la durée des travaux et protéger les outils des éléments ; la plupart se composaient seulement de deux murs en planches grossières et d'un toit. Malgré le manque de lumière, je constatai que celui que je visitais était vide.

Des râteliers à harnais et à outils eussent dû garnir les parois, mais elles étaient nues, hormis quelques chevilles et une ou deux courroies pendues à des crocs. On n'avait laissé sur place que le matériel abîmé et les ustensiles trop usés pour valoir qu'on les emportât. Je me déplaçais plus hardiment à présent, sans crainte des vigiles, et cherchais ce que je pouvais récupérer pour passer une nuit plus confortable.

Derrière une lanterne cassée, je découvris une boîte contenant trois allumettes soufrées ; il subsistait dans la lampe un peu de pétrole et quelques pouces de mèche. En peu de temps, j'eus allumé un petit feu, et un morceau de bois enflammé me fournit sa lumière irrégulière pour poursuivre mon exploration. Je ne vis nulle trace de passage récent, et les derniers occupants n'avaient quasiment rien laissé d'utilisable ; toutefois, déchets et rebuts peuvent paraître des trésors aux yeux de qui n'a rien. Je mis ainsi la main sur une bouteille d'eau qu'il suffisait de ne pas remplir plus qu'à moitié, et sur un pantalon sale, déchiré aux genoux, mais qui valait assurément mieux que pas de culotte du tout ; une lanière de harnais me fournit la ceinture pour l'empêcher de tomber.

Je ne trouvai rien à me mettre sous la dent, mais cela ne m'étonna pas : on donnait si peu à manger aux prisonniers que j'avais peu de chance de dénicher des reliefs ; et, même s'il y en avait eu, les oiseaux et les souris les eussent nettoyés depuis longtemps. Je passai la soirée à me fabriquer une fronde avec des restes de harnais en cuir, puis je me roulai en boule autour de ma faim à côté de ma flambée.

Quand je me réveillai, il faisait jour et les oiseaux chantaient. Je demeurai couché sur le flanc sans bouger, les yeux sur les cendres de mon feu, et m'efforçai de prendre une décision sur la suite de ma vie. Il y avait longtemps que je voulais revoir Epinie et Spic, et je mourais d'envie de savoir quelles nouvelles ils avaient de l'ouest ; ils sauraient me dire ce qui s'était passé à Guetis, si le chantier de la Route du roi avait été abandonné ou seulement ajourné. Je songeai à Amzil, et une petite flamme bondit dans mon cœur, mais je m'en protégeai prudemment : mieux valait ne pas entretenir d'espoir dans ce domaine. Étant donné le désert qu'était le bout de la route, pensais-je trouver mieux à Guetis ? Peut-être n'était-ce plus qu'une ville fantôme. Je décidai de regagner le monde très progressivement, en tâchant de me convaincre que j'agissais par esprit pratique et non par lâcheté.

Je me levai lentement, et j'acceptai pour la première fois de remarquer les sensations nouvelles que j'éprouvais à ce mouvement. Je n'avais plus à soulever ma propre masse ; j'étais aussi mince qu'à l'époque de mes études – plus, même : je crois que le petit arbre avait absorbé jusqu'à la plus infime particule de graisse que je possédais.

Je tisonnai les braises du feu, y ajoutai du bois, recouvris le tout de cendres pour plus tard, puis examinai mes mains d'un œil critique. Elles me faisaient encore mal du peu d'ouvrage que j'avais exécuté la veille, mais la peau était indéniablement plus épaisse ; mes bras avaient repris une couleur à peu près normale, et des poils commençaient à y repousser. Je tâchai de réfléchir au processus par lequel j'étais passé. Que m'avait fait Orandula pour que j'émerge de mon ancienne enveloppe charnelle comme un insecte de son cocon ? Mais me replonger dans ces souvenirs ne fit que me mettre le cœur au bord des lèvres, et, songeant que je gaspillais les précieuses heures de l'aube, je me mis en chasse avec ma fronde toute neuve ; toutefois, je ne jouai guère de chance, et je dus me contenter de deux petits poissons que je fis griller sur une branchette au-dessus des braises. Ensuite, le ventre toujours grondant, je me lavai les mains et me débarbouillai dans le ruisseau où j'avais attrapé mon repas, et je réfléchis à ma situation.

J'avais beau être un fantôme, mon estomac me criait qu'il me fallait encore à manger. Je n'avais pour ainsi dire aucune arme ni aucun outil qui me permît de me débrouiller dans la nature, et le sel m'interdisait de chercher de l'aide auprès des Ocellions ; il ne me restait donc, logiquement, que Guetis. Si la ville était déserte, je pourrais y grappiller des affaires et de la nourriture, et, si des gens y vivaient encore, je verrais ceux auxquels je tenais ; même si je ne pouvais pas leur parler, je pourrais les écouter et savoir comment ils se portaient. Occupée ou vide, Guetis m'offrait les meilleures chances de survivre ; c'est donc là que j'irais.

Ma décision prise, je me mis en route. Il faisait beau, et le soleil ne me dérangeait plus autant que la veille ; au contraire, j'appréciais sa chaleur. En marchant, je m'efforçais d'éviter d'imaginer ce que je trouverais dans la ville, mais c'était peine perdue ; je passai en revue toutes les possibilités : Guetis déserte, ville fantôme pour un spectre solitaire, n'abriterait plus que des maisons vides – non : les rues seraient jonchées de cadavres. Peut-être la peste ocellionne l'aurait-elle frappée et la découvrirais-je pleine de malades et de moribonds, détruite par la contamination. Ou bien elle aurait au contraire prospéré, mais, pour une raison encore inconnue, construire la route ne présenterait plus aucun intérêt. Dans tous les cas, j'ignorais totalement ce que je ferais.

Midi passa, et je n'avais toujours croisé personne sur la route. Naturellement, nul n'avait de raison de l'emprunter si ce n'était pour en continuer la construction ; en pratique, elle ne menait nulle part, hormis à l'ambition frustrée d'un roi. Parvenu à un embranchement où une piste à chariot s'écartait pour monter en direction du cimetière, je m'arrêtai. J'avais faim et soif, et ma vieille chaumière se situait au bout de ce chemin ; lors de ma fuite, j'y avais laissé une épée et d'autres affaires. Si elles s'y trouvaient toujours, elles m'appartenaient, et jamais je n'en avais eu besoin davantage.

Je gravis la pente ; je crus distinguer sur la piste des traces de chariot, vagues mais récentes, mais je n'eusse pu me prononcer avec certitude. En revanche, je relevai des marques de sabots plus distinctes : des cavaliers étaient passés par là il y avait peu. Quand je parvins au sommet de la côte et vis le paysage familier des rangées de tombes avec, au fond, la petite maison, une sorte de nostalgie me saisit. Malgré le décor macabre, j'y avais vécu chez moi, et j'éprouvais un sentiment très étrange à y revenir. En m'approchant, je guettai des bruits indiquant que quelqu'un s'y trouvait, mais n'entendis rien ; un pâle ruban de fumée montait de la cheminée : si le gardien n'était pas là pour l'instant, il y avait des chances pour qu'il revînt sous peu. Mieux valait se montrer circonspect.

Le cimetière m'apparut plus négligé qu'à l'époque où je m'en occupais : l'herbe envahissait les fosses, et les chemins s'en allaient à vau-l'eau. Parvenant à la petite maison, je remarquai qu'un des volets à demi décrochés était de guingois, et que des mauvaises herbes poussaient devant l'entrée ; pourtant, une paire de bottes crottées à la porte indiquait qu'on habitait la chaumine.

Je m'approchai de la fenêtre à pas de loup et tâchai de jeter un coup d'œil à l'intérieur, mais le volet tenait encore et résista à mes efforts pour l'entrebâiller davantage. Je ne pus percer l'obscurité qui régnait dans la maison. Eh bien, il fallait en avoir le cœur net. Je me dirigeai vers la porte, pris mon courage à deux mains et toquai.

Pas de réponse. N'y avait-il personne ? Ou bien les coups frappés par un fantôme étaient-ils inaudibles ? À bout de ressources, je tambourinai à coups de poing. « Il y a quelqu'un ? » criai-je d'une voix rauque et grinçante.

J'entendis un bruit dans la maison, peut-être le choc de deux pieds heurtant le sol. Je frappai à nouveau. Entre le moment où je toquai et celui où la porte s'ouvrit, j'eus le temps de songer à l'aspect bizarre que je présentais : mes cheveux tombaient sur mes oreilles, je n'étais pas rasé, et je portais un manteau et un pantalon en guenilles, bref, j'avais l'air d'un homme des bois, d'un être sorti d'un conte, et ma vue ferait un choc à n'importe qui – à condition qu'on pût me voir. Je cognai à nouveau du poing.

« J'arrive ! » fit une voix irritée.

Je me reculai d'un pas et attendis.

Quésit tira lentement la porte à lui. Apparemment, il venait de se réveiller, vêtu d'une chemise grise en laine à moitié enfoncée dans un pantalon qu'il avait enfilé précipitamment ; il ne s'était pas rasé depuis plusieurs jours. Il me regarda d'un air hébété, et mon cœur se serra ; puis, tout en me parcourant des yeux de la tête aux pieds, il lança « T'es qui, toi ? », et je repris espoir.

Je décidai de le tutoyer moi aussi. « Que je suis content que tu puisses me voir ! m'exclamai-je.

— Ben, évidemment que je te vois. Mais je comprends pas ce que je vois !

— Non, je veux dire que je suis content de voir un visage amical. » Je m'interrompis avant de prononcer son nom ; à l'évidence, il ne me reconnaissait pas, mais j'éprouvais un tel bonheur à me retrouver devant des traits familiers que je ne pouvais m'empêcher de sourire aux anges. Toutefois, mon air radieux dut l'inquiéter autant que mon aspect, car il recula d'un pas, me considéra bouche bée puis demanda d'une voix tendue : « T'es quoi ? Tu veux quoi ? »

Je répondis par le premier mensonge qui me vint à l'esprit. « Je me suis perdu il y a des mois dans la forêt et j'y ai vécu depuis. Je meurs de faim ; aurais-tu quelque chose à me donner à manger ? »

Il m'examina de la tête aux pieds puis son regard s'arrêta sur mes chaussures en peau. « Trappeur, hein ? dit-il. Entre. J'ai pas grand-chose et tu vas p't-être regretter de me l'avoir demandé, mais je veux bien partager avec toi. Mon vieux m'a appris à jamais tourner le dos à quelqu'un qui a faim, passqu'on sait jamais si on se retrouvera pas à sa place un jour ; c'est ce que dit le dieu de bonté. Allez, amène-toi. »

Je le suivis, hésitant. Ma chaumine bien tenue était devenue une bauge : des assiettes et des verres sales s'entassaient sur la table, et il régnait une odeur épaisse de tabac. Il ferma la porte derrière moi, la clarté du jour disparut et nous nous retrouvâmes plongés dans l'obscurité et les effluves de bière éventée. Des vêtements, sales selon toute apparence, pendaient au pied du lit et à des crochets aux murs. L'odeur de vieille cuisine dominait les autres, et, malgré la faim qui me tenaillait, mon appétit s'évanouit. Quésit me regardait en se grattant le torse à travers sa chemise ; les cheveux qui lui restaient se dressaient sur sa tête en mèches hirsutes. Il bâilla largement puis s'ébroua.

« Désolé de t'avoir réveillé, dis-je.

— Bah, j'aurais dû me lever il y a des heures. Mais les copains sont venus jouer aux cartes hier soir ; y a quasiment plus qu'au cimetière qu'on peut encore s'amuser ! Ils ont apporté une bouteille, ils sont restés tard, et bon, c'est pas facile de quitter le plumard quand on a pas de raison de se lever, tu me suis ? »

J'acquiesçai de la tête. Ainsi, Guetis n'était pas morte. Je m'efforçai de dominer le sourire niais qui me tirait les lèvres ; Quésit, accroupi devant la cheminée, tisonnait les rares braises encore chaudes ; il se gratta l'arrière du crâne. « J'ai un peu de café qu'on peut faire réchauffer, et il me reste quelques beignets ; j'ai rien d'autre ici. D'habitude, je mange en ville, mais le cuistot fait pas de beignets ; c'est ma mère qui m'a appris à les préparer. Une fois grillés, c'est pas mal ; ça remplit bien.

— Ça me va.

— Assieds-toi, je vais les faire réchauffer. Alors, comme ça, tu t'es perdu, hein ? »

Mes deux fauteuils étaient toujours là ; par habitude, je pris le plus grand. Il me parut très spacieux malgré la veste et les treillis crasseux qui encombraient son dossier et ses bras. Quésit ajoutait du petit bois sur le feu, et, une fois que les flammes crépitèrent, il posa dessus une cafetière noircie ; il se redressa, se dirigea vers l'étagère où il rangeait ses vivres et y prit une poêle couverte d'un linge taché où se trouvaient des beignets frits dans le saindoux. « Je peux te les faire frire, sinon tu peux les manger comme ça. » Il me tendit la poêle, et j'en pris deux, gras, lourds et peu appétissants. Je mordis dans l'un d'eux en me répétant qu'ils étaient comestibles et que j'avais l'estomac vide.

« Donc, t'es pas de la région ? »

Mâcher me demanda un gros effort et avaler un grand acte de volonté. « Non ; je me suis égaré dans la forêt, et c'est la chance seule qui m'a placé sur la Route du roi. Quand je l'ai vue à travers les arbres, j'ai cru que j'y trouverais une équipe de chantier pour m'aider, mais elle était aussi déserte qu'un cimetière. Que s'est-il passé ? » Je pris une nouvelle bouchée du beignet. Non, même avec l'habitude, ça ne s'améliorait pas ; mais c'était bon de sentir mon estomac se remplir.

« Le roi a décidé de rappeler les ouvriers ; il a des trucs plus importants à leur confier. » Sans me laisser le temps de lui demander quoi, il changea de sujet. « Alors, t'as dit que t'étais trappeur ? »

C'était lui qui l'avait dit, mais ce mensonge en valait un autre. J'engloutis un demi-beignet et acquiesçai de la tête.

« Ah ouais ? » Il paraissait sceptique. « Il est où, ton matériel, alors ? Comment t'as fait pour te paumer ? »

J'avalai la pâte graisseuse et battis promptement en retraite. « Enfin, je voulais devenir trappeur ; je croyais en savoir plus que les autres. J'avais pas mal chassé dans l'Intérieur, mais ça se peuple, là-bas, et j'avais toujours entendu dire que les meilleures fourrures venaient de la Barrière ; alors j'ai eu l'idée d'aller en prendre quelques-unes. Tout le monde a tenté de m'en dissuader, mais il fallait que j'essaie. Je n'ai pas eu trop de mal à supporter la peur en arrivant ; je pensais pouvoir continuer comme ça et me procurer quelques bonnes fourrures là où personne ne pouvait se rendre. Mais alors la terreur m'est tombée dessus, et… Bref, j'ai bien cru que j'allais y laisser la raison et peut-être même la vie. Je ne savais plus où j'étais, j'avais perdu toutes mes affaires et je ne retrouvais plus mon chemin. »

Quésit hochait à présent la tête d'un air entendu. « Eh oui ! On sait tous l'impression que ça fait, je crois. Mais ça s'est calmé ; ça a disparu un moment, puis c'est revenu plus fort que jamais, et maintenant ça a de nouveau disparu. C'est sans doute pour ça que t'as retrouvé ta tête. » Il soupira. « N'empêche, ça m'étonnerait que ça recommence pas, et je vais dans la forêt que quand j'y suis obligé ; je ramasse mon bois pour le feu juste à la lisière, mais je m'enfonce pas sous les arbres ; ça, jamais !

— À mon avis, tu as raison. J'aurais dû en faire autant. Mais, dis-moi, pourquoi le roi a-t-il renoncé à sa route ? »

Il sourit largement, ravi de m'apprendre la grande nouvelle. « Tu sais rien sur ce qui se passe dans l'Intérieur ?

— Et qui me l'aurait dit ? Les arbres ? »

Il éclata de rire. « On a découvert un gros filon d'or dans l'est, et quand je dis gros, c'est gros. Une idiote de fille de nouveau noble a envoyé quelques cailloux à la reine en lui disant qu'elle les trouverait peut-être intéressants. Tu parles qu'elle les a trouvés intéressants ! Le roi a saisi la mine pour la Couronne, mais il y en a que ça décourage pas, tu me suis ? Ils se sont précipités comme une nuée de mouches. Le roi a rappelé les forçats qui bossaient à la route pour leur faire chercher de l'or au lieu d'abattre des arbres, et il a rappelé aussi la plupart de ses troupes pour qu'elles veillent à ce que les prisonniers fassent ce qu'ils doivent faire et empêcher les autres de faire ce qu'ils doivent pas faire. C'est énorme, mon gars ! D'après un copain, les journaux disent qu'une ville entière s'est bâtie près de la mine en quelques semaines à peine. » Il se laissa aller contre le dossier de mon fauteuil et poursuivit d'un air moqueur : « J'arrive pas à croire que tu saches rien ! Tu dois être le seul dans toute la Gernie !

— Sans doute », répondis-je. La tête me tournait. Je fourrai la dernière bouchée de beignet dans ma bouche, la mâchai pensivement puis la fis descendre avec une gorgée de café très noir. De l'or ; c'était donc cela, le secret du professeur Stiet. Quand Dewara m'avait ramené chez moi à demi inconscient, j'avais rapporté un échantillon de minerai au creux de ma main ; Caulder me l'avait volé puis je le lui avais donné, il l'avait montré à son oncle après que son père l'eut renié et que son oncle l'eut adopté ; le géologue avait alors identifié le métal, et enfin ma petite sœur avait déclenché une ruée vers l'or en envoyant d'autres échantillons à la reine. Je m'efforçai de trier les fils qui composaient l'affaire ; fallait-il voir l'œuvre de la magie dans cette succession complexe de coïncidences ? Était-ce là le résultat qu'elle escomptait, cette ruée vers l'or afin d'attirer les Gerniens loin du territoire des Ocellions ? Je me rappelai vaguement avoir songé que les flux de population répondaient plus à l'attraction qu'à la poussée ; or, je n'avais pas chassé la Gernie hors des zones ocellionnes, je l'avais tirée vers l'Intérieur en jouant sur son avidité. Le roi Troven n'avait pas dû hésiter : une mine d'or valait mieux que plusieurs routes incertaines qui menaient à une côte qu'il n'avait jamais vue.

« Ça te coupe la chique, hein ? De l'or ! Je te garantis que les Canteterriens chantent sur un autre air maintenant ; à ce qu'il paraît, ils crèvent d'envie de faire du commerce avec nous, et ils nous proposent des conditions sacrément favorables. Certains de nos nobles disent qu'il faut leur tenir la dragée haute en attendant qu'ils nous rendent nos provinces côtières ; je sais pas s'ils iront jusque-là. »

J'en étais encore à tâcher de relier les différentes pièces du tableau. « Et comment s'en sort Guetis ?

— Bah, c'est difficile de dire si ça nous a fait du bien ou du mal, mais tu peux imaginer ce qui s'est passé. Il reste pas grand-chose de la ville ; quand on a appris qu'on avait découvert de l'or, la plupart de ceux qui pouvaient encore marcher ont plié bagage ; ensuite, on a reçu l'ordre de ramener les prisonniers à l'ouest pour fournir de la main-d'œuvre. Du coup, tous les forçats ont quitté Guetis, accompagnés de leurs gardes, évidemment, plus une partie de la garnison pour les escorter. Dans mon régiment, on était déjà à court d'hommes à cause de la maladie, des morts et des désertions, mais maintenant on peut même plus parler de régiment. Le commandant et la majorité des haut gradés sont partis pour l'ouest quand les ordres sont arrivés. On a plus que deux compagnies ici pour assurer une présence symbolique de l'armée et empêcher la ville de tomber en morceaux, et notre officier supérieur a le grade de capitaine. On a l'impression que tout le monde est parti en nous oubliant sur place ; on nous a dit "Tenez le fort", mais sans nous expliquer comment.

— Mais alors… » Je me tus ; qu'allais-je lui demander ? Si Epinie, Spic, Amzil et les enfants avaient pris eux aussi la route de l'ouest ? « Mais tu n'es pas parti, toi ?

— Je suis dans l'armée depuis trop longtemps. » Il prit une bouchée du beignet qu'il tenait, puis, du bout de l'index, il la poussa au fond de sa bouche avant de se mettre à mastiquer, et je me rappelai qu'il avait des problèmes dentaires. Il mâchait bruyamment en s'efforçant de placer la nourriture là où il avait encore des dents, et, quand il parla de nouveau, il s'exprimait d'une voix étouffée. « Il y a belle lurette qu'obéir aux ordres, c'est même plus une habitude chez moi, c'est une seconde nature. On est restés, les autres vétérans et moi, comme des vieux chiens fidèles ; assis, pas bouger, monte la garde, ça, c'est nous. Quand les officiers sont partis, ça a semé le bousin dans la chaîne de commandement. Y a une nouvelle loi, sortie par les prêtres à propos des nobles et de leurs fils ; pas mal d'aristos ont perdu leurs fils aînés dans l'épidémie de peste, et ça leur a pas plu. Certains de nos officiers qui étaient nés fils militaires ont entendu dire qu'ils pourraient passer fils héritiers si la nouvelle loi était approuvée. Pour moi, c'est pas naturel ; quand on naît à une place, on y reste et on se plaint pas. Mais ça va faire du changement si des hommes qui devaient être officiers doivent retourner dans l'ouest d'un seul coup et prendre la suite de leur père. Bien sûr, y en quelques-uns qu'on verrait partir avec plaisir ! Celui qui nous commande, là, à mon avis, il ne serait même pas fichu de mener une troupe de bleus dans un bordel, si on en avait encore un, mais il faut faire avec. On peut pas dire que les hommes adorent le capitaine Thayer, mais, même s'il a un balai où je pense, on lui obéit parce qu'il a tous les trucs brillants qu'il faut sur son uniforme.

— Le capitaine Thayer commande la garnison ? » Je sentis la nausée monter en moi.

« Tu le connais ?

— Non, non ; je voulais dire, c'est un capitaine qui dirige tout le régiment ?

— Ben, je te l'ai dit, la plupart des hommes sont partis, il reste plus que deux compagnies, et, pour ce qui est des officiers, y avait pas trop le choix ; il avait plus de galons que les autres. Quand elle aura le temps d'y penser, la hiérarchie le fera monter en grade pour que ça colle avec son poste. J'espère seulement que, quand ça arrivera, il se croira pas obligé d'être encore plus collet monté qu'aujourd'hui.

— Il n'a pas l'air très large d'esprit, on dirait. » Quésit n'avait pas changé : il suffisait de quelques mots d'encouragement pour le faire parler.

Il remplit sa tasse d'un mélange de café noir et de marc. « T'imagines même pas, grommela-t-il. Chaque fois qu'il s'adresse à nous, il nous fait un sermon sur le dieu de bonté. Il a chassé les putains de la ville quand les prisonniers sont partis ; là, personne a compris : c'étaient d'honnêtes putains, pour la plupart, mais le capitaine Thayer, il dit que les femmes, c'est souvent la ruine des hommes. Il a fait fouetter un soldat parce qu'il fricotait avec la femme d'un autre, et il a dit au cocu qu'il aurait dû garder sa légitime à travailler à la maison pour éviter qu'elle donne des idées aux voisins. Le gars et sa femme ont passé une journée bien au chaud, au pilori.

— Au pilori ? Je ne savais même pas que ça existait chez nous ! C'est cruel ! Il a l'air sacrément rigoureux. » J'étais étonné ; je ne voyais pas un homme pareil courtiser et gagner le cœur de Carsina.

« Ah, ça, il est très fort pour nous rabâcher nos péchés et nous répéter que tous nos malheurs viennent de là ! Et, d'après lui, y a pas meilleur remède contre les péchés intimes que la honte publique ; du coup, on a un pilori, et aussi un poteau à flagellation près de l'ancienne potence, mais il ne s'en sert pas trop : il en a pas besoin. Rien que de passer devant, on a le sang qui se glace. Le capitaine dit que la convoitise, les putains et les femmes de mauvaise vie, y a pas pire pour un soldat, et qu'il a bien l'intention de nous en protéger. Eh ben, je vais te dire, on aimerait bien être tous un peu moins protégés.

— J'imagine », murmurai-je. Comment Epinie trouvait-elle le capitaine Thayer dans son rôle de commandant ? Les rues du fort étaient peut-être plus sûres pour les femmes de Guetis, mais l'idée de les tenir cloîtrées ne devait pas lui plaire. Je m'efforçai de réprimer le sourire qui me montait aux lèvres ; Epinie n'avait sûrement pas échappé à la tutelle de ma tante pour se soumettre à la loi du commandant de son époux.

Je compris soudain qu'il me fallait les voir, elle et Spic, aujourd'hui même, et tant pis pour les risques. Aussitôt prêt à me mettre en route, je pensai à Amzil et sentis une hésitation glaciale me parcourir l'échine. Je l'aimais ; pourquoi répugnais-je à aller la voir ? Je baissai les yeux sur moi et la réponse me vint aussitôt. « Il me faut des vêtements présentables, dis-je avant de me rendre compte que j'avais parlé tout haut.

— Ça, c'est bien vrai, fit Quésit avec un sourire malicieux. Si t'étais pas sapé comme ça, j'aurais pas cru une seconde à ton histoire ; je t'aurais peut-être pris pour un déserteur ; t'as la façon de marcher et de t'asseoir d'un soldat.

— Moi ? » J'éclatai de rire pour dissimuler la bouffée de fierté qui montait en moi. « Non, sûrement pas. Mais je connaissais des gens dans le fort… Enfin, ce n'est pas moi qui les connaissais, mais mon cousin, et il m'avait conseillé de me rendre chez eux si je passais par là. Mais je ne peux quand même pas me présenter sur le pas de leur porte dans cette tenue.

— Je crois pas, non », dit Quésit. Il avait toujours eu bon cœur, et je comptais sur sa gentillesse ; il ne me déçut pas. « À mon avis, ce que j'ai ici t'ira pas mieux que ce que tu portes, mais, si tu veux, je peux apporter un mot aux amis de ton cousin, et peut-être qu'ils pourront t'aider.

— Je t'en serais éternellement reconnaissant », répondis-je avec ferveur.

Quand il apprit que l'ami de mon cousin n'était autre que le lieutenant Kester, Quésit hocha la tête et dit : « C'est un de nos rares officiers qui se conduise encore comme un officier. Tiens, il avait un chariot d'approvisionnement privé qui est arrivé avant les convois militaires ; eh ben, tu sais ce qu'il a fait ? Il a tout partagé avec nous, même si ça faisait pas lourd chacun et qu'il avait une pleine maison de gamins, le sien et ceux de la putain de Ville-Morte. »

Entendre Amzil désignée ainsi me fit mal, et je dus prendre sur moi pour me taire.

« Tu aurais du papier et une plume ? » demandai-je un peu sèchement, et, l'espace d'un instant, il parut vexé de devoir avouer que, n'aimant guère lire ni écrire, il ne possédait rien de tel. Après quelques recherches, il finit par me fournir à contrecœur un vieux numéro d'un journal que je lisais autrefois. « Ça appartenait à un ami à moi ; je lis pas beaucoup, mais je l'avais quand même mis de côté. »

Je réussis à le persuader de m'en donner une feuille, et, à l'aide de l'extrémité carbonisée d'un bout de bois, je griffonnai un message par-dessus les articles imprimés. La place me manquait pour la délicatesse ou la subtilité, et j'écrivis simplement : « Suis revenu, bien vivant. Besoin de vêtements. Suivez Quésit, expliquerai plus tard. »

Je signai « J. B. » et remis la missive à Quésit, puis le regardai s'éloigner sur sa monture écouée.

Quand il eut disparu, je me trouvai soudain désœuvré. J'allai faire un tour dans le cimetière que j'avais soigneusement entretenu naguère ; j'y découvris une nouvelle fosse commune, si récente que l'herbe n'y avait pas encore repoussé. Ce spectacle me surprit, car la peste ne frappait en général qu'au plus fort de l'été. Puis je repérai une stèle en bois, copiée sur le modèle de celles que je fabriquais, avec des lettres gravées à la pointe de feu. Là gisaient les victimes du massacre dont j'avais pris la tête quelques mois plus tôt. La terre devait être trop gelée pour permettre de les enterrer à l'époque où elles avaient péri, et mon cœur se serra quand je songeai aux dépouilles raidies par le froid et mises de côté dans l'appentis en attendant le dégel du printemps ; assurément, la tâche avait dû être horrible pour ceux qui avaient dû s'occuper de leur inhumation – sans doute Quésit et Ebrouc. Je me détournai vivement de la tombe des hommes, des femmes et des enfants que j'avais tués et repris le chemin de la chaumine.

Par curiosité, je me retournai vers ma haie de kaembras ; inconscient que j'étais, j'avais espéré alors interdire l'accès du cimetière aux Ocellions grâce à une barrière d'arbres et de pierres. On avait abattu les arbres et enterré leurs tronçons en même temps que les morts de la peste qu'ils enserraient, mais je vis qu'ils rejetaient de la souche. Je n'arrivais pas à identifier les sentiments que m'inspirait ce spectacle ; je gardais le vif – trop vif – souvenir de mon dégoût devant les racines tâtonnantes qui s'enfonçaient dans les cadavres, mais, à présent que je comprenais mieux le processus par lequel on s'attachait à un arbre, j'éprouvais de la tristesse à les voir abattus et les corps inhumés. Le sort de ces gens eût-il été si terrible s'ils avaient poursuivi leur existence sous la forme de kaembras ? Eussent-ils pu communiquer avec nous comme les autres arbres communiquaient avec les Ocellions ? Je secouai la tête et repris la direction de la maison. Ce monde n'était plus le mien ; la forêt ne me parlerait plus jamais.

Je m'assis un instant dans mon fauteuil, les yeux plongés dans les flammes mourantes de la cheminée, puis je ne pus plus supporter la saleté davantage. Je me rendis à la source, en rapportai un seau plein et le mis à chauffer sur le feu ; au retour de Quésit, je lui expliquerais que j'avais fait un brin de ménage pour le remercier de sa gentillesse, mais, en réalité, j'avais mal au cœur de voir ma maisonnette que je tenais toujours en ordre transformée en porcherie.

Je récurai donc assiettes, couverts, plats et casseroles, puis je balayai et jetai dehors un tas considérable de poussière et de terre. Alors que je rangeais la vaisselle dans le buffet, je tombai sur ce qui restait de mes affaires ; Quésit avait gardé tout ce que j'avais laissé. Je trouvai mes vêtements, soigneusement pliés, et même mes chaussures éculées étaient là. Je secouai une des chemises et l'enfilai ; elle tombait sur moi en grands plis lâches, et, l'espace d'un instant, je demeurai saisi qu'elle eût été à ma taille un jour. Je me demandai pourquoi Quésit ne m'avait pas proposé ces vêtements, puis je fus étrangement touché qu'il s'en fût abstenu. Je repliai la chemise et la remis à sa place : il avait conservé mes affaires en mémoire de moi.

À l'occasion de ce changement de tenue, j'avais pu constater à quel point j'étais moi-même sale ; je remis de l'eau à chauffer, me lavai puis me rasai en me servant du matériel de toilette de Quésit, et me voir alors dans le miroir me fut une révélation. J'étais pâle comme un champignon, et la peau de mes joues avait une sensibilité excessive ; je m'étais coupé à deux reprises et j'avais saigné abondamment les deux fois. Mais ce fut la forme de mon visage qui me laissa pantois : j'avais des pommettes et un menton bien dessinés ; mes yeux avaient émergé des bourrelets de graisse qui les étrécissaient. Je ressemblais à l'élève Jamère Burvelle, je ressemblais au fiancé de Carsina. Je portai la main à mes traits. Je ressemblais à mon père et à Posse, mais surtout à mon père.

Incapable de rester en place pour attendre mon hôte, je remis mes haillons et sortis. Je me rendis à la réserve de bûches et coupai du petit bois jusqu'à ce que mes mains dépourvues de cals protestent contre ma brutalité. Je fourrai les bûchettes dans un sac que je déposai près de la porte, puis me demandai combien de temps avait passé ; Quésit allait-il revenir ? Spic l'accompagnerait-il sans hésiter ou bien croirait-il à un canular tordu ? Les minutes s'écoulaient avec lenteur.

Tournant comme un lion en cage, j'allai voir mon vieux potager et découvris un carré de mauvaises herbes ; il n'y restait rien d'utilisable. À l'aide de ma poignée de sabre rouillée avec son bout de lame et d'un couteau de cuisine, je réussis à réparer le volet de façon à le redresser. Je repris mes déambulations impatientes. Mon vieux sabre était toujours pendu au mur de la chaumine ; je le décrochai, assurai ma prise et fis quelques bottes. L'arme ne valait toujours pas grand-chose, entaillée et mangée de rouille, mais c'était quand même une arme. Je la sentis tout d'abord étrangère, mais, après quelques feintes et un coup franc sur le sol, je retrouvai l'impression de serrer la main d'un vieil ami, et j'eus un grand sourire un peu niais.

J'avais le sentiment que plusieurs jours avaient passé quand j'entendis quelqu'un approcher ; ce n'était pas les bruits d'un cheval ni même de deux, mais plutôt ceux d'une carriole. Je remis vivement l'épée à sa place et me rendis là où j'avais vue sur la piste qui montait la colline.

Quésit, sur sa monture, ouvrait la voie à Epinie qui conduisait une patache à deux roues complètement délabrée et tirée par une vieille haridelle qu'elle guidait d'une seule main ; sur le siège, à côté d'elle, se trouvait un grand panier où elle avait posé son autre main et où gigotait un nourrisson.

7

Retrouvailles

La carriole gravissait lentement la pente, et le monde retenait son souffle. J'avais le temps d'observer tous les détails de la scène. Epinie portait un chapeau, comme il seyait à une dame, mais elle l'avait posé trop précipitamment sur sa tête, à moins que la mode ne le voulût en équilibre instable sur le côté. Une des roues de la voiture tournait tant à faux que je décidai aussitôt qu'elle ne retournerait à Guetis qu'une fois sa carriole réparée. Mais je regardais surtout Epinie elle-même.

Comme elle se rapprochait, je distinguai des taches rouge vif sur ses pommettes ; elle était mince, mais non plus maigre comme la dernière fois où je l'avais vue en rêve. Ses lèvres bougeaient : elle parlait à son bébé dans le panier, et soudain je n'y tins plus : je me mis à courir vers elle en criant : « Epinie ! Epinie ! »

Elle voulut arrêter son cheval, mais ma course précipitée vers elle effraya la pauvre vieille bête qui, au lieu de ralentir, vira de côté et emporta la carriole dans l'herbe haute. Là, les roues faussées refusèrent de tourner davantage, et cela, plus que les efforts d'Epinie pour tirer sur les rênes, empêcha la voiture d'aller plus loin. J'atteignis le véhicule à l'instant où ma cousine sautait du siège, et je la reçus dans mes bras, la serrai contre moi et la fis tournoyer, fou de joie de la revoir, tandis qu'elle jetait ses bras autour de mon cou. Jamais je n'avais rien ressenti d'aussi apaisant que cette simple expression d'affection sans mélange. Pourtant, hormis notre parenté, Epinie n'avait jamais eu aucun motif de m'aimer, d'accepter les sacrifices que je lui avais imposés ni de prendre les risques qu'elle avait pris pour moi : je n'avais amené dans sa vie que peine et souffrance. Or, son étreinte franche m'assurait qu'elle tenait toujours à moi malgré les meurtrissures que je lui avais infligées. Je me sentais tout petit devant sa capacité à aimer. Quésit avait arrêté sa monture et nous regardait d'un air effaré. Epinie, comme toujours, parlait à flot continu alors que je la faisais tourner dans mes bras.

« J'étais sûre que tu reviendrais ! Même quand je n'ai plus senti ta présence, j'étais sûre que tu n'étais pas mort, et je l'ai dit à Spic. Ah ! Quelle peur j'ai eue en me réveillant un matin sans plus sentir la magie. J'ai essayé de décrire ce que j'éprouvais à Spic, de lui expliquer que tu nous avais dit adieu, et aussitôt il a répondu que je devais accepter ta mort probable. Crois un peu en lui, ai-je rétorqué ; on ne tue pas un Burvelle aussi facilement ! Ah Jamère, que je suis heureuse de te revoir, de te toucher, de savoir que tu es revenu ! Repose-moi, repose-moi à terre, il faut que tu fasses la connaissance de… comment dit-on ? ta cousine issue de germaine ? Ah, ça fait ridicule, elle est beaucoup trop petite pour une cousine issue de germaine, et, de toute façon, j'ai déjà commencé à te désigner à elle comme "oncle Jamère" ; c'est donc comme ça qu'elle t'appellera. Pose-moi à terre tout de suite ! Je veux que tu prennes Solina dans tes bras ! Elle ne t'a encore jamais vu, et elle pleure, écoute ! »

Ces mots me ramenèrent à la réalité : j'éprouvais un tel bonheur à retrouver ma cousine vivante et en bonne santé après de longues journées d'angoisse que je ne supportais pas l'idée de quelqu'un en train de pleurer, et surtout pas sa précieuse petite fille. Je posai Epinie par terre, et elle fit quelques pas chancelants en riant aux éclats, puis elle s'agrippa à la ridelle de la carriole et se tint droite pour sortir le nourrisson de son panier. Elle avait si bien emmailloté l'enfant dans des couvertures et des plaids qu'elle avait l'air d'ouvrir un présent ; accoudé à la voiture, je regardais la scène, enchanté.

Derrière moi, Quésit dit d'un ton incrédule : « Jamère ? »

Par réflexe, je tournai la tête vers lui ; nos regards se croisèrent, et je n'avais nul mensonge ni explication à lui fournir. Pendant un long moment, nous demeurâmes à nous regarder en chiens de faïence, puis ses yeux s'emplirent de larmes tandis qu'un large sourire découvrait les dents qui lui restaient. « C'est toi ! Par le dieu de bonté, Jamère c'est bien toi ! Mais t'es plus énorme ! J'aurais quand même dû te reconnaître, même avec tes guenilles. Jamère ! »

Il se jeta dans mes bras et me serra contre lui. La chaleur et le soulagement qui imprégnaient son ton étaient si sincères que je ne pus que lui rendre son étreinte. « Pourquoi tu m'as rien dit ? demanda-t-il d'une voix rauque. Pourquoi tu m'as pas dit que c'était toi au lieu d'arriver devant ma porte comme un mendiant ? Tu imaginais que je t'aiderais pas ?

— Je pensais surtout que tu ne me croirais pas, que personne ne me croirait.

— Ben, je t'aurais sans doute pas cru si le lieutenant m'avait pas prévenu, le printemps dernier. Tout le monde disait que t'avais été… Enfin, que t'étais mort. Mais j'avais fait un rêve, et ensuite le lieutenant m'avait posé des questions sur mon rêve, et alors j'ai dû avoir un peu les larmes aux yeux en lui expliquant que, pour moi, c'était ta façon de dire adieu et sans rancune. Mais alors il m'a demandé si j'avais trouvé ton épée par terre en me réveillant, j'ai répondu que oui, et du coup il m'a dit la vérité. » Il me secoua amicalement et m'assena une claque sur le dos pour souligner ses propos. « Seulement, bien sûr, on aurait pas dit la vérité ; j'avais jamais entendu une histoire aussi dingue ! Pourtant, plus j'y pensais, plus ça tenait debout, bizarrement, et, quand j'en ai parlé à Ebrouc, il a craqué, il s'est mis à me raconter en bafouillant qu'il t'avait vu te faire tuer, qu'il avait rien fait pour l'empêcher et qu'il avait honte de lui. Il m'a dit que c'était lui qui avait emporté ton cadavre et qui l'avait enterré dans un endroit secret ; mais, quand je l'ai interrogé, il a pas pu se rappeler où il t'avait mis ; il se rappelait pas non plus où il avait pris la pelle, il se rappelait pas avoir creusé la fosse. À ce moment-là, lui et moi, on a mis ensemble tous les bouts de l'histoire et on a conclu que t'avais pas fait ce qu'on te reprochait, et aussi que t'étais pas mort. 'Videmment, ça faisait bizarre de t'imaginer en magicien ocellion ou je sais pas quoi, et de penser que les Ocellions t'avaient sauvé grâce à la magie.

— Le lieutenant Kester t'a dit que j'étais vivant ? » fis-je, aussi stupéfait de cette découverte que Quésit de ma réapparition.

« C'est moi qui lui ai demandé de le faire ! » intervint Epinie avec fierté. Son nourrisson contre son épaule, elle me regardait d'un air radieux. « Je lui ai dit qu'il serait cruel de laisser tes deux amis croire que tu étais mort et qu'ils y avaient participé ; je lui ai aussi rappelé la colère que j'ai éprouvée, et que j'éprouve toujours, à l'idée qu'il m'a laissée dans le noir si longtemps ; ils avaient le droit de savoir la vérité, et ils ont su garder ton secret.

— Bah, c'était pas difficile », enchaîna Quésit en me libérant enfin de son étreinte. Sans pudeur, il s'essuya les yeux de sa manche. « T'avais laissé la ville dans un tel état que personne voulait prononcer ton nom et encore moins parler de la façon dont t'étais mort ; si tu voulais humilier les gars pour ce qu'ils avaient l'intention de te faire, t'avais réussi. Les mois suivants, la plupart rasaient les murs, la queue basse, et, à mon avis, c'était leur propre conscience qui leur faisait raconter des histoires à dormir debout, comme quoi ils t'auraient vu revenir en guerrier ocellion pendant l'attaque en traître de l'hiver dernier ! Je leur ai dit que j'en croyais pas un mot, et, par le dieu de bonté, je voudrais pouvoir te montrer à tout le monde dans les rues et balancer : "Vous voyez ? Je vous l'avais bien dit : c'est pas lui le coupable ! Il était dans les bois à bouffer des racines et des fruits et à devenir maigre comme un clou !" T'as l'air d'un gamin, Jamère ! C'est tout ce gras que t'as perdu.

— Oui », répondis-je. La vague de honte qui m'envahit me mit le cœur au bord des lèvres ; j'eusse voulu expliquer au vieux soldat que j'avais participé à « l'attaque en traître », qu'on m'y avait vu, mais j'eusse alors dû lui expliquer qu'il ne s'agissait pas vraiment de moi, du moins pas du « moi » qui se tenait devant lui, et cela me paraissait soudain beaucoup trop compliqué. La joie que j'avais ressentie à rentrer chez moi se dissipa ; qu'est-ce qui m'avait pris de revenir à Guetis ? Je n'avais plus aucune place dans cette vie ; il y avait trop de contradictions, trop de secrets, trop de mensonges.

Je m'aperçus que je regardais Epinie d'un air lugubre ; je lui adressai un sourire crispé, bien décidé à lui taire la révélation que je venais d'avoir. Mais elle dut percevoir le train de mes pensées, car elle me tendit l'enfant en disant : « Prends-la, regarde-la ; n'est-elle pas magnifique ? Tout finira par s'arranger, Jamère ; il faut seulement du temps. Ne te presse pas de baisser les bras. Tout ira bien. »

Avec un luxe de précautions, je pris le nourrisson dans mes bras et l'examinai ; à la vérité, je ne lui trouvai rien d'exceptionnel : il n'avait guère de cheveux, et sa mère l'avait tant emmitouflé en prévision de la douceur du jour que je voyais seulement son visage et ses mains. « Coucou ! » fis-je.

Solina leva vers moi de grands yeux marron ; soudain, sa lèvre trembla et elle se mit à pleurer en agitant ses poings minuscules.

« Reprends-la ! Reprends-la ! Je ne sais pas ce qu'il faut faire ! » dis-je, affolé, en la tendant à Epinie qui s'en empara en riant.

« C'est seulement qu'elle ne te connaît pas encore et que tu as une grosse voix. Laisse-lui un peu de temps ; quand elle se sera familiarisée avec toi, je t'apprendrai à la consoler quand elle pleure ; ensuite, tu pourras la tenir dans tes bras autant que tu le voudras, je te le promets ! » Elle prononça ces derniers mots en s'adressant à la petite d'un ton si rassurant que l'enfant eut un dernier hoquet et se tut avec un soupir.

Pour ma part, je trouvais que je l'avais bien assez tenue dans mes bras, mais j'eus le bon sens de ne pas faire part à Epinie de ma réflexion. « Elle est absolument étonnante, dis-je sans mentir, et son père est sûrement d'accord avec moi. Mais où est Spic ? Vient-il ?

— Il n'était pas à la maison à l'arrivée de monsieur Quésit, et, quand j'ai lu le message, j'ai compris que je devais te rejoindre sans l'attendre. Le capitaine Thayer l'a convoqué pour discuter de je ne sais quoi ; cet homme est incapable de laisser les officiers faire seuls leur travail : il est toujours sur leur dos à exiger qu'ils se rassemblent et à leur faire la leçon. Je ne pouvais donc pas aller chercher Spic, mais je lui ai laissé un mot sur la table, et Kara surveille les petits pendant que sa mère s'occupe des courses ; elle sait très bien les prendre et elle est très responsable pour son âge. Amzil ne va pas tarder à rentrer, donc tout ira bien. Je n'ai pas parlé de toi aux enfants ; je voulais m'assurer que c'était bien toi avant de leur annoncer ton retour. Ah, qu'ils vont être contents, Jamère ! Le livre que tu leur as donné ? Je le leur ai tant lu et relu qu'il tombe en morceaux. Et tu serais ravi de voir que Kara sait parfaitement lire et calculer, et que même Sem s'y met lui aussi ! Il rivalise avec sa sœur dans tous les domaines ! Tu seras fier de ce garçon quand tu le verras ! Amzil et moi avons démonté de vieux uniformes pour lui fabriquer des pantalons et des vestes – mais ne va pas croire que nous l'avons déguisé en soldat miniature, ce serait affreux ! Je me rappelle le martyre de Caulder, obligé de s'habiller en adulte bien avant l'âge. Non, Sem adore ressembler à Spic, et les talents de tailleuse et de couturière d'Amzil m'époustouflent toujours. Je lui ai dit qu'elle devrait essayer d'ouvrir une boutique de confection, parce qu'il n'y en a pas à Guetis, mais elle prétend que les autres femmes lui refuseraient leur clientèle ; pourtant, il suffirait qu'une ou deux lancent le mouvement et que les autres voient la qualité de son travail pour que toutes se précipitent chez elle sous peine d'avoir l'air mal fagoté. Je suis certaine qu'elle réussirait si nous avions les fonds pour lui mettre le pied à l'étrier. Et Kara, comme elle apprend vite ! Elle a déjà cousu son premier modèle ; attends seulement de la… »

Avec douceur, je posai deux doigts sur les lèvres de ma cousine. « Allons nous installer dans la maison, veux-tu ? Il reste peut-être un peu de café à Quésit que nous pourrions partager tout en parlant ; j'ai tant de questions à te poser ! »

Et tant de décisions à prendre !

Epinie gravit la pente à mes côtés pendant que Quésit conduisait la carriole et que son cheval le suivait. Au sommet de la colline, ma cousine poussa un soupir d'exaspération quand j'insistai pour examiner les roues et l'essieu de sa voiture ; j'envoyai mes deux compagnons m'attendre dans la maison et priai Quésit de préparer du café pour nous tous. Ils durent comprendre qu'en réalité j'avais besoin d'un moment de solitude pour réfléchir. Quand je pénétrai enfin dans la chaumine, je trouvai Epinie assise dans mon vaste fauteuil comme sur un trône, la petite Solina sur les genoux qui parcourait son environnement avec de grands yeux. Le parfum du café frais emplissait déjà la petite pièce.

« Tu pourras sans doute repartir en toute sécurité tant que tu conduis lentement et que quelqu'un t'accompagne en cas de problème ; je n'ai pas envie que la petite et toi vous retrouviez sur le bas-côté de la route près d'une carriole déglinguée.

— Mais tu reviens avec nous, évidemment ! Je ne sais même pas pourquoi nous nous arrêtons pour boire le café. Ce n'est pas que je n'apprécie pas votre invitation, monsieur Quésit, mais, Jamère, bien sûr que tu rentres à la maison avec nous ; c'est pour ça que j'ai emprunté la carriole, pour te ramener à… »

Je l'interrompis. « Epinie, il n'y a rien de décidé. Oublies-tu que je suis accusé de meurtre, entre autres crimes ?

— Mais personne ne te reconnaîtra ! Quésit n'y a vu que du feu, or il te connaissait beaucoup mieux que tout le monde, et…

— Et, de toute manière, comment pourrais-je me présenter à Guetis vêtu ainsi, surtout chez un officier ? Que penserait-on de toi si tu amenais chez toi un homme habillé comme un sauvage ?

— Bah, il y aurait moyen d'arranger ça, Jamère ! Tu t'inquiètes trop de ce que les autres pensent ; tu es trop prudent ! Tu n'as qu'à revenir en ville et reprendre ta vie comme avant. Combien de temps Amzil doit-elle t'attendre ?

— Amzil ? La putain de Ville-Morte ? fit Quésit, abasourdi. Jamère a le béguin pour elle ? » Il avait ôté la cafetière bouillante du feu, et il la posa sur la table. « Dis donc, t'as fait un sacré ménage pendant que j'étais pas là.

— Amzil n'est pas et n'a jamais été une putain », dit Epinie d'un ton indigné tandis que je répondais au même instant : « C'était le moins que je pouvais faire pour te remercier d'avoir aidé un parfait inconnu.

— Et il y en avait bien besoin. Je sais pas tenir une maison, je le vois bien. Je m'excuse si j'ai été malpoli, m'dame, ou si j'ai dit ce qu'il fallait pas ; c'est seulement que j'ai toujours entendu parler d'elle comme ça. Et puis le dieu de bonté sait qu'elle a une réputation toute neuve à Guetis depuis l'hiver dernier. Elle regarde les soldats dans les yeux, comme si elle pouvait les frapper de la colère des anciens dieux d'un claquement de doigts, sans parler des remarques mordantes qu'elle leur balance tout le temps. Elle s'est pas fait beaucoup d'amis.

— Si vous saviez ce qu'elle a vécu… »

J'interrompis le flot de paroles d'Epinie pour décrire la réalité. « La nuit où tout le monde a cru que la foule m'avait mis en charpie, Amzil se trouvait là ; certains des hommes voulaient la violer parce que c'était mon amie, pour me faire mal en m'obligeant à assister au spectacle, avant de la tuer sous mes yeux, alors que le capitaine n'avait pas l'intention d'intervenir. Ce n'était pas beau à voir, Quésit ; j'ai réussi à la protéger, mais une femme ne peut pas oublier ni pardonner ce qu'elle a subi.

— J'en ai un peu entendu parler, dit-il laconiquement. Le régiment n'est plus ce qu'il était ; quand les hommes se font écraser trop longtemps, y en a qui tournent mal. Avant, la cavalla était au-dessus des simples soldats, mais… Personne est fier de ce qui s'est passé cette nuit-là, Jamère, et surtout pas le capitaine Thayer. Lors d'une messe du sixdi, y a pas longtemps, il a parlé de l'erreur qu'on fait, quand on est un homme, de se fier à une femme. D'après lui, même les plus douces du monde peuvent se révéler trompeuses et tentatrices, et si les hommes se laissent embobiner, ça peut les mener à commettre les pires des crimes ; il a dit qu'on doit jamais faire confiance à une femme, même la sienne, et tout le monde a compris qu'il parlait de cette fameuse nuit. On est tous restés ahuris – enfin, pas moi, vu qu'y a belle lurette que je vais plus à l'office du sixdi, mais ceux qui y étaient – quand il a craqué et qu'il s'est mis à pleurer comme un veau. Sans doute que ça lui faisait un mal de chien qu'elle lui ait menti, encore qu'il l'ait jamais dit. Et puis il a terminé en disant que c'était une leçon pour nous tous, qu'il fallait mener une vie vertueuse et ne se fier à personne sauf au dieu de bonté ; et… (Quésit parut soudain mal à l'aise) il a ajouté que c'était de la chance que t'aies commis d'autres crimes qui t'avaient fait mériter ton sort. » Il se tut brusquement.

« Sacrée chance, en effet, fis-je d'un ton acide ; sans ça, lui et ses hommes auraient assassiné un innocent. »

Il me regarda sans répondre.

« Quésit, je suis innocent – innocent de ce dont on m'accuse ; je n'ai rien fait de tout ça, rien. »

Il hocha gravement la tête et disposa trois tasses sur la table, dont deux en fer-blanc et une en grès épais ; il versa lentement le café fumant en s'efforçant de ne pas agiter le marc du fond et déclara sans me regarder : « C'est ce que m'a dit le lieutenant quand il est venu me parler de mon rêve ; Ebrouc et moi, on en a discuté longuement, et même avant on trouvait toute cette affaire foutument bizarre – oh, pardon, madame !

— Foutument bizarre, en effet », fit Epinie avec un sourire forcé, et Quésit rougit. Elle prit la tasse en grès, but une gorgée avec précaution, puis la reposa et me demanda d'un ton prosaïque : « Alors, que vas-tu faire ? Je pense que tu as de bonnes chances de te disculper si tu reviens et que tu décides de t'y atteler.

— Ah, Epinie, c'est beaucoup plus compliqué que ça, tu le sais bien ! De bonnes chances de me disculper, ça signifie aussi de bonnes chances de finir au bout d'une corde, à moins qu'on ne m'ait tué à coups de fouet avant. Même si je prouve mon innocence à Guetis, comment expliquerai-je que j'ai faussé compagnie à la foule déchaînée qui voulait ma peau ? Crois-tu qu'on me croirait innocent si on apprenait que j'en ai réchappé grâce à la magie ocellionne ?

— Ça plairait pas, intervint Quésit. Les soldats aiment pas avoir l'impression qu'on peut les rouler, et Jamère les a tous roulés, et il les a obligés à supporter leur sentiment de culpabilité pendant longtemps. La plupart pensent toujours que Jamère a... enfin, vous voyez, avec le cadavre de la femme du capitaine ; y en a qui se disent que, si elle a menti, c'était peut-être une tentatrice elle aussi, et...

— Quésit ! » fis-je sèchement.

Le vieux soldat se tut brusquement et hocha la tête. « Ouais », dit-il, et il prit sa tasse avec une petite grimace, car le café avait chauffé le métal. « Peut-être que tu voudrais parler avec m'dame Kester en privé, et, vu que t'es son cousin, si j'ai bien entendu, y aurait rien d'inconvenant à ça. J'ai qu'à emporter ma tasse de café et aller m'asseoir un moment dehors.

— Non, pas question que nous vous chassions de chez vous, répondit Epinie d'un ton ferme. C'est Jamère et moi qui sortirons. » Et elle se leva ; son enfant au creux d'un bras, elle saisit ma main et m'emmena à l'extérieur en me laissant à peine de temps de prendre ma tasse ; elle laissa la sienne sur la table.

La clarté du jour m'éblouit après la pénombre de la chaumine. Nous nous dirigeâmes vers la carriole et ma cousine s'assit à l'arrière ; le cheval s'agita vaguement dans son harnais. « Et voilà », dit-elle ; puis, comme s'il n'y avait rien de plus important, elle reprit : « Je n'ai jamais bu un café aussi épouvantable ; comment peux-tu boire ça ?

— J'ai assez souffert de la faim ces derniers temps pour accepter d'ingurgiter n'importe quoi. » J'absorbai une gorgée du breuvage : elle avait raison, mais j'avalai néanmoins en m'efforçant de rester impassible.

Epinie éclata d'un rire compatissant. « Mon pauvre ! Quand tu reviendras avec moi ce soir, je tâcherai d'y remédier ; à nous deux, Amzil et moi parvenons à mettre des repas convenables sur la table. Nous ne subissons plus la disette que nous avons connue, le dieu de bonté en soit remercié : les chariots d'approvisionnement ont fini par arriver, et nous ne manquons plus des denrées de base, pain, gruau et autre ; en outre, les petits potagers derrière les maisons commencent à donner des légumes frais. Mais, c'est vrai, j'ai eu si faim à un moment que j'aurais mangé tout ce qu'on m'aurait offert. Ah, et puis je jacasse comme une pie borgne ! Dis-moi plutôt comment il se fait que tu sois là ; que t'est-il arrivé ? Explique-moi comment c'était toi et pas toi à la fois lors de cette affreuse nuit… »

Je secouai la tête. « Je vous raconterai tout, à Spic et toi ensemble. » En réalité, je préférais repousser encore un peu le moment où je devrais m'expliquer ; à coup sûr, ma cousine porterait sur moi un regard moins affectueux lorsqu'elle saurait quelle part j'avais prise à l'attaque. « En attendant, parle-moi de ce qui se passe ici. Vous avez donc souffert de la faim ? »

Elle acquiesça ; ses yeux s'agrandirent et elle pâlit. « Lors de l'assaut, les Ocellions ont détruit tous les vivres des entrepôts, les gens se sont retrouvés uniquement avec ce qu'ils avaient chez eux, et les soldats avec encore moins. Ils ont récupéré la viande des chevaux tombés dans les incendies et ils ont fouillé les ruines carbonisées en quête de n'importe quoi, un demi-sac de farine ou une balle de grain roussie par le feu – n'importe quoi. Quelques personnes possédaient des poulets qu'elles gardaient pour l'hiver, mais, comme leur nourriture servait aux humains, il n'y avait aucune raison de les conserver. Nous avons donc mangé tous les poulets, les rares chèvres laitières, les porcs – c'était effrayant, Jamère : nous avions l'impression de dévorer notre avenir. Il ne reste quasiment plus de bétail dans la ville, et la moitié de nos troupes est à pied. Ces dernières semaines, nous n'avions pour ainsi dire plus rien à manger. J'ai ajouté de l'eau à notre tonnelet de mélasse et j'ai servi ce mélange réchauffé aux enfants. Nous n'avions plus aucun espoir. »

Malgré la gravité de son récit, je ne pus réprimer un sourire. « Et le sergent Duril est arrivé alors », dis-je.

Elle pencha la tête de côté, peut-être un peu surprise. « En effet, et il nous a sauvés. J'ignore comment un homme de son âge a pu arriver jusqu'à nous ; les flancs de son chariot étaient couverts de boue et ses chevaux à moitié morts. Ah, quand nous avons vu sa cargaison, nous avons eu l'impression d'un cadeau du ciel ! Farine, sucre, haricots, légumes secs, mélasse, huile, tout ce qui nous manquait. Je me suis sentie la fortune d'une reine quand il a frappé à ma porte en disant : "Madame Epinie Kester ? Votre famille vous envoie de l'aide !" Mais, au bout de cinq minutes à peine, toutes les femmes de la ville se tenaient devant chez nous et dévoraient les victuailles des yeux ; certains des petits enfants pleuraient et demandaient à goûter, alors que d'autres n'en avaient même plus la force. Alors Spic est sorti, il les a envoyés tous chercher des récipients pour leur distribuer équitablement ce dont nous disposions. Je ne saurais te dire à quel point je l'ai détesté en cet instant ! Nous mourions de faim, notre propre fille n'avait plus que la peau sur les os, et il dilapidait notre nourriture ! Mais je savais qu'il avait raison ; comment aurais-je regardé ces gens en face si j'avais gardé pour moi mes réserves de vivres et laissé leurs enfants souffrir les affres de la faim ?

— Sans compter qu'ils auraient pu s'en prendre à vous et tout voler si vous n'aviez pas partagé de votre propre gré. »

Epinie soupira. « Jamère, la noirceur de ta pensée me sidère toujours ! Comment supportes-tu de prêter de si mauvaises intentions aux autres ?

— Les leçons que m'a enseignées la vie n'y sont sans doute pas étrangères.

— Quelle triste conception de l'existence ! Mais ce n'est pas ce qui s'est passé ; nous avons partagé ce que nous avions, et, alors que nous songions à préparer de la soupe avec le sac de farine, les chariots d'approvisionnement sont arrivés. »

Une brusque inquiétude me saisit. « Qu'as-tu dit à Duril ? À mon propos, veux-je dire ? »

Elle me jeta un regard chagrin. « Que crois-tu, Jamère ? Que devais-je à un homme aussi brave qui avait tout risqué pour nous ? Je lui ai dit la vérité. »

Je baissai les yeux devant son regard empreint de reproches.

« Qu'est-ce qui te fait croire que j'aurais pu agir autrement ? poursuivit-elle, acerbe. Il savait déjà une partie de tes tribulations, et il était avec toi la nuit où tu as affronté Dewara ; il n'a peut-être pas d'instruction, Jamère, et il n'a peut-être jamais dépassé le grade de sergent, mais il possède une grande sagesse et beaucoup de bon sens. Il m'a écoutée sans plaisir, mais, à la fin, il a hoché la tête et dit qu'il espérait que tu avais survécu et que tu pourrais retourner chez toi pour réconforter ton père. Mais, même si tu ne devais jamais revenir, il a dit : "Jamais je ne penserai du mal de lui. J'ai rempli ma mission du mieux possible, je lui ai appris tout ce que je savais sur le métier de soldat ; s'il s'y tient, il ne devrait pas trop mal s'en tirer." »

Je ne pus m'empêcher de poser une question. « Lui as-tu parlé de l'attaque contre Guetis ? Est-il au courant du rôle que j'y ai joué ?

— Jamère, je ne comprends pas exactement quel rôle tu y as joué, donc je ne vois pas comment je lui en aurais parlé ; le laudanum m'obscurcissait tant l'esprit que je ne garde quasiment aucun souvenir de cette nuit, et je m'en réjouis. Tu affirmes que ce n'était pas vraiment toi, et je te crois ; pourquoi ne devrais-je pas te croire ? »

Je baissai les yeux. « Peut-être parce que je t'ai déjà trompée avant.

— C'est vrai, reconnut-elle sans hésitation, et ça me reste sur le cœur, mais je pense qu'il faut dépasser cette méfiance, du moins pour aujourd'hui. Tu as vécu de durs moments, Jamère, mais tu es chez toi à présent. Peut-être n'as-tu connu que de mauvaises nouvelles, des périodes difficiles et des événements tristes pendant trop longtemps ; alors laisse-moi t'annoncer quelques bonnes nouvelles. » Son sourire s'élargit soudain. « Sais-tu à quel point la fortune de ta famille a changé ?

— J'en ai une vague idée. On a découvert de l'or près des propriétés de mon père.

— Oui, mais ça va beaucoup plus loin encore. J'ai reçu une lettre de ta sœur il y a quelques jours ; veux-tu la lire toi-même ou préfères-tu que je te dise tout moi-même ?

— Tu l'as sur toi ? » Je mourais d'envie de toucher du papier que ma sœur avait touché, de lire des mots écrits de sa main.

« Je n'avais pas l'esprit assez organisé pour y penser quand j'ai préparé la petite et que j'ai quitté la maison au galop ! Si j'avais réfléchi, je l'aurais apportée, ainsi qu'un panier de pique-nique. Veux-tu attendre de visiter enfin ma maison ? »

Elle jouait encore au chat et à la souris avec moi. Je secouai la tête avec un sourire.

« Dis-moi seulement comment va Yaril.

— Ma foi, ta sœur s'est admirablement débrouillée pour quelqu'un de si jeune. Elle raconte qu'un jour ton père ne se sentait pas bien ; quand elle est allée le voir dans son bureau, elle-même a failli s'évanouir. Mais, alors qu'elle tombait, elle t'a vu debout près d'elle ; tu lui as désigné une certaine zone de la région et tu lui as dit que c'était de là que provenait un caillou important. Alors, dès le retour du sergent Duril, elle lui a demandé de l'y accompagner à cheval ; d'après ce qu'elle raconte, ça a été toute une aventure qui les a même obligés à dormir deux fois à la belle étoile ! Mais ils ont fini par découvrir l'endroit, et c'est le sergent qui a identifié les échantillons comme du minerai aurifère ; j'ignore comment il l'a reconnu, mais c'est un fait. Et Yaril a eu l'intelligence de comprendre que, le filon ne se trouvant pas sur les terres de ton père, si elle en parlait à d'autres, ta famille n'y gagnerait rien et qu'elle déclencherait seulement une ruée de gens avides de s'emparer du magot. Ils n'ont donc rien dit ; ta sœur a envoyé discrètement les échantillons à la reine en lui laissant entendre que, puisque toutes les terres appartiennent à la Couronne, les souverains souhaiteraient sans doute connaître la valeur de ce que celles-ci recelaient avant que des individus sans scrupule n'entreprennent de les éventrer en secret ou qu'eux-mêmes, en toute ignorance, n'en fassent don à quelque noble. » Elle eut un sourire malicieux. « Tu ne devineras jamais qui était le messager. »

Je le savais : j'avais conseillé à Yaril de lui faire confiance. « Le sergent Duril », fis-je avec assurance.

Elle éclata d'un rire ravi. « Non ; tu es loin du compte, même si je porte une grande affection au sergent et que, si j'avais un jour besoin d'un messager de confiance, d'un précepteur pour mon fils ou de quelqu'un qui s'occupe de mes propriétés, je verrais son choix d'un excellent œil.

— Qui, alors ? » demandai-je avec impatience.

D'un grand geste, elle prit sa fille dans les bras, l'embrassa puis annonça fièrement : « Caulder Stiet. Là, que dis-tu de ça ? »

Je restai un instant bouche bée, puis je répondis d'un ton sombre : « Je crains qu'elle ne se soit fait posséder.

— Tu te trompes, répliqua Epinie sèchement, car ils se sont entendus entre eux pour transmettre les échantillons à la reine sans que l'oncle de Caulder sache qu'ils les avaient.

— Pardon ?

— Yaril y a vu l'occasion de bâtir quelque chose pour eux-mêmes, ensemble ou non ; d'après ce qu'elle écrit, ils en ont assez de servir de pions à leurs aînés. Caulder souhaite l'épouser, mais elle lui a répondu franchement qu'elle-même n'était pas sûre d'en avoir envie et qu'elle ne tient pas à se marier avant plusieurs années ; ils n'en restent pas moins suffisamment amis pour conspirer ensemble. Caulder et elle ont fait semblant d'avoir une dispute terrible, avec hurlements et vaisselle brisée. À sa façon de décrire la scène, je crois qu'elle s'est amusée comme une folle ! Elle dit qu'elle a jeté par terre tant de tasses en porcelaine ancienne que son père va devoir racheter tout le service.

— Ça ressemble bien à Yaril », dis-je, admiratif malgré moi. Je connaissais les tasses en question ; elle avait toujours détesté leur motif à fleur de cornouiller.

« Bref, ils ont fait tant de remue-ménage que ton père a enfin sommé les Stiet de vider les lieux ; ils ont donc repris la route de Tharès-la-Vieille, Caulder avec les échantillons dans ses bagages. Il a eu du mal à les faire parvenir à Sa Majesté, mais il a réussi, et devine ce qui est arrivé : pour service rendu à la Couronne, ton père s'est vu octroyer de nouvelles terres qui doublent amplement la superficie de ses propriétés, et Caulder a reçu un terrain adjacent confié à son père, son vrai père, en attendant sa majorité ; c'est à croire que nos souverains veulent obliger le père à reconnaître le fils ! Caulder n'a pas obtenu de titre, hélas, mais il entrera dans l'aristocratie terrienne une fois adulte.

— J'en suis ravi pour lui », dis-je sèchement. Je me réjouissais d'apprendre l'extension des domaines de mon père, car cela faisait de Yaril une jeune fille à marier plus désirable qui, je l'espérais, aurait de meilleurs choix que Caulder Stiet ; en revanche, la perspective d'avoir la famille Stiet comme voisine de Grandval suscitait chez moi un enthousiasme beaucoup plus mitigé.

« On croirait entendre un vieillard aigri, Jamère ! Mais laisse-moi terminer. » Le nourrisson s'agita de nouveau en pleurant, et elle passa un moment à le calmer. « La découverte d'une mine d'or, une fois annoncée par le roi, a chamboulé Grandval, et Yaril m'en a écrit des pages et des pages. Le roi a envoyé ses ingénieurs qui ont conçu et construit des logements pour les ouvriers, et ils établissent les installations d'extraction et de raffinage dans la zone. D'ici peu, une belle bourgade, voire une ville, se développera, or Port-Burvelle est le débarcadère le plus proche, on y trouve la seule auberge et les seules boutiques de la région, et on a donc assisté à une explosion de la population ; d'après Yaril, elle a triplé, et, comme les taxes et les redevances de débarquement tombent dans les caisses de ton père, la fortune de ta famille a crû de façon spectaculaire. D'ailleurs, ta branche est devenue si riche que même ma mère adorée juge désormais le frère de son mari tout à fait respectable et digne de sa visite. Au moment où Yaril m'écrivait, mon père venait d'arriver et de passer la journée avec le tien, dont elle me disait qu'il se déplaçait avec une canne et se comportait presque comme autrefois. Il avait l'intention d'emmener son frère pour une tournée à cheval de ses nouvelles terres alors qu'il n'est plus monté en selle depuis des mois ! Et Yaril et ma sœur Purissa s'entendent à merveille ! Et Yaril ne se tient plus de joie depuis que ma mère a laissé entendre qu'elle pourrait la ramener à Tharès-la-Vieille pour une saison afin de la présenter convenablement en société. À mon avis, ma mère va tenter de lui trouver un meilleur parti que Caulder Stiet, mais quelque chose me dit que ta petite sœur est plus que capable de faire front à dame Burvelle ; Yaril trouvera sans doute un meilleur parti, mais ce sera quelqu'un qu'elle aura choisi. On ne pourrait rêver mieux ! »

En l'entendant parler de sa mère, je sentis une inquiétude se réveiller en moi, et je dis, en m'efforçant de ne pas prendre un ton accusateur : « Tu as envoyé mon journal à ton père, n'est-ce pas ? »

Elle se tut un instant puis me regarda dans les yeux. « Oui ; ça m'a paru la décision la plus sage à l'époque. Je ne jugeais pas Yaril assez mûre pour supporter les passages extrêmement crus qui s'y trouvaient. » Malgré son aplomb, elle rosit. « Et je craignais que ton père ne le détruise, alors qu'il renfermait tant d'informations précieuses. Je l'ai donc fait parvenir à mon père en le priant de ne pas l'ouvrir ; c'est un homme d'honneur, Jamère, et je savais qu'il respecterait mon désir. Jamais, au grand jamais, je n'aurais cru que ma mère s'intéresserait à un journal de fils militaire. Je regrette, Jamère.

— Je ne vois pas très bien ce que tu aurais à regretter, dis-je avec douceur ; mais j'aimerais savoir ce qu'est devenu mon journal après qu'elle l'a lu. » Quoi qu'elle en eût fait, je portais seul la responsabilité d'avoir créé un journal qui en révélait tant ; mais je me repris aussitôt violemment pour me libérer de ce sentiment de culpabilité : c'était la magie qui m'y avait forcé. Alors l'autre moitié de cette vérité m'apparut. « Il faut bien comprendre une chose, Epinie, dis-je : c'est la magie qui m'a poussé à écrire ce journal, et elle aussi qui a joué de moi pour que je le laisse derrière moi lors de ma fuite ; à mon avis, elle s'est aussi servie de toi quand tu l'as envoyé à Tharès-la-Vieille et qu'il est tombé entre les mains de ta mère. La magie l'a certainement amenée à l'employer d'une façon qui correspondait à ses souhaits ; c'est une force puissante, semblable à un fleuve ; nous avons beau bâtir des jetées et des barrages, quand la pluie et la fonte des neiges viennent le grossir, il défonce toutes les barrières humaines et reprend son véritable lit. C'est ce qui nous est arrivé, et ce courant de hasard a déposé mon journal entre les mains de ta mère. » Je repris mon souffle et tâchai de prendre un ton calme pour demander : « Sais-tu ce qu'elle en a fait ? »

Epinie se mordit la lèvre. L'enfant pelotonné contre elle dut sentir l'inquiétude soudaine de sa mère, car elle poussa un petit couinement puis se tint tranquille. « Je sais qu'elle voulait le montrer à la reine, ce qui suscitait la fureur de mon père. Je ne pense pas qu'il l'ait lu alors que je lui avais demandé de s'en abstenir, mais il devait avoir une idée de ce qu'il renfermait grâce aux bons soins de ma mère, et il ne devait pas être ravi du tout de ce qu'elle lui avait révélé. Il a dit qu'elle ne paraissait pas se rendre compte que si, par ses actes, elle jetait l'opprobre sur les Burvelle de l'est, cela rejaillirait sur notre branche de la famille ; il l'a accusée d'avoir tellement l'habitude de se regarder comme supérieure à lui et à ses proches qu'elle ne s'aperçoit même pas qu'on la mettrait dans le même bain ! »

Sa voix montait à l'unisson de son indignation ; la petite Solina s'agita, leva la tête et se mit à pleurer avec stridence. « Chut, ma chérie, chut ! Maman n'est pas en colère contre toi. » Elle me jeta un regard d'excuse. « Elle commence à avoir faim ; je vais bientôt devoir lui donner à manger.

— Il faut que tu retournes en ville pour ça ? » demandai-je bêtement.

Elle me considéra sans répondre, et je repris en hâte : « Ah ! Ma foi, je pense que Quésit se fera un plaisir de te prêter sa chaumine. »

Je lui tendis la main pour l'aider à descendre de la voiture. Comme nous revenions vers la maison, elle dit : « J'essaie parfois de me représenter ma mère s'occupant de moi comme je m'occupe de Solina, mais j'ai du mal. Quand j'étais petite, il y avait toujours des bonnes, des nounous et des nourrices autour de moi, et je n'imagine pas qu'elle ait pu me porter dans ses bras, me donner le jour sans m'aimer autant que j'aime ma fille. Alors, si parfois je dis du mal d'elle, je sais que je l'aime quand même. Tu ne trouves pas ça bizarre, Jamère ? Elle est futile, prétentieuse et, euh… plus rouée qu'intelligente, elle commet des actes pour lesquels je n'ai nulle admiration, et pourtant je l'aime. À ton avis, suis-je faible ou stupide ? »

Un sourire étira mes lèvres. « Me juges-tu faible ou stupide de toujours aimer mon père ?

— Pas du tout. » Elle eut un sourire triste. « C'est très étrange, Jamère ; Yaril m'écrit que ton père s'exprime aujourd'hui comme s'il t'avait envoyé exprès devenir soldat, et il affirme que tu reviendras bientôt "couvert de gloire". D'après elle, il y a des pans du passé qu'il n'accepte plus ; il ne demande plus à voir ta mère ni ses autres enfants, mais il persiste à croire que tu seras son fils militaire dans toute sa noblesse et son renom. » Elle soupira. « Il ressemble à ma mère sous cet aspect. Sais-tu qu'elle m'a pardonné d'avoir épousé Spic ? Elle m'a même envoyé une lettre.

— Vraiment ? Mais c'est merveilleux, Epinie ! »

Elle fit une moue mi-figue mi-raisin. « Elle m'y posait quantité de questions sur la réussite du commerce d'eau thermale de dame Kester et sur les bains qui doivent se construire près des sources ; elle voulait savoir s'il y aurait des facilités "pour la famille". »

Elle éclata de rire à l'idée de son orgueilleuse mère se réclamant de la même famille que dame Kester, puis, devant mon expression perplexe, elle s'exclama : « Ah, c'est vrai, je n'ai pas eu le temps de t'en parler ! Le docteur Amicas s'est penché sérieusement sur nos affirmations, il a fait un long voyage jusqu'à Font-Amère et en a rapporté deux barriques d'eau afin de procéder à des analyses. Nul ne sait pourquoi, mais cette eau permet de prévenir ou d'amoindrir les effets des épidémies de peste, et, comme Spic et moi pouvons l'attester, elle opère des miracles sur les survivants. Il l'a essayée d'abord sur les élèves de l'École, ceux qui souffraient d'une santé déficiente depuis le passage de la maladie ; comme ils montraient des signes de rétablissement, il a ordonné qu'on lui rapporte d'autres barriques d'eau et il a fait rappeler de nombreux élèves renvoyés chez eux pour cause d'invalidité. Il a obtenu des guérisons spectaculaires. »

Songeant à Trist et aux autres, je la regardai, incapable de prononcer un mot.

« À quoi penses-tu ? » me demanda-t-elle, inquiète de mon silence.

Je soupirai. « Je me réjouis pour ceux qui se remettront et retrouveront une existence normale ; mais, je l'avoue, je pense surtout aux autres ; Nat, par exemple, Trinte et Caleb, Oron…

— N'oublie pas toutefois ceux qui échapperont à la mort grâce à ce remède », répondit-elle d'un ton solennel. Puis, avec un sourire de diablotin malicieux, elle ajouta : « Tu pourrais aussi te dire heureux de la nouvelle fortune des Kester ; la demande d'eau est incroyable ; on s'en sert comme reconstituant dans toutes sortes de maladies, et plusieurs familles très riches ont fait le déplacement pour voir les sources et s'y baigner. Dame Kester a engagé des ouvriers pour y bâtir une station thermale avec des bains séparés pour les hommes et les femmes, et un hôtel. Naturellement, ce sera rustique au début, mais, selon ce qu'écrit la sœur de Spic dans sa lettre, ça fera partie du charme de l'établissement ; elle se plaint qu'ils n'ont jamais assez de bouteilles et qu'ils doivent trouver un nouveau fournisseur ; elle dit aussi que, grâce aux sources, quelqu'un lui demande sa main. Tu le connais peut-être : c'est un ami de Spic : Rory Dicors, fils militaire de sire et dame Dicors de Montrond.

— Rory ? De l'École de cavalla ? Mais il n'a jamais attrapé la peste !

— Peut-être, mais les frères cadets l'ont attrapée ; sa mère les a emmenés à Font-Amère, où ils se sont rétablis, elle a rencontré la famille de Spic et elle la trouve adorable. Elle dit que la sœur de Spic, Géra, correspond exactement à la jeune fille avec la tête sur les épaules qu'il faut à Rory pour lui remettre les pieds sur terre et le faire marcher droit.

— Je ne sais pas qui je dois plaindre le plus, Rory ou Géra, dis-je, et Epinie feignit de me gifler.

— Ni l'un ni l'autre. D'après Spic, ils iront parfaitement ensemble quand ils feront connaissance. »

Je secouai la tête : je n'avais nulle envie d'imaginer une jeune fille capable de remettre les pieds sur terre à Rory et de le faire marcher droit ; avait-elle toujours un gourdin sur elle ? Enfin, je répondis : « Tout a l'air de changer si vite, c'en est presque effrayant ! Le monde a poursuivi sa route pendant mon absence, et je me demande comment je vais y retrouver une place. » En cet instant, cette perspective ne me paraissait pas irréalisable.

« Tu es aussi responsable que les autres de ces bouleversements. Sans toi, combien d'entre eux se seraient produits ? » Elle s'interrompit puis reprit d'un ton rassurant : « Et puis certains aspects de l'existence n'ont pas varié et t'attendent toujours. » Elle m'adressa un sourire taquin.

Je changeai promptement de sujet. « Tu m'as parlé en long, en large et en travers de ma famille, de la tienne et de celle de Spic, mais tu ne m'as rien dit sur Spic et toi. D'après Quésit, le régiment a été divisé, et il ne reste ici qu'une seule compagnie ; qu'en pense ton mari ? »

Le sourire d'Epinie pâlit un peu, mais une expression résolue apparut dans son regard. « Ce n'est pas le poste le plus intéressant qu'il pourrait avoir, mais il compte en tirer le meilleur parti. Avec le manque d'officiers dont souffre Guetis, il espère une promotion rapide. Des rumeurs prétendent que nous recevrons bientôt de nouvelles troupes en renfort, ou bien que le reste du régiment sera appelé dans l'Intérieur et qu'un autre viendra le remplacer ici. C'est encore très flou ; Spic dit que le roi est débordé, entre la découverte de la mine d'or et le nouveau traité avec Canteterre. Il n'y a pas eu de décision officielle d'abandonner la construction de la route, mais Spic pense que ça reviendra au même ; c'est le lot des militaires, à ce qu'il me dit, quel que soit leur grade : ils doivent souvent attendre sans bouger que de nouveaux ordres leur parviennent. » Elle poussa un petit soupir. « J'avoue que j'aimerais mieux me trouver ailleurs ; même sans la magie pour nous imprégner de peur et de désespoir, Guetis est une ville sinistre et primitive. J'ai parfois du mal à lire le courrier que je reçois : j'ai l'impression que tout le monde continue à vivre sa vie tandis que je reste prise au piège des mêmes tâches et des mêmes soucis quotidiens.

— L'existence classique d'une épouse dans la cavalla, murmurai-je.

— Oui », répondit-elle d'un ton vif. Elle prit une grande inspiration et carra les épaules. « Je l'ai acceptée en épousant Spic, je le sais, et j'ai bien l'intention d'en tirer le meilleur parti possible. »

Devant la porte de la maison, elle hésita puis se tourna vers moi en rougissant joliment. « Veux-tu... Enfin, pourrais-tu demander à Quésit de sortir avec toi pour que je reste un moment seul avec la petite ?

— Naturellement. »

À ma grande surprise, Quésit comprit aussitôt qu'Epinie devait s'isoler pour allaiter son enfant ; je n'eus pas besoin de lui mettre les points sur les i, et il prit même prétexte, pour s'éloigner, qu'il fallait chercher de l'eau à la source car j'avais vidé sa barrique avec ma « tournée de ménage ». Nous prîmes chacun un seau et quittâmes la chaumine.

« Alors, fit mon compagnon avec curiosité, qu'est-ce que tu vas faire maintenant ? Tu retournes en ville avec la femme au lieutenant ?

— Non, pas tout de suite, et pas comme ça. » Du geste, j'indiquai mes vêtements dépareillés.

Quésit eut un grognement pensif. « J'ai toujours tes vieilles affaires, mais elles t'iront plus. J'ai peut-être une chemise qui serait à ta taille, mais pas de pantalon. C'est drôle, t'es beaucoup plus grand que je te voyais ; t'avais l'air plus petit quand t'étais gros.

— Plus grand et plus jeune : je ne perds pas au change », répondis-je, et nous éclatâmes de rire à l'unisson. Puis le silence tomba entre nous : nous avions trop et pas assez à nous dire.

« Merci, fis-je enfin.

— Pour une chemise ? Pas la peine de me remercier ; elle sera sans doute même pas très propre.

— Non, merci pour tout, pour avoir cru en moi quand tout le monde me méprisait, pour avoir voulu m'intégrer au régiment malgré tout. »

Nouveau grognement. « Vu comme on nous envoie à droite et à gauche, je me demande si on peut encore parler de régiment.

— Rappelle-toi ce que tu m'as dit, Quésit : c'est quand ça va mal pour un régiment que les vrais soldats relèvent la tête et donnent un coup de collier.

— Ça veut dire que tu comptes revenir dans l'armée ? T'innocenter et reprendre l'uniforme ?

— J'aimerais bien, répondis-je à mon propre étonnement.

— Ben, alors, je pense que… » Il se tut soudain et nous nous tournâmes vers la route qui montait jusqu'au cimetière : un cheval arrivait au grand galop, son cavalier sur l'encolure et l'excitant à accélérer. Nous reconnûmes l'homme au même instant. « J'ai l'impression que le lieutenant Kester est drôlement content de te revoir ! » fit Quésit avec un large sourire.

Je lui rendis son sourire puis me portai à la rencontre de Spic. Montant de façon excellente un cheval médiocre, il était toujours aussi petit et mince, et paraissait toujours aussi juvénile. Quand il tira les rênes à quelques pieds de moi, je haussai les sourcils, surpris. « Une moustache ? Epinie ne m'avait pas prévenu ; il va falloir que je m'y fasse. » Cet ornement lui allait bien, mais il n'était pas question que je le reconnusse sans me moquer d'abord un peu de lui.

Ma plaisanterie ne le dérida pas. Il reprit son souffle et dit : « Jamère, je suis heureux de te revoir. » Nouvelle inspiration. « Amzil a été arrêtée pour meurtre. »

8

Des vies dans la balance

« Voilà, me dis-je dans quelque recoin inconnu de mon esprit, ça y est, c'est la tragédie qui anéantit toutes les bonnes nouvelles que j'ai apprises aujourd'hui. La magie m'assène une dernière gifle pour l'avoir pliée à ma volonté, ou bien Orandula me place sur le point d'équilibre, maudit soit-il ! Il avait menacé de mettre ma vie en balance. »

Spic mit pied à terre et me prit rudement dans ses bras en disant : « Je regrette, mon frère ; c'est affreux de t'accueillir ainsi après une si longue absence et de si grandes souffrances, mais cette arrestation m'a rongé comme de l'acide pendant tout le trajet. » Il parcourut les alentours des yeux. « Où est Epinie ?

— À l'intérieur ; elle donne à manger à la petite. » Ma voix tremblait et je n'arrivais pas à retrouver ma respiration. J'ignorais comment, mais tout était de ma faute. Si je n'avais pas employé la magie pour faire pousser le potager d'Amzil, si je ne lui avais pas laissé de si amples réserves de viande avant de la quitter… Si je ne m'étais pas attaché à elle, si je n'avais pas voulu rester avec elle alors que le pouvoir me poussait à poursuivre ma route… Pourtant, j'avais accompli tout ce que cette satanée magie attendait de moi ; elle avait gagné, elle avait manipulé ma vie comme bon lui semblait. Pourquoi fallait-il qu'elle nous punît, Amzil et moi ?

Spic ôta ses gants et passa la main sur son visage couvert de poussière et de sueur. « Je ne tiens pas à interrompre le repas de Solina par une pareille nouvelle ; ça attendra encore quelques minutes. Ainsi, te voici de retour ? » Il avait pris un ton faussement enthousiaste ; il recula pour m'examiner. « Tu as repris ton aspect normal, celui du Jamère de l'École ; que s'est-il passé ? Comment es-tu arrivé ici ? Et quels sont ces oripeaux que tu portes ?

— Un manteau que j'ai retaillé ; je n'avais rien d'autre sous la main. Spic, c'est une longue histoire, et j'aimerais mieux entendre d'abord la tienne. Comment peut-on accuser Amzil de meurtre ?

— On dit qu'elle a tué un homme à Ville-Morte et qu'elle a caché le corps ; ce serait pour ça qu'elle aurait gagné Guetis : pour échapper à son crime. »

Je savais que c'était le cas, mais je me tus. « Qui l'accuse ?

— L'épouse de la victime. À l'évidence, elle s'est prostituée auprès des soldats après la mort de son mari. Depuis que le capitaine Thayer a chassé les femmes de mauvaise vie de Guetis, beaucoup des nôtres faisaient le voyage jusqu'à Ville-Morte pour la voir ; or, j'ignore comment, le capitaine a eu vent de ses contacts avec nos troupes et il a envoyé des hommes l'arrêter. Il est résolu à interdire Guetis aux prostituées, et j'ai l'impression qu'il veut étendre cette interdiction à Ville-Morte, même si ça me paraît une extension excessive de son autorité. Il a ordonné qu'on lui ramène la femme et tous les soldats qui se trouveraient chez elle, et la patrouille est revenue aujourd'hui avec ses prisonniers. C'est pourquoi il a réuni tous ses officiers : il voulait que nous assistions à leur châtiment sans jugement. »

Il se tut, reprit son souffle puis jeta un regard à Quésit. « Soldat, avez-vous de l'eau ? J'ai la gorge aussi sèche que la route. »

L'autre fit non de la tête. « Dans la maison, là où est votre dame. Il faut que vous alliez à la source – ou alors je peux aller vous en chercher. » Il baissa les yeux sur le seau qu'il tenait à la main.

« Ça ne vous dérange pas ? Je vous en serais reconnaissant. »

Quésit s'éloigna promptement avec son seau tandis que Spic et moi terminions de gravir la colline. L'abreuvoir contenait un peu d'eau, et mon ami y fit boire sa monture, puis nous nous dirigeâmes vers la carriole et il s'assit à l'arrière.

« Alors, que s'est-il passé ? » demandai-je avec impatience.

Il secoua la tête, manifestement révolté. « Thayer a décidé de faire fouetter ses trois prisonniers, la femme comme les deux hommes. Il nous a infligé un long sermon sur notre échec en tant qu'officiers si nos soldats pouvaient se comporter comme des bêtes. Il a une attitude… bizarre depuis cette fameuse nuit où tu as quitté la ville, et ça ne s'arrange pas depuis peu. D'après les indices qu'il laisse tomber, ses semonces et ses sermons du sixdi, il sait, je pense, que Carsina lui avait menti et que tu avais bien été son fiancé, et ça le ronge ; il avait fait une sainte de Carsina, et il avait justifié tous les événements de cette fameuse nuit en s'appuyant sur son innocence. Quand il s'est aperçu qu'elle l'avait trompé et qu'elle avait menti à ton propos, ça l'a déporté dans une autre direction. Il ne supporte plus de me regarder dans les yeux ; quand je me présente devant lui, il contemple le mur. Il éprouve un tel sentiment de culpabilité qu'il s'efforce à présent de se montrer parfait à tout instant.

» Je ne parlerais pas ainsi d'un autre officier devant Quésit, mais je pense que le capitaine n'a plus toute sa raison, et c'est pourquoi on l'a laissé ici avec les autres rebuts. À une époque, c'était peut-être un bon commandant, mais aujourd'hui… » Spic secoua la tête. « Maintenant que la peur et le désespoir qui nous accablaient ont disparu, on dirait qu'il tient à anéantir le moral des hommes. Il a le sens de l'organisation, il faut bien le reconnaître, et il tient la bride serrée aux soldats qui restent ; l'entretien du fort et des bâtiments s'est largement amélioré, mais les hommes ont l'impression qu'on cherche à les occuper. Ils maugréent et disent tout bas qu'il ne sert à rien de remonter des casernes destinées à demeurer vides ni de réparer des chaussées alors qu'il n'y a quasiment plus de circulation. Il ne les félicite jamais, il ne leur donne jamais le moindre sentiment de fierté d'avoir accompli leurs tâches, et il les abreuve de sermons sur le devoir des soldats d'obéir sans poser de questions. »

J'interrompis ces longues explications. « Les rebuts ? Comment ça, les rebuts ? »

Il poussa un petit soupir. « Tous ceux qui avaient des relations ont levé le camp avec le régiment quand il est parti pour l'ouest, et ne sont restés que les éléments, disons, indésirables : les paresseux, les fauteurs de trouble, les imbéciles, les hommes en mauvaise santé, les vieux, les éclaireurs parce qu'ils connaissent la région et qu'on ne ramène jamais vraiment un éclaireur à la civilisation, on le sait bien, et les officiers qui ne se conduisent pas en officiers. »

Il se tut, les lèvres plissées. Je m'efforçai de déchiffrer son expression en posant la terrible question : « Mais alors, pourquoi toi ? »

Il eut un infime haussement d'épaules puis avoua : « Le franc-parler d'Epinie ne la rend pas toujours populaire, et d'aucuns s'en irritent ; certains officiers pensent qu'un lieutenant se montre sous un mauvais jour s'il ne peut pas ou ne veut pas dominer sa femme. Le colonel l'avait désignée à plusieurs reprises comme une épine dans son flanc quand nous parlions, mais le plus souvent il m'adressait la parole uniquement quand il ne pouvait pas faire autrement.

— Dieu de bonté, Spic, quelle injustice ! »

Il eut un sourire mi-figue mi-raisin. « C'est comme ça. J'ai épousé Epinie parce que je désirais cette union plus que tout au monde ; je me trouve dans ce régiment parce que c'est ce qu'on m'a proposé. Je ne confonds pas ces deux engagements. Mais (un grand soupir lui échappa) je sais que le capitaine Thayer juge le comportement d'Epinie répréhensible ; il m'a parlé d'elle à deux reprises.

— Dans ce cas, il n'aurait pas survécu longtemps à un mariage avec Carsina… » Je me tus en me demandant si je manquais de respect aux morts.

Mais Spic partit d'un rire sec. « Du peu que je sais d'elle, je crois que tu as raison. Si elle avait vécu, Thayer serait un autre homme – comme nous tous, d'ailleurs. Mais elle est morte, et nous voici donc avec un officier que son décès et son mensonge ont aigri. Il se refuse tout ce qui peut s'assimiler, même de loin, au péché, voire au plaisir. Certes, ça ne regarde que lui, mais il déborde à présent la sphère personnelle en s'efforçant de restreindre les hommes et en sermonnant les officiers sur la vie à mener pour "donner l'exemple" aux troupes. Il était déjà allé très loin en chassant les prostituées de la ville, mais à présent il propose d'interdire les rues aux femmes non accompagnées le soir et le sixdi ; il veut rendre obligatoire la présence à l'office du sixdi à tous ceux qui vivent dans le fort, et défendre aux soldats l'accès aux boutiques de la ville le même jour.

— À mon avis, Epinie n'est pas d'accord.

— Quand il a commencé à durcir le règlement sur le comportement des hommes, elle a cru avoir enfin trouvé un commandant à l'écoute de ses inquiétudes à propos de la sécurité des femmes dans la rue ; il n'a sombré dans l'extrémisme qu'au cours des dernières semaines, Jamère, et je crois que personne n'a encore compris qu'il compte nous obliger à vivre ainsi pour toujours.

» Il a convoqué tous les officiers pour le voir dispenser sa justice. Les hommes ont reçu leurs coups de fouet, quinze chacun, et j'ai failli en avoir la nausée ; quand le tour de la femme est venu, certains d'entre nous ont protesté, dont moi. Je lui ai dit que les hommes étaient des militaires soumis à ses décrets, mais pas la femme ; il ne nous a pas écoutés, mais alors elle a prétendu n'avoir pas eu d'autre solution que la prostitution pour survivre après le meurtre de son mari par Amzil. »

Il me lança de nouveau un regard en coin, mais je me tus, et il poursuivit : « Là, le capitaine Thayer a dressé l'oreille. Amzil n'a jamais cherché à l'éviter depuis la nuit fatale, et je dirais même qu'elle fait tout pour se trouver nez à nez avec lui ; dès que l'occasion s'en présente, elle l'apostrophe : "Passez-vous une bonne journée, capitaine Thayer ? Quel temps splendide, n'est-ce pas, capitaine Thayer ?" Elle lui renvoie constamment sa culpabilité, rappel vivant et bien présent d'une nuit où il ne s'est conduit ni en officier ni en homme du monde. Or cette veuve lui fournissait le prétexte parfait pour se débarrasser d'elle ; il a aussitôt envoyé deux hommes la chercher et la ramener pour la confronter à son accusatrice. Comme tout le monde sait qu'elle travaille pour nous, ils se sont rendus directement chez moi. Je remercie le dieu de bonté que le capitaine m'ait autorisé à les accompagner ; je lui avais dit que je ne voulais pas voir des inconnus débarquer dans ma maison et affoler ma délicate épouse. »

Il s'interrompit et nous échangeâmes un regard ; à mon avis, ce sont les soldats plus qu'Epinie qui eussent été affolés. « Amzil n'était pas là, mais Epinie m'avait laissé un mot, et je l'ai pris avant que quiconque ne le voie, puis j'ai appelé la femme d'un voisin, membre des brigades aux sifflets d'Epinie, pour qu'elle garde un œil sur les enfants. Nous retournions au quartier général quand nous avons rencontré Amzil qui revenait du marché. Les hommes l'ont aussitôt arrêtée et menée au capitaine Thayer. » Il hésita, et je compris qu'il ne souhaitait pas s'étendre sur la scène.

« Et alors tu es venu ici ?

— Non ! Je l'aurais voulu, mais je ne pouvais pas laisser Amzil seule face au capitaine. » Il détourna le regard. « J'ai fait mon possible pour la protéger, Jamère, mais elle ne m'a pas facilité la tâche. Je suis arrivé devant elle à la tête des hommes, comme s'ils se trouvaient sous mon commandement. » Ses yeux revinrent se planter dans les miens. « J'ai essayé de l'appeler au calme, mais elle ne m'écoutait pas ; je l'ai protégée comme j'ai pu mais ça n'a pas suffi. »

Un froid glacial m'envahit et mes oreilles se mirent à bourdonner. « Que veux-tu dire ? demandai-je d'une voix défaillante.

— Elle leur a résisté, et ils ont dû l'emmener de force pendant qu'elle se débattait, qu'elle donnait des coups de pied et hurlait à qui voulait l'entendre dans la rue que Thayer allait la violer et la tuer comme il l'en avait menacée. Je n'avais jamais vu une femme se conduire ainsi ; j'avais l'impression de voir un chat sauvage qu'on a acculé, effrayé mais plein de haine aussi. Dès qu'elle est entrée dans le bureau du capitaine, la femme l'a accusée. "C'est elle, c'est elle qui a tué mon mari et qui l'a enterré dans une des vieilles maisons de Ville-Morte. Je sais qu'elle l'a fait parce que je l'avais envoyé mendier un peu de nourriture chez elle, quand elle avait tout ce qu'il lui fallait et qu'on n'avait rien ; mais elle l'a tué et puis elle s'est enfuie. Il m'a fallu des semaines pour trouver la tombe de mon pauvre mari ; il voulait juste lui demander à manger." Et elle a éclaté en sanglots.

— Amzil a-t-elle nié les faits ?

— Elle a refusé de dire un mot. Pendant que l'autre femme se balançait d'avant en arrière en pleurant et en gémissant, le capitaine a commencé à interroger Amzil. "L'avez-vous fait ? Avez-vous assassiné le mari de cette femme ?" Au lieu de répondre, elle s'est mise à le bombarder de questions : "Avez-vous frappé un homme sans arme pendant qu'on le tenait pour l'empêcher de se défendre ? Avez-vous gardé le silence pendant que les soldats sous votre autorité disaient qu'ils allaient me violer sous les yeux de l'homme que j'aimais ? Avez-vous laissé entendre vous-même que vous me violeriez une fois que je serais morte, pour vous venger de celui que vous comptiez assassiner ?" Pour chaque question qu'il lui posait, elle lui en renvoyait une encore pire. Elle savait sans doute qu'elle risquait la mort, elle voulait lui faire aussi mal que possible avant de partir, et elle a lancé ces accusations devant tous ses officiers réunis. »

Je ne pus lui demander ce qui s'était passé alors : j'avais le souffle coupé ; les mots « l'homme que j'aimais » me rongeaient comme un acide.

« Le capitaine s'est mis dans une fureur noire, et il a hurlé : "Dites-moi la vérité ou je vous l'arrache à coups de fouet !" Alors elle lui a lancé un défi : "Pas besoin de fouet ; par le dieu de bonté, si vous dites la vérité, je jure d'en faire autant. Si vous refusez, vous n'avez aucun droit de m'interroger !" Un silence de mort est tombé dans la pièce ; tout le monde regardait le capitaine, parce que la plupart d'entre nous savaient que les accusations d'Amzil étaient fondées. Alors il a répondu tout à trac :

"Vous avez raison ; je vais révéler la vérité et me débarrasser de ce poids. J'ai commis ces actes, trompé par les mensonges d'une femme ; je suis coupable." Aussitôt, Amzil a planté son regard dans le sien et a déclaré : "J'ai tué cet homme parce qu'il voulait nous tuer, mes enfants et moi, pour prendre nos vivres."

— Elle a donc dit la vérité : c'était un cas de légitime défense.

— Je n'en doute pas, et je pense que personne n'en doutait, mais ça n'a pas suffi à la sauver. Jamère, le capitaine Thayer l'a condamnée à mourir pendue demain, et il s'est condamné lui-même à cinquante coups de fouet pour conduite déplacée chez un officier. Il a annoncé sa décision avec un tel calme qu'on aurait cru assister à une délivrance. Du ton dont on prononce une allocution, il a déclaré qu'il avait manqué à son devoir envers ses hommes en les entraînant dans le mal, et qu'il en acceptait la responsabilité ; il a ajouté que le dieu de bonté avait déjà puni nombre d'entre eux, qu'il avait lancé l'attaque des Ocellions afin d'éradiquer le mal parmi nous ; il a conclu en disant qu'il achèverait ce qu'avait commencé le dieu de bonté en réparation du rôle qu'il avait joué.

— Ce n'était pas le dieu de bonté, mais tout simplement les Ocellions. » J'avalai ma salive et me forçai à dire la vérité. « C'était moi, dans la peau de Fils-de-Soldat. »

Spic ne répondit pas. Comme le silence durait, je repris non sans mal : « J'étais là cette nuit-là. »

Le regard de Spic se perdit dans le lointain, et il déclara d'une voix tendue : « Je sais ; je t'ai vu. »

— Et tu ne m'as pas tué alors que tu en avais l'occasion.

— Je… » Il se tut.

« Mon autre moi, mon double ocellion, c'est lui qui a préparé cette attaque. Il visait les hommes de Thayer, et c'est à leur caserne que nous nous en sommes pris en priorité. Je l'aurais arrêté si j'avais pu, Spic, mais j'en étais incapable.

— Tu... Il les a massacrés comme dans un abattoir. On les a retrouvés entassés près des ruines carbonisées du bâtiment ; ils n'avaient pas une chance de s'en sortir.

— Je sais ; j'y étais. Mais ce n'était pas moi, je te le jure, Spic, sur tout ce que tu voudras. Je n'aurais jamais pu accomplir pareille atrocité. » J'eus un rire étranglé. « Il m'a pris toute ma haine, toutes mes envies de vengeance, et j'ai l'impression qu'il les a gardées. En cet instant, malgré ce que je sais, je ne puis éprouver toute la haine que je devrais ressentir pour Thayer ; j'arrive seulement à songer qu'il a été pris dans l'engrenage comme nous tous, torturé, déformé par la magie qui l'a contraint à accomplir sa volonté. »

Spic avala sa salive. « Je le hais peut-être assez pour nous deux. Pourtant je l'appréciais à mon arrivée ; c'était un bon officier.

— Certainement, murmurai-je.

— Qu'allons-nous faire pour Amzil ?

— Je l'ignore. Crois-tu vraiment que Thayer ferait pendre une femme ? Les autres officiers resteraient-ils sans réagir ? »

Avant que Spic eût le temps de répondre, Quésit revint avec un seau dégouttant d'eau glacée ; mon ami but longuement et remercia le soldat. À cet instant, Epinie sortit de la maison, et son sourire s'épanouit quand elle nous vit, son mari et moi, assis ensemble. Comme elle se dirigeait vers nous, son enfant endormi dans les bras, nous indiquant du geste de ne pas faire de bruit, elle me parut plus belle que jamais ; amaigrie, les cheveux encore décoiffés par son trajet en voiture, elle portait une robe sans élégance et couverte de poussière, mais elle irradiait l'amour et le bonheur, et je me sentis navré que Spic dût anéantir sa joie.

Elle avait fait quelques pas à peine quand elle vit l'expression de son époux ; son sourire s'effaça et elle se précipita vers lui. « Qu'y a-t-il ? Les enfants vont bien ? »

Je me tournai vers Quésit. « Je vais devoir t'emprunter la chemise que tu me proposais, si tu permets. » Je crois qu'il se sentit aussi soulagé que moi de s'écarter pendant que Spic annonçait la tragédie à Epinie.

Quand je ressortis de la chaumine, vêtu d'une chemise qui ne fermait pas au niveau du cou et d'un pantalon trop court, les larmes ruisselaient sur le visage de ma cousine. Appuyée sur Spic, elle pleurait sans bruit et sans un sanglot ; lui tenait sa fille au creux d'un bras et tapotait l'épaule de son épouse. Je déposai mes vieux vêtements et mon épée à l'arrière de la carriole et me retournai vers Quésit.

« Je dois les accompagner en ville. Quésit, je ne pourrai jamais m'acquitter de tout ce que tu as fait pour moi aujourd'hui – mais ça ne m'empêchera pas de m'y efforcer.

— Bah, j'ai rien fait d'extraordinaire, Jamère ; rien que ce qu'un soldat fait pour un de ses camarades. » Il pencha la tête de côté. « Tu vas essayer de prouver ton innocence ? Ça me plairait, ça ; tu pourrais reprendre ta maison et ton boulot : t'es beaucoup plus doué que moi. Tu sais, la vie à la caserne me manque ; tu le crois, ça ?

— Oh que oui ! » Je lui serrai la main puis lui assenai une claque sur l'épaule. « Je ne sais pas ce que je vais faire, Quésit, mais merci.

— Ben, quand t'auras décidé, tiens-moi au courant, d'accord ? Il faut toujours savoir où sont les copains.

— En effet ; il faut toujours savoir où sont les copains.

— Et, euh… j'ai entendu ce que le lieutenant a dit, et je suis désolé que la put… que cette femme soit dans le pétrin. J'espère que tu pourras arranger tout ça. Et désolé aussi de l'avoir appelée comme ça, plus tôt ; je savais pas. »

Je hochai la tête sans trouver quoi répondre, puis lui dis au revoir et grimpai à l'arrière de la carriole. Spic y avait attaché son cheval et devait conduire pendant qu'Epinie partageait son banc, le panier avec le bébé entre eux. Je pliai mes vêtements en haillons pour en faire un coussin sur lequel je m'assis. Le trajet jusqu'à Guetis fut long et inconfortable ; la voiture cahotait et trinquaillait, la poussière soulevée par les sabots des chevaux se déposait sur nous, et nous devions crier pour nous entendre. Malgré tout, mes deux compagnons insistèrent pour que je leur raconte tout ce qui m'était arrivé depuis ma fuite de Guetis.

Ce fut une longue histoire à narrer, douloureuse souvent, honteuse parfois, mais je jugeais qu'au moins Epinie et Spic avaient le droit de connaître la vérité. À ma grande surprise, ma cousine garda le silence pendant la majeure partie de ma relation et n'intervint que lorsque j'évoquai les épisodes où je lui avais rendu visite en rêve ; elle me dit que, la nuit où j'avais tenté de l'avertir de l'attaque, le laudanum lui embrumait l'esprit, et elle rendit hommage à Spic pour l'avoir empêchée de s'engager dans cette pente.

« Beaucoup dans la ville n'ont pas cette chance. Les Ocellions ont interrompu leurs attaques magiques contre nous, mais on prend encore du reconstituant de Guetis dans de nombreux foyers. C'est difficile d'arrêter, mais quelle tristesse de voir de petits enfants assis, les bras ballants, sur le perron de leur maison au lieu de jouer dans les jardins ! »

Spic se tut longtemps après que j'eus parlé de ce que j'avais vu la nuit de l'assaut. Je ne m'épargnai rien, ni la gorge de la sentinelle que j'avais tranchée ni le massacre des soldats devant la caserne auquel j'avais assisté passivement. Quand je mentionnai l'avoir vu avec ses hommes, il se borna à hocher la tête d'un air sombre. Je craignais qu'il n'eût des difficultés à comprendre que j'avais commis tous ces actes contre mon gré, mais je ne pouvais lui en vouloir : j'avais peine moi-même à me pardonner ; comment espérer mieux de sa part ?

Néanmoins, fascinés, ils m'écoutèrent évoquer les jours qui suivirent, la mort de Dasie, la douleur d'Olikéa, et, quand je parlai de la décision de Fils-de-Soldat de tout faire pour ramener Likari, ils acquiescèrent à l'unisson, comme s'il n'y avait pas eu d'autre solution possible.

« Ça n'a pas dû être facile d'abandonner ce petit garçon pour revenir chez nous, dit Epinie avec tristesse.

— Oui et non : on ne m'a pas laissé le choix. » Et, avant qu'Epinie eût le temps de m'enliser dans une dizaine de questions, je me lançai dans la dernière partie de mon histoire. Lorsque j'en arrivai à l'épisode où je leur faisais mes adieux, à Spic et elle, elle hocha la tête et déclara : « Je m'en souviens, mais pas comme des adieux ; ça m'évoquait une porte qui se ferme, ou plutôt une fenêtre. Te rappelles-tu ce que je t'ai dit, il y a longtemps, à Tharès-la-Vieille ? Une fois que le spirite m'a ouverte à ce monde, je n'ai jamais vraiment réussi à m'en couper. » Elle jeta un regard en coin à son mari. « Maintenant, j'y parviens, et je ne puis te décrire le soulagement que c'est, Spic : plus personne qui murmure dans mon dos quand j'essaie de pétrir une miche de pain, plus personne qui me tire mentalement par la manche quand je berce Solina pour l'endormir. »

Il lâcha les rênes d'une main pour la poser sur celle de sa femme. « Pour la première fois, je commence à sentir que je l'ai toute à moi, de temps en temps – enfin, quand elle n'est pas en train de s'occuper de Solina ou des autres gamins, évidemment.

— Mais c'était effrayant, reprit Epinie, parce que, tant que cette fenêtre restait ouverte, je me sentais proche de toi, Jamère, non pas comme si je pouvais te toucher, mais dans le sens que je te savais toujours là, quelque part. Quand elle s'est refermée, j'ai éprouvé une sensation d'isolement, et j'ai eu peur que tu ne sois mort.

— Ma foi, tu ne te trompais pas », dis-je avec une légèreté que je ne ressentais pas. Je poussai soudain un soupir qui me surprit moi-même. « Je suis mort pour les Ocellions, mort pour Olikéa et Likari. »

Quand je finis de raconter comment j'avais été dévoré par un arbre, enlevé par un dieu et chassé d'un village sous l'apparence d'un fantôme, nous arrivions aux abords de Guetis. Devant ce décor des plus ordinaires, je mesurai soudain quel fantastique périple j'avais accompli ; pourtant, malgré toutes mes aventures, je n'éprouvais nul sentiment de plaisir à rentrer chez moi ni aucun soulagement. Au contraire, le désespoir me poignait le cœur ; je n'avais aucun plan génial pour sauver Amzil, j'étais moi-même un homme condamné, et, plus nous approchions des maisons, plus je me ratatinais au fond de la carriole.

« Je ne pense pas que tu aies à t'inquiéter, me dit Spic à mi-voix. Je t'ai reconnu seulement parce que je me rappelais ton aspect à l'École ; tu as tellement changé que personne, sans doute, ne verra en toi le Jamère qui s'occupait du cimetière sauf si tu dévoiles ton identité et que tu laisses l'occasion aux gens de t'examiner de près. »

Néanmoins, l'angoisse m'enserrait tandis que la voiture traversait la ville en brinquebalant et montait vers la porte du fort. Je m'horrifiais des scènes de destruction : il ne restait de plusieurs bâtiments que des murs carbonisés dont l'odeur âcre imprégnait l'air printanier ; d'autres montraient des traces évidentes d'incendie ou de dégâts récemment réparés. Je me dévissai le cou pour observer la tour de garde qui dominait la prison du fort ; on y voyait clairement les marques de brûlure et de la victoire des flèches à feu : il ne subsistait de la partie supérieure qu'un squelette de poutres noircies.

Mon cœur cognait dans ma poitrine quand Spic tira les rênes devant la guérite ; la sentinelle salua vivement, le lieutenant lui rendit son salut. Je me détournai de l'homme, envahi par le souvenir de mon poignard qui glissait sur la gorge d'une autre sentinelle, la légère résistance de la chair et des artères que la lame effilée tranchait, et, sur mes doigts, le sang chaud dont il me semblait encore sentir l'odeur ; j'en avais le cœur au bord des lèvres. Mais le garde m'accorda un regard indifférent, salua Spic et hocha courtoisement la tête à l'adresse d'Epinie ; mon ami agita les rênes et nous pénétrâmes dans le fort.

Là, les dégâts étaient bien pires que dans la ville ; Fils-de-Soldat avait œuvré beaucoup plus consciencieusement que Dasie. Presque tous les bâtiments montraient des signes de détérioration, mais sous l'aspect d'éléments de charpentes neufs ou mal adaptés. On avait fini de détruire nombre d'entrepôts trop abîmés et on s'était servi du bois qu'on avait pu récupérer pour retaper ceux qui tenaient encore debout. Il y avait des terrains vagues, soigneusement ratissés et nettoyés de leurs décombres. Nous passâmes le carrefour où se dressaient naguère les granges à fourrage et les écuries ; marteaux sonnant et scies crissant, une équipe d'une dizaine de soldats montait la charpente des nouveaux bâtiments ; l'odeur piquante du bois fraîchement coupé flottait dans l'air. Si le sort d'Amzil n'avait pas pesé tant sur mon cœur, je me fusse réjoui de voir tant d'hommes s'activer à ces travaux.

Mais, au tournant suivant, je vis la prison où l'on m'avait tenu captif. Ses fondations de pierre demeuraient, mais il ne restait d'une partie de la structure supérieure que des pieds-droits noircis et quelques poutres calcinées.

Comme nous passions devant elle, j'aperçus la ruelle par laquelle je m'étais enfui ; des décombres jonchaient toujours le sol là où je m'étais extrait de ma cellule ; un arbre avait pris racine dans le monticule de terre et broyé pierre et mortier. Le bâtiment paraissait désert ; on n'y détenait donc pas Amzil. Mais où se trouvait-elle ?

J'allais interroger Spic quand une ombre passa sur nous. Je me baissai comme un lapin effrayé puis levai les yeux vers le ciel avec un effroi croissant : un croas décrivait lentement un cercle au-dessus du fort. Il plongea pour se poser sur la poutre faîtière de la prison, atterrit maladroitement, vacilla un instant puis retrouva son équilibre. Il remit de l'ordre dans ses plumes et tendit le cou pour me regarder avant de lancer trois croassements rauques.

« Tu m'as pris ma mort, fis-je d'une petite voix tremblante. Que veux-tu encore de moi, ancien dieu ?

— Ce n'est qu'un oiseau, Jamère, dit Epinie d'un ton rassurant que démentait le trémolo de sa voix.

— J'aimerais pouvoir retourner à l'époque où un oiseau n'était qu'un oiseau », murmura Spic. La petite se mit à pleurer, et Epinie serra le panier contre elle.

« Ah, la poisse ! » s'exclama Spic tout bas.

Je tournai la tête sans comprendre. D'une rue latérale venait un éclaireur de la cavalla monté sur le plus beau cheval que j'eusse vu depuis mon arrivée à Guetis, un bai à la crinière et à la queue noires et luisantes, et aux jambes raides et balzanées. Je contemplai l'animal avec une admiration teintée de tristesse pour la perte, non seulement de Siraltier, mais même de mon rustique Girofle. Quand je levai les yeux vers le cavalier, nos regards se croisèrent ; l'éclaireur Tibre me considéra un instant puis un sourire parcimonieux étira ses lèvres.

« Burvelle ! lança-t-il d'un ton enjoué. Il y a longtemps que je ne vous avais pas vu. » Au même instant, l'oiseau croassa de nouveau comme en écho moqueur à ses propos.

Je levai la main en un vague salut. Tibre arborait à présent la moustache, et, comme tous les éclaireurs que j'avais connus, il portait l'uniforme sans le porter : son képi tombait à un angle désinvolte sur sa tête, et sa veste ouverte au col laissait voir une écharpe jaune ; une boucle d'oreille argentée pendait à son oreille. En parfaite forme, il avait l'œil clair, et je compris alors que son métier d'éclaireur lui convenait à merveille, et je me fusse réjoui pour lui s'il ne m'avait pas reconnu.

« Le seul homme de toute la ville capable de t'identifier au premier coup d'œil, murmura Spic d'un ton désespéré.

— Vous le connaissez ? demanda Epinie d'une voix tendue.

— Nous nous sommes croisés à l'École ; je ne lui ai jamais parlé ici », répondis-je à mi-voix.

Tibre avait lancé sa monture au trot pour se porter à la hauteur de notre carriole. « Bonjour, lieutenant Kester ; madame… » Il les salua respectueusement, et, quand il souleva son képi à l'adresse d'Epinie, je vis qu'il avait les cheveux presque aussi longs que les miens. Dans ma bouche desséchée, ma langue se colla à mon palais.

« Lieutenant Tibre, quelle belle journée, n'est-ce pas ? répondit Spic d'un ton neutre.

— En effet. » Le nouveau venu reporta son regard sur moi et sourit. « Eh bien, monsieur Burvelle, vous venez donc visiter Guetis ? Mais vous n'êtes certainement plus élève de l'École, n'est-ce pas ? »

Je retrouvai l'usage de la parole. « Non, lieutenant, hélas. »

Epinie intervint soudain. « Malheureusement, mon cousin a dû quitter l'École pour raisons de santé après l'épidémie de peste, et il vient s'installer quelque temps chez nous pour voir si nous pouvons le remettre suffisamment d'aplomb pour lui permettre de s'enrôler.

— S'enrôler ? » Tibre me regarda d'un air perplexe.

« S'acheter un commandement, ma chérie. » Spic l'avait reprise d'une voix étranglée mais empreinte d'affection. « S'enrôler signifierait que ton cousin cherche à devenir simple soldat ; comme fils de nouveau noble, il tâchera d'acheter un commandement et d'intégrer l'armée en tant que lieutenant comme moi.

— Oh, c'est vrai, je m'embrouille dans ces termes ! » Epinie partit d'un gloussement qui lui ressemblait si peu que je m'attendis à voir le ciel se fendre.

« Ah, oui ! J'ai appris que la peste avait tué beaucoup d'élèves de l'École ; je suis content de voir que vous avez survécu, mais vous avez effectivement une petite mine, Burvelle, dit Tibre aimablement. Quand vous vous en sentirez, cherchez-moi ; je me ferai un plaisir de vous faire visiter la région. On vous avait classé autrefois comme futur éclaireur, non ?

— On me l'avait conseillé, oui, répondis-je d'une voix défaillante en me demandant comment il le savait.

— Ma foi, ça finirait peut-être par vous plaire. Et, à coup sûr, l'eau de Font-Amère du lieutenant Kester vous remettra sur pied ; elle a l'air de ressusciter les survivants de la peste de façon étonnante.

— Oh, c'est pire que de simples symptômes qui persistent, intervint soudain Epinie. En se rendant chez nous, il s'est fait attaquer ; des bandits de grand chemin l'ont assommé et dépouillé de toutes ses affaires. Par bonheur, un de nos soldats l'a découvert et aidé à nous retrouver.

— Vraiment, madame ? J'ai entendu dire que de la mauvaise graine œuvrait sur la route vers l'ouest ; il faudra que j'ouvre l'œil. J'espère que vous vous rétablirez vite, Burvelle, et que vous trouverez Guetis à votre goût.

Je me réjouis d'avance de bavarder avec vous. Bonne journée à tous.

— Bonne journée », répondis-je, hébété.

Des talons, Tibre lança son cheval à un trot plus enlevé et s'éloigna devant nous.

« Pourquoi as-tu raconté tout ça ? demandai-je à Epinie d'un ton acerbe.

— Parce que c'était parfait ! Mon histoire explique ta tenue, et elle rend plus plausible ta récente arrivée depuis l'ouest ; ainsi, tu ne peux plus être le Jamère Burve accusé de meurtre dont le nom ressemble si malencontreusement au tien. » Elle me regarda, illuminée d'espoir. « Jamère, cet éclaireur est la clé, celle qui te permettra de reprendre le cours de ton existence. Dans ses lettres, Yaril affirme que ton père a oublié ses différends avec toi ; retourne auprès de lui tel que tu es aujourd'hui et dis-lui que tu connais un régiment que tu souhaites intégrer. Il t'achètera un commandement, ou bien Yaril trouvera un moyen d'y parvenir. Tu pourrais vivre ici, près de nous, et monter en grade en même temps que Spic. Ah, Jamère, notre vie serait bien différente si tu en faisais partie ! »

Je gardai le silence un moment, émerveillé par ma cousine. « Crois-tu que ça pourrait marcher ? demandai-je à Spic.

— Ça marchera ou ça nous mettra complètement par terre. »

Je réfléchis. « Je n'abandonnerai pas Amzil, déclarai-je, catégorique.

— Bien sûr que non ! s'exclama Epinie aussitôt. Nous non plus. »

Je me tus pendant le bref trajet jusqu'à leur domicile. Quand Spic tira enfin les rênes, je n'en crus pas mes yeux : la rangée de maisons me rappelait celles que mon père avait fait construire dans le vain espoir de sédentariser les Bejawis. À l'évidence, elles avaient été bâties avec soin, mais, avec le temps, sous l'assaut constant de la magie ocellionne, elles s'étaient détériorées, et les travaux récents ne parvenaient pas à effacer des années de laisser-aller. Les auvents faisaient des ventres, la peinture s'écaillait, les cheminées perdaient leurs pierres, et, sans exception, il ne restait du jardin à l'avant des maisons qu'un carré de terre caillouteuse envahi de mauvaise herbe. Deux caisses en bois pleines de terre flanquaient l'entrée du pavillon de Spic, et des plantes commençaient à y pousser, seule promesse de changement. Comme je regardais fixement Epinie, elle rougit légèrement et dit de façon saugrenue : « Amzil et moi avons songé à fabriquer de nouveaux rideaux quand la mercerie aura réassorti son fonds. » Elle se pencha vers moi et ajouta en souriant : « Ta sœur nous a envoyé de très jolis tissus avec les victuailles, mais ils nous ont servi à créer des robes pour les petites. »

À cet instant, la porte s'ouvrit à la volée et les trois enfants sortirent en trombe. « Madame ! Madame ! cria Kara affolée. Maman est très en retard ! Elle n'est toujours pas revenue du marché ! Il faut aller la chercher.

— Oh, mes chéris, je sais, je sais ; elle a été retenue, et je viens m'occuper de vous en attendant qu'elle arrive. Tout ira bien ! »

Kara avait pris une demi-tête depuis la dernière fois que je l'avais vue, et sa robe me laissa pantois : bleue avec un motif à fleurs et doublée d'un joli petit tablier. Sem, comme Epinie m'en avait prévenu, portait un costume fabriqué à partir d'uniformes de rebut. Dia, guère plus qu'un nourrisson quand je l'avais quittée, était vêtue avec le même soin que sa grande sœur, et son tablier bleu à volants blancs s'assortissait à celui de Kara. Les enfants avaient le visage propre, les cheveux coiffés, et mon cœur se serra quand Sem regarda Spic et dit avec ferveur : « Enfin, vous voici, monsieur ; le dieu de bonté en soit remercié ! J'avais bien dit aux filles que vous et madame alliez bientôt rentrer et que vous sauriez pourquoi maman est tellement en retard.

— Epinie, Spic, que le dieu de bonté vous bénisse de ce que vous faites pour eux », murmurai-je, et, jamais, peut-être, je n'avais dit une prière avec autant de sincérité. Voir les enfants propres et en bonne santé, Sem droit comme un courageux petit homme et inquiet pour ses sœurs, qu'eussé-je pu demander de plus ? Les larmes me piquèrent les yeux, et, en descendant de l'arrière de la carriole, je regrettai la triste apparence que je présentais aux enfants ; ils me dévisagèrent comme s'ils se trouvaient devant un inconnu, puis oublièrent ma présence pour s'agglutiner autour d'Epinie en s'agrippant à ses jupes. « Où est maman ? Elle va bientôt rentrer ?

— Je vais faire en sorte qu'elle revienne très vite, mes chéris », dit-elle en mentant effrontément. Et puis je me rendis compte qu'elle ne mentait nullement : elle décrivait son intention.

Une grande femme hommasse apparut soudain dans l'encadrement de la porte en s'essuyant les mains sur son tablier ; un sifflet en cuivre brillant pendait à son cou au bout d'une chaînette.

« Merci, Rasalle ! s'exclama Epinie en la voyant. Quel soulagement que vous ayez pu surveiller les enfants !

— Bah, je vous le dois bien, avec toutes les fois où vous m'avez aidée, madame. Je vais vite rentrer maintenant ; ma maîtresse va vouloir que je commence à préparer le dîner – à moins que vous ayez besoin d'un coup de main ? » Rasalle me jeta un regard empreint de curiosité.

« Oh, je vous demande pardon ! Il s'est passé tant de choses aujourd'hui que j'en oublie mes bonnes manières. Je vous présente mon cousin, monsieur Burvelle, qui vient chez nous se remettre de quelques problèmes de santé. Et, imaginez-vous, à la fin de son voyage, il a été attaqué par des bandits de grand chemin ! Son cheval, ses bagages, toutes ses affaires, il a tout perdu !

— Ah, le dieu de bonté ait pitié de nous ! Quel malheur ! Bonjour, monsieur Burvelle ; heureusement que vous avez réussi à arriver sain et sauf ! Mais je dois m'en aller, je regrette. Prenez soin de vous, madame ; un malheur n'arrive jamais seul ! Votre bonne… » Elle s'interrompit, regarda les enfants et reprit : « Retardée, et des invités, et tout ça le même jour ! Appelez-moi si vous avez besoin d'aide. Ma maîtresse me laissera venir avec plaisir.

— Je n'y manquerai pas, n'ayez crainte ! D'ailleurs, comme vous pouvez le voir, monsieur Burvelle a même été dépouillé de ses vêtements, or je pense qu'il doit faire la même taille que le malheureux lieutenant Jéri ; si ça ne dérange pas votre maîtresse, nous pourrions peut-être lui emprunter quelques habits ?

— Elle acceptera sûrement, madame ; vous savez qu'elle a décidé de retourner chez elle, dans l'ouest, et elle faisait justement le tri dans les affaires de son mari, aujourd'hui, en disant que ça ne servait à rien d'emballer les habits d'un mort. »

Epinie me jeta un regard et m'expliqua à mi-voix : « Le lieutenant Jéri a été hélas tué lors d'une attaque l'hiver dernier.

— Je regrette », dis-je avec une telle ferveur que la bonne se tourna vers moi, surprise. Je me tus, pétrifié, et n'entendis rien du reste de la conversation.

La femme sortit d'un pas pressé et Epinie nous fit tous rentrer. Spic était allé s'occuper des chevaux ; elle dit aux enfants de se rendre à la cuisine en leur promettant de leur donner très vite du pain et de la soupe. À peine fûmes-nous seuls qu'elle s'exclama : « Ah, ça ne pouvait pas mieux tomber ! Rasalle est la pire commère de la ville, et tout le monde saura bientôt que mon cousin est en visite chez nous. »

Ce point ne m'intéressait guère. « Je dois découvrir où Amzil est détenue. D'après ce que j'entends dire sur Thayer, il est déséquilibré ; même si tous ses hommes s'y opposent, il tentera de la faire pendre.

— Chut ! repartit vivement Epinie en indiquant la cuisine du regard. Ne parle pas ainsi alors que les petits sont à portée de voix ; ils ignorent que leur mère a été arrêtée. Pour le moment, ils sont calmes, et je ne veux pas qu'on les effraie. » Elle prit une inspiration hachée. « J'ai bien assez peur pour tout le monde. »

9

Décisions et conséquences

Au soir tombant, je boutonnai le col de ma chemise d'emprunt puis enfilai la veste ; mes habits sentaient le cèdre. La veste était bleue mais avait une coupe identique à celle d'un uniforme. J'éprouvais une étrange impression à fermer les boutons de cuivre brillant, comme si j'étais revenu à l'époque de mes études. Je m'interrogeai brièvement sur l'homme qui avait porté ces vêtements et sur ses pensées la dernière fois qu'il les avait mis ; puis je demandai au dieu de bonté de lui réserver bon accueil, et respirai à fond.

Je me regardai dans le miroir à bord voluté d'Epinie et m'efforçai de sourire, mais j'avais plutôt l'air de me moquer de moi, vêtu des habits d'un mort, peut-être d'un homme à la mort duquel j'avais participé, et prêt à m'engager dans la plus grande imposture de toute mon existence. J'allais incarner Jamère Burvelle, fils militaire du seigneur Burvelle de l'Est, venu présenter ses respects au capitaine Thayer. Je me rendis compte que je retenais mon souffle, et je relâchai lentement ma respiration sans toutefois me défaire de ma sensation d'étouffement. Je devais être fou, je le savais, pour me prêter au plan insensé d'Epinie ; je n'y voyais qu'un seul avantage : nous n'en avions pas d'autre.

Ma cousine avait couché Solina endormie puis préparé et servi un repas bien nécessaire aux enfants et à nous-mêmes ; Spic ne se joignit pas à nous, sorti se renseigner discrètement sur le lieu de détention et la situation d'Amzil. Avant de s'en aller, il avait dit à Epinie espérer que le capitaine Thayer, revenu à la raison, avait compris qu'il n'avait nulle autorité sur aucune des deux accusées. Plusieurs de ses officiers avaient déjà soulevé cette objection, mais Thayer n'en avait pas tenu compte sous prétexte que, si leurs méfaits impliquaient des soldats, son autorité lui permettait de les punir. Il avait aussi affirmé que, grâce aux « aveux » d'Amzil, tout jugement devenait superflu et ne représentait qu'une perte de temps ; plus tôt elle mourrait à la potence, mieux cela vaudrait, et il avait choisi l'aube suivante comme l'heure la plus appropriée pour une exécution. En revanche, il avait fait preuve de clémence envers l'autre femme : elle passerait deux jours au pilori puis serait bannie de la ville.

« Quoi ? avais-je fait. Il veut l'humilier puis la jeter dehors, sans monture, sans vivres, sans rien, et la laisser rentrer seule à pied à Ville-Morte ? Mais ça équivaut à une condamnation à mort !

— J'ai voulu protester contre les deux sentences, mais il a refusé de m'écouter ; j'ai insisté en disant que ma bonne avait manifestement agi pour défendre sa vie et celle de ses enfants, et il m'a menacé de me faire châtier pour avoir parlé sans permission. À mon avis, il ne cherche pas à servir la justice, Jamère : il veut seulement se débarrasser d'Amzil sans avoir à réfléchir à ses actes ni à ses motivations. »

À en juger par l'exposé de Spic, aucun argument verbal ne ferait dévier Thayer de sa volonté de faire pendre Amzil ; néanmoins, je me raccrochais obstinément à la minuscule étincelle d'espoir qu'il m'avait donnée. Quelqu'un trouverait peut-être les paroles qui le tireraient de l'envie de vengeance qui l'aveuglait. Non, il ne s'agissait pas d'une vengeance, mais d'une élimination : il voulait effacer de sa vie la femme qui pouvait l'accuser ; il subirait le fouet et ferait tuer le dernier témoin. Alors je me rappelai que Spic s'était dressé contre lui lors de cette nuit fatale, et je sentis une sueur glacée me couler le long du dos. Allait-il s'en prendre à lui aussi ?

Epinie, les enfants et moi nous restaurâmes d'un simple bouillon et de pain tartiné de la graisse du lapin qui avait aussi servi pour le brouet. Malgré ma faim initiale, j'avais du mal à avaler face aux trois petits visages autour de la table, rongé par la crainte de ce que l'avenir leur réservait. Les petits se montraient réservés avec moi, mais Kara bombarda Epinie de questions sur sa mère, auxquelles ma cousine put seulement répondre que maman ne tarderait certainement pas et qu'entretemps Kara devait manger son repas en y mettant ses meilleures manières. De ce point de vue, je fus surpris de leurs progrès depuis l'époque où, au mieux, ils s'accroupissaient autour de la cheminée et mangeaient avec les doigts ; même la petite Dia se tenait bien assise sur sa chaise et se servait très bien de sa cuiller.

Après le dîner, après avoir couché Dia, Epinie fit étudier à Kara et Sem une leçon tirée d'un de ses premiers livres de lecture. Les deux enfants s'absorbèrent docilement dans l'ouvrage pendant qu'Epinie et moi nous retirions à l'autre bout de la pièce pour discuter à mi-voix.

« Ils te prennent beaucoup de temps, non ? demandai-je, en m'attendant à ce qu'elle me répondît qu'il s'agissait d'une journée particulière.

— Avoir des petits, c'est un travail à temps plein pour n'importe quelle femme. Leur mère leur manque et c'est pour ça qu'ils sont sages comme des images ; mais quand Amzil est là, Kara rouspète et pose des questions sans arrêt ; Sem arrive à un âge où la maison l'ennuie et où il rêve de passer sa journée dans la rue avec d'autres garçons. Beaucoup d'entre eux ont l'air d'être livrés à eux-mêmes ; j'en ai parlé à deux reprises au commandant, en lui disant qu'intégrer ces enfants dans une école du corps de troupe ne serait pas mal venu, mais il refuse l'idée de mêler des fils d'officiers à ceux d'enrôlés, et encore plus à ceux de simples citoyens. J'ai soutenu qu'il n'y a pas de solution plus efficace, mais il fait la sourde oreille. Cet homme est un crétin. »

Je faillis lui demander si elle mesurait combien son attitude envers les supérieurs de Spic mettait à mal les chances de promotion de son mari, mais je me tus ; il se disait satisfait d'avoir une épouse avec du caractère, et je me refusais à m'en mêler. De toute manière, j'eusse sans doute gaspillé ma salive en vain, et je préférai déclarer : « J'admire ce que tu as fait d'eux. Mais je vous envie aussi, Spic et toi ; pour eux, je suis un étranger, mais, vous, vous avez toute leur affection.

— Tout ça changera une fois qu'Amzil et toi serez mariés, répondit-elle d'un ton enjoué. À mon avis, tu feras un très bon père pour eux. Sem parle encore de toi de temps en temps comme du "monsieur qui allait à la chasse pour rapporter de la viande" ; un fils pourrait avoir une image pire de son père.

— Tu présumes beaucoup, dis-je d'une voix tremblante.

— Crois-tu ? » Elle me sourit tendrement. « Une fois déjà, j'ai mis au point un plan d'évasion d'une prison, et tout s'est déroulé quasiment comme prévu. Il n'y a qu'un aspect de ma stratégie que je n'ai pas encore arrêté : doit-elle s'enfuir ou se cacher ?

— Pardon ? » Je n'y comprenais plus rien.

« Amzil doit-elle s'enfuir ou se cacher ? Si elle s'enfuit, il faut nous procurer un cheval ; or j'ai trouvé que la monture de l'éclaireur que nous avons rencontré avait l'air rapide et en bonne santé.

— Epinie, tu ne songes quand même pas…

— Allons, tu sais comme moi que rien d'autre ne marchera. Spic peut bien espérer que le capitaine retrouvera sa raison, je pense que Thayer ne la retrouvera pas parce qu'il ne l'a plus ! Quand Spic reviendra, nous saurons où on détient Amzil, et nous pourrons dresser nos plans. »

Sem m'épargna de devoir répondre en nous rejoignant avec son livre de lecture et en disant qu'il était prêt à réciter sa leçon. Il batailla vaillamment et parvint au bout de ses huit lettres de l'alphabet, et puis Kara nous lut l'histoire du chien qui chasse le chat dans le chêne. Je dus applaudir avec un peu trop d'enthousiasme, car elle me gourmanda en ces termes : « Franchement, monsieur, ce n'est pas si difficile. Je pourrai vous apprendre à lire, si vous voulez. »

Je ne pus réprimer un éclat de rire malgré mon accablement, puis Epinie nous tança tous les deux, Kara pour son insolence, moi pour avoir ri de ses mauvaises manières. Je me repris et parvins à garder un air grave en demandant à Kara si maîtresse Epinie lui avait déjà appris à jouer au tousier, sur quoi ma cousine stupéfia les deux enfants en me donnant une tape sans méchanceté sur la main et en m'interdisant de dire un mot de plus sur ce jeu.

Mais, alors que j'amusais les enfants et me réjouissais du foyer qu'ils avaient enfin trouvé, j'avais le cœur lourd et la gorge serrée en songeant au sort de leur mère. Quand la porte se referma derrière Spic qui venait d'entrer, nous sursautâmes, puis Epinie, d'un ton trop plein d'entrain, lui demanda s'il avait retrouvé l'objet qu'il avait égaré.

« Oui, répondit-il avec raideur, mais il est coincé là où il est tombé ; j'ai bien peur que, pour le dégager, un simple "s'il vous plaît" ne suffise pas. »

Kara leva les yeux vers lui, le regard brillant. « Monsieur, j'ai de petites mains, et ma maman dit souvent que je peux attraper des choses là où les autres ne peuvent pas, comme la fois où un bouton est tombé derrière la boiserie du mur. Je serai contente de vous aider si je peux.

— Certainement, ma chérie, dit-il, mais je crois que ça devra attendre un peu. M'avez-vous gardé quelque chose à manger ?

— Naturellement ; laissez-moi une minute et je vous servirai », dit Kara d'une voix de parfaite petite ménagère, et elle se dirigea en trottant vers la cuisine, suivie de Sem qui assurait bien haut être capable de l'aider.

Epinie sauta sur Spic. « Où est-elle ?

— Dans la même prison où Jamère était détenu.

— Mais le feu a détruit la moitié du bâtiment !

— Seulement la partie supérieure ; les cellules du bas sont intactes. On l'a enfermée dans un des mitards.

— Un mitard ?

— Une pièce très exiguë, sans fenêtre, sans même d'ouverture dans la porte, et d'une construction très solide, hélas.

— Et comment Amzil est-elle gardée ? » demandai-je.

Spic parut se sentir mal. « On a placé en faction deux des hommes qui avaient participé à la fameuse nuit, deux hommes qui ont tout intérêt à la voir pendue afin qu'elle ne puisse pas témoigner contre eux. Je suis sûr que le capitaine Thayer les a choisis exprès.

— Deux hommes que je n'aurais aucun scrupule à tuer », dis-je, étonné de mon calme et de ma conviction.

Spic blêmit. « Qu'est-ce que tu racontes ? » fit-il, épouvanté.

Epinie répondit à ma place. « Nous avons mis au point un plan pour faire évader Amzil. Il nous reste une seule question à régler : doit-elle s'enfuir ou bien se cacher ? J'ai réfléchi, et, à mon avis, le mieux serait de donner seulement à croire qu'elle s'est enfuie ; ainsi, quand on la pourchassera, on ne trouvera qu'un cheval sans cavalier, et on supposera qu'elle a sauté en route et pris la fuite dans la forêt. Mais en réalité nous la cacherons quelque part dans Guetis et la ferons disparaître quand on aura abandonné les recherches. Le cheval de l'éclaireur nous a paru de bonne qualité et rapide ; sais-tu où il loge sa monture ?

— Le "nous" est en trop, déclarai-je d'un ton catégorique. C'est Epinie qui a dressé ce plan aberrant ; pour ma part, je n'ai nullement l'intention de voler le cheval de Tibre. » Avec un soupir, j'ajoutai : « Mais je suis le premier à reconnaître que je n'ai rien de mieux à proposer. »

Spic n'eut l'air que très légèrement soulagé. « Qu'elle s'enfuie ou qu'elle se cache, ces stratégies ne servent à rien tant que nous n'avons pas trouvé le moyen de la sortir de prison. En revenant, je me suis arrêté en chemin pour m'entretenir discrètement avec deux autres officiers ; ni l'un ni l'autre n'est emballé par l'idée de juger un civil et encore moins de l'exécuter, et tous les deux sont horrifiés à la perspective de pendre une femme. Quant au capitaine qui se condamne lui-même à la flagellation, pour eux, c'est de la folie.

— Donc ils nous soutiendront si nous allons voir le capitaine Thayer dès ce soir pour…

— Non, ils ne nous soutiendront pas ; ils refuseront de l'affronter. Un homme capable de faire pendre une femme et de s'infliger à lui-même le supplice du fouet est sans doute capable aussi de punir un sous-fifre qui remet son autorité en question. Mais ils seraient sûrement très soulagés si un incident quelconque empêchait la pendaison de la condamnée. »

Epinie sourit. « Donc, si, par exemple, elle disparaissait de sa cellule, on ne la rechercherait pas avec beaucoup d'ardeur. »

Spic la regarda dans les yeux. « C'est beaucoup plus compliqué que ça, Epinie. Tout le monde connaît l'attachement d'Amzil pour ses enfants ; on sait qu'elle ne quitterait pas la ville sans eux.

— Elle le pourrait, brièvement, les sachant en sécurité chez nous.

— Epinie, il faudrait déjà la tirer de sa cellule.

— Il nous reste des explosifs de la dernière fois ! s'exclama-t-elle, radieuse.

— Non : nous servir de poudre à canon pour ouvrir la cellule tuerait sans doute son occupant, répondit Spic. Ces mitards sont solidement bâtis, avec d'épais murs de pierre et non de bois ; une explosion assez puissante pour détruire un de ces murs serait probablement fatale à Amzil. Jamère a eu beaucoup de chance qu'Amzil et toi vous soyez trompées de cellule la dernière fois. Donc, pas d'explosifs.

— D'accord. » Epinie réfléchit un moment. « Comment est faite la porte ? Si nous parvenons à nous débarrasser des gardes, pouvons-nous la forcer ? »

J'intervins. « Ça m'étonnerait ; celle de ma cellule était en bois très épais avec des renforts métalliques et une serrure massive. » Après une hésitation, j'ajoutai : « J'ai l'impression que la brèche par laquelle je me suis échappé n'a pas été très bien réparée ; je pourrais peut-être pratiquer un trou dans le mur à l'aide d'une barre à mine et d'une masse, mais ça manquerait de discrétion et je risquerais de me retrouver dans mon ancienne cellule, avec la porte toujours verrouillée et Amzil enfermée plus loin. »

Sans se laisser démonter, Epinie poursuivit avec entrain : « Et qui a les clés, alors ?

— Le capitaine Thayer, très probablement.

— Il faut nous débrouiller pour les obtenir. Spic, inventons un prétexte pour que tu lui rendes visite ce soir, et…

— Impossible. » Il soupira. « Je suis passé à son bureau avant de rentrer, décidé à lui faire entendre raison, mais je n'ai pas pu franchir le barrage du sergent à l'entrée. Il s'efforçait de se montrer courtois, mais il a fini par avouer qu'il avait reçu l'ordre direct de ne me laisser entrer sous aucun prétexte.

— Dans ce cas, j'irai, moi, dit Epinie d'un ton résolu.

— Ça ne servirait à rien, tu le sais très bien, répondit Spic avec fermeté. Ça fait des semaines que son sergent a l'ordre de te refuser le passage.

— Je pourrais mener un tel raffût dans l'entrée que le capitaine serait obligé de sortir.

— Non, ma chérie, je ne veux pas que tu te mettes en danger ; le dieu de bonté seul sait quel châtiment Thayer jugerait approprié pour une mégère faisant du scandale dans son bureau. Peut-être le pilori. »

Kara apparut à la porte. « Monsieur, votre repas est servi ; je regrette de vous interrompre, mais il ne faudrait pas qu'il refroidisse.

— En effet, répondit Spic, avec tant de soumission face au ton maternel de la petite fille qu'Epinie ne put réprimer un sourire. Accompagnez-moi, tous les deux, et prenez une tasse de thé ; notre conversation devra peut-être attendre un peu, mais…

— J'irai, moi », dis-je tout à coup. Ils me regardèrent, l'air égaré. Je poursuivis : « Quoi de plus naturel ? J'ai fait tout le trajet depuis l'ouest pour voir si une carrière dans le régiment me conviendrait. Si on peut me rendre présentable, il paraîtra normal que je rende visite au plus tôt à l'officier commandant ; c'est même une simple question de courtoisie. Et, s'il n'a pas complètement perdu contact avec la réalité, la politesse lui interdira de me fermer sa porte.

— Et ensuite ? demanda Spic.

— Une fois à l'intérieur, seul avec lui, je ferai le nécessaire pour obtenir les clés, puis pour tirer Amzil de sa cellule. »

Spic avait l'air épouvanté, mais Epinie se borna à répondre : « Là, tu vois ? Je t'avais bien dit qu'il fallait décider en premier lieu si elle se cachait ou si elle fuyait.

— Il n'est pas question que je vole un cheval, déclara Spic, puis, comme Epinie s'apprêtait à répliquer, il poursuivit plus fort : Et toi non plus, ni Jamère. Allons, venez, prenons une tasse de thé ensemble ; et songeons que les enfants nous écoutent. »

De fait, quand nous entrâmes dans la salle à manger où Kara avait soigneusement dressé le couvert pour Spic, la petite fille dit d'un ton sévère : « Voler, c'est mal. »

Nous échangeâmes un regard en nous demandant ce qu'elle avait entendu, mais, comme elle ne paraissait pas excessivement inquiète, nous ne relevâmes pas sa remarque. Epinie l'accompagna dans la cuisine en nous promettant de revenir bientôt avec une théière pleine et des tasses.

Dès qu'elle fut sortie, je me penchai sur la table et questionnai Spic : « Crois-tu que nous ayons une chance de réussir ? »

Il avait l'air las. « Impossible à dire. Comment comptes-tu obtenir la clé ? Par la ruse ? Par la violence ? Et, même si tu te la procures, comment nous débarrasser des gardes ? Se laisseront-ils éliminer sans bruit ou bien se mettront-ils à courir partout en hurlant ? Sommes-nous prêts à les tuer pour libérer Amzil ? Dans quel espace de temps pouvons-nous la tirer de sa cellule ? Et, selon l'antienne d'Epinie, doit-elle s'enfuir ou se cacher ? Quand on constatera sa disparition, on viendra certainement la chercher ici, et, si l'on trouve les enfants chez nous, on supposera qu'elle n'est pas partie bien loin. Quelle que soit sa réputation par ailleurs, on la sait prête à tout pour protéger ses enfants. »

J'avais déjà poussé ma réflexion plus loin. « Et, si les petits sont absents de chez vous, on vous accusera d'avoir aidé Amzil à s'évader.

— Ou de ne pas l'en avoir empêchée ; pour le capitaine Thayer, ce sera du pareil au même.

— Selon toi, donc, nous pouvons y arriver à condition que tu acceptes de sacrifier ta carrière : si elle se cache, il suffira à ses poursuivants d'attendre qu'elle ressorte, et, si elle s'enfuit, avec ou sans les enfants, tu te retrouveras impliqué. »

Il acquiesça de la tête.

« Crois-tu qu'Epinie se rende compte de ce qu'elle exige de toi ? »

Il me regarda longuement sans rien dire puis répondit : « Et toi, qu'exiges-tu de moi si je n'agis pas, Jamère ? Que je vive comme un lâche ? Que je laisse pendre ignominieusement une innocente puis que j'élève ses enfants et que je les regarde en face tous les jours ? Tôt ou tard, ils découvriront ce qu'est devenue leur mère – plus tôt que tard, si je connais bien Kara ; d'ailleurs, je pense qu'elle en sait davantage qu'elle ne nous en révèle, à nous ou aux autres petits. Ils finiront tous par savoir que je n'ai rien fait pendant qu'on exécutait leur mère, condamnée à mort pour avoir voulu les protéger. » Il détourna les yeux et poussa un petit soupir empreint de mépris pour mes arguties. « Qu'est-ce qu'une carrière perdue à côté de ça ? »

Il y eut un long moment de silence. « Je suis navré, Spic.

— Ce n'est pas ta faute, Jamère.

— Je n'en suis pas si sûr », fis-je entre haut et bas, alors qu'Epinie revenait avec théière et tasses. Elle nous servit puis s'assit, mais dut se relever car le bébé s'était mis à pleurer. Peu après, Dia entra, l'air bien réveillé mais les cheveux en bataille au sortir de sa sieste ; Spic l'installa à table et lui donna une tasse de thé clair avec du sucre. Enfin, Kara et Sem vinrent se joindre à nous. Lorsque Epinie revint et que je contemplai la table autour de laquelle se pressaient les enfants, je mesurai brusquement dans quelle situation désespérante nous nous trouvions. L'après-midi s'achevait déjà ; pouvais-je emmener les petits discrètement hors de la ville, les cacher dans un endroit sûr, revenir pour faire évader Amzil puis partir avec elle et les enfants, tout cela avant l'aube ?

J'envisageai de les confier à Quésit en l'implorant de veiller sur eux, mais non ; je ne pouvais pas l'entraîner dans cette histoire. En outre, si nous devions nous enfuir, le cimetière ne nous permettait d'aller nulle part. Je regardai Spic, de l'autre côté de la table : la gravité de son expression reflétait celle de mes pensées. C'était impossible, et pourtant il fallait essayer. Pour réussir, je devais tirer Amzil de sa cellule et lui faire quitter la ville avec ses trois rejetons, et ce, de telle façon qu'Epinie et Spic parussent hors de cause. Je haussai la voix pour couvrir les bavardages des petits. « Je crois que je ne pourrai pas rester longtemps. Ce soir, j'irai voir deux vieux amis et je reprendrai la route. » Je me tournai vers Epinie, et, une fois certain qu'elle m'écoutait, je regardai les enfants avant de revenir à elle. « J'aimerais partir sans retard ; pourrais-tu emballer le strict nécessaire pour moi ? »

Elle posa les yeux sur les trois enfants qui étaient et n'étaient pas les siens, et des larmes brillèrent soudain sous ses paupières. « Oui, murmura-t-elle. Plus vite ce sera fait, mieux ça vaudra. »

L'après-midi se passa dans une étrange atmosphère de fausse normalité. Spic dut retourner à ses affaires en feignant de se désintéresser du sort de sa bonne, voire s'agacer du fait qu'il dût garder les enfants. Pendant qu'Epinie, sous prétexte de chercher des vêtements à raccommoder et à laver en vue du « nettoyage de printemps », faisait le tri dans le linge et la literie des enfants, je sortis jeter encore un coup d'œil à la carriole branlante et à sa haridelle ; je fis mon possible pour resserrer les roues et donnai au vieil animal une mesure d'avoine, et, ce faisant, je m'efforçais de dresser un plan viable, mais je savais qu'il y avait trop de variables à prendre en compte.

La journée s'écoulait à la fois trop vite et trop lentement. Les enfants posaient des questions de plus en plus nombreuses et fréquentes sur leur mère, et la réponse d'Epinie, « elle ne va plus tarder », commençait à perdre de son efficacité. Dia avait un air chagrin, mais Sem était en colère et Kara manifestement soupçonneuse. Mes efforts pour mettre au point une stratégie ferme avec Epinie se révélaient frustrants car, chaque fois que je voulais m'entretenir discrètement avec elle, une petite tête apparaissait pour nous demander de l'aide ou nous poser une nouvelle question.

Epinie mit Kara à pétrir du pain puis confia un couteau à Sem pour couper des pommes de terre en cubes pour le dîner. Pendant qu'ils s'occupaient ainsi, nous chargeâmes rapidement dans la carriole les affaires des enfants, quelques vêtements pour Amzil et une réserve de vivres ; ma cousine ajoutait sans cesse des objets, casserole, bouilloire, tasses et assiettes. Quand elle commença à prendre les rares jouets et livres des étagères, je l'arrêtai. « Il faut que nous voyagions léger.

— Pour un enfant, ses jouets sont essentiels », répondit-elle, mais elle en reposa certains avec un soupir. Nous rangeâmes ceux qu'elle avait gardés dans la carriole, puis je jetai une couverture sur le chargement en formant le vœu que nul n'y regarderait de trop près.

Epinie me laissa les petits pour « rendre visite » en hâte à une des femmes de sa brigade aux sifflets qui vivait à la périphérie de la ville. Dans un bourg comme Guetis, elle savait que la nouvelle de la condamnation d'Amzil avait dû se répandre comme une traînée de poudre ; elle confierait à Agna qu'elle souhaitait mettre le plus de distance possible entre les enfants et la potence où leur mère devait finir ses jours le lendemain, et elle lui demanderait si elle pouvait les prendre pour la nuit.

Entre-temps, je me retrouvais responsable des gamins, y compris Solina. En principe, le nourrisson devait faire la sieste pendant l'absence de sa mère, mais il se réveilla à peine la porte fermée et se mit à pleurer de toutes ses forces, et j'éprouvai un soulagement pitoyable quand l'examen prudent de sa couche la révéla propre et sèche. Je pris la petite fille contre mon épaule et me mis à marcher de long en large dans la pièce à l'imitation d'Epinie. Les trois enfants s'étaient réunis pour contempler mon incompétence. Les cris de Solina ne firent que croître.

« Il faut la faire sauter un peu pendant qu'on marche, me dit Sem, serviable.

— Mais non ! rétorqua Kara avec dédain. Ça, c'est ce que font les femmes. Lui, il doit s'asseoir dans le fauteuil à bascule et la bercer en lui chantant une chanson. »

Comme ni marcher ni faire sauter la petite n'avait donné de résultat, j'adoptai l'idée. Une fois que je me fus installé avec Solina, ils se rassemblèrent si près de moi que je craignis d'écraser de petits orteils en me balançant. « Allons, bercez-la ! ordonna Sem d'un ton impatient.

— Et chantez-lui une berceuse », enchaîna Kara, impérieuse. À l'évidence, ils avaient observé l'attitude d'Epinie avec moi et décidé de s'en inspirer. Je berçai donc dûment Solina en lui chantant les chansons pour enfants que je connaissais. Dia poussa la hardiesse jusqu'à grimper sur mes genoux pour rejoindre le bébé. Quand j'eus épuisé mon répertoire de berceuses, Solina s'était calmée mais ne dormait pas, et Kara me demanda d'un air songeur : « Connaissez-vous des comptines ?

— Une ou deux, oui », répondis-je, et sa théorie s'avéra, car nous terminions de compter les dix petits agneaux à rebours pour la seconde fois que le nourrisson dormait. Il fut délicat de faire descendra Dia de mes genoux et de me lever sans réveiller Solina, et plus encore de la recoucher dans son berceau sans la tirer du sommeil. J'avais chassé les enfants de la chambre ; Sem et Dia s'étaient aussitôt retirés dans le couloir, mais Kara m'avait attendu. Quand je fermai la porte derrière moi, elle tendit la main dans la pénombre et prit la mienne, son petit visage pâle levé vers moi.

« C'est vous, n'est-ce pas ? L'homme qui nous apportait à manger l'autre hiver ?

— Kara, je…

— Je sais que c'est vous, alors ne mentez pas. Vous nous chantiez les mêmes chansons, vous ne vous en souvenez pas ? Et puis j'ai entendu le lieutenant vous appeler Jamère, et maman disait toujours que vous reviendriez un jour – enfin, peut-être. » Sans me laisser le temps d'infirmer ni de confirmer ses assertions, elle reprit son souffle et poursuivit : « Et maman a des ennuis, n'est-ce pas ? C'est pour ça qu'elle n'est pas encore revenue.

— Elle a de petits ennuis, oui, mais nous pensons que ça se réglera bientôt et que… »

Elle m'interrompit : « Parce qu'il y a un plan. Si jamais maman a des problèmes, elle a tout prévu et elle m'a tout expliqué. » Elle leva la tête et ajouta gravement : « C'est moi qui en suis responsable ; je dois m'en souvenir. »

Elle garda ma main dans sa petite poigne et me conduisit dans la chambre exiguë qu'elle partageait avec ses frère et sœur. Elle s'agenouilla près du lit pour soulever une lame disjointe du plancher ; en guise de « plan », elle tira de l'ouverture un petit sac rempli de pièces accompagnées d'une bague en argent ornée d'une rose. « Je dois remettre l'argent à la maîtresse et lui demander de continuer à s'occuper de nous ; elle doit garder le bijou en sécurité au cas où Sem, devenu grand, voudrait se marier, pour qu'il ait une bague à donner à sa fiancée. Elle appartenait à notre grand-mère.

— C'est un bon plan, dis-je, mais j'espère que nous n'en aurons pas besoin. Je vais essayer de tirer ta maman d'affaire, puis nous reviendrons vous chercher. Si la maîtresse peut arranger ça, Dia, Sem et toi vous trouverez alors dans une maison à la sortie de la ville ; ta maman et moi vous y rejoindrons, nous monterons tous dans la carriole et nous partirons. Mais il ne faut rien dire aux petits ; il faut garder le secret et les aider à rester sages en attendant que je vienne vous chercher ce soir. Tu y arriveras ?

— Bien sûr. Mais où est maman ? Et vous, où étiez-vous ? Pourquoi êtes-vous parti si longtemps ?

— Je devrai répondre à ces questions plus tard, Kara. Pour le moment, tu dois me faire confiance. »

Elle me regarda, dubitative, mais finit par acquiescer gravement de la tête.

À son retour, Epinie se montra contrariée en apprenant ce que savait Kara. « C'est un lourd fardeau pour de si frêles épaules, me dit-elle d'un ton de reproche.

— C'est toi qui me répètes qu'il ne faut pas mentir aux gens », rétorquai-je, et elle poussa un soupir exaspéré.

Mais le temps nous manquait pour nous laisser aller à l'incertitude. Epinie fit monter les enfants dans la carriole et les emmena chez son amie ; quand elle revint, à pied, Solina s'était réveillée ; elle me la prit des bras et la regarda. « En les laissant là-bas, j'ai soudain songé que je ne les reverrais peut-être plus jamais ; j'aurais voulu leur faire mes adieux, mais c'était impossible sans risquer de les effrayer ni de mettre la puce à l'oreille à Agna. Ç'a été un déchirement de les laisser ; Kara s'est montrée parfaitement calme, mais Sem voulait absolument savoir pourquoi ils devaient passer la nuit là-bas ; Dia, elle, n'avait d'yeux que pour les deux chèvres d'Agna ; je crois qu'elle n'a même pas remarqué mon départ. »

Je pris ma cousine dans mes bras et les serrai, elle et la petite, contre moi. « Tu les reverras, je te le promets. Je ferai sortir Amzil de sa cellule, nous partirons sans encombre, elle, les enfants et moi, et, dès que nous le pourrons, nous vous donnerons de nos nouvelles ; et un jour tu nous retrouveras tous. »

On frappa à la porte, et je lâchai Epinie. C'était la bonne de la voisine, Rasalle, qui apportait les vêtements soigneusement empaquetés du lieutenant Jéri. Nous n'avions pas le temps d'hésiter ; tout était prêt. Je me retirai dans la chambre de Spic pour enfiler mon costume de scène.

10

Face à face

« Je ne peux pas rester les bras croisés pendant qu'il s'en va ! » s'exclama Epinie. Son époux venait de franchir la porte, et elle s'était ruée sur lui pour tenter de le convaincre de désobéir à mon ordre cruel.

« De quoi parlez-vous ? »

Je sortis dans le couloir en tirant sur mon col. Avais-je toujours été aussi mal à l'aise dans des vêtements ? Malgré la stature menue de Spic, sa paire de bottes de rechange était un peu trop grande pour moi. Le vieux ceinturon d'où pendait ma médiocre épée paraissait déplacé sur mes beaux habits neufs, mais je ne voulais pas m'en aller complètement désarmé ; j'eusse donné beaucoup pour disposer de la petite pétoire du sergent Duril. Epinie avait acculé Spic dos à la porte et fixait sur lui un regard accusateur. Je volai au secours de mon ami.

« Epinie, ce n'est pas Spic qui décide, mais moi : tu restes ici. » Je me tournai vers son mari. « Je lui ai dit qu'elle devait demeurer ici pendant que je rendais visite au capitaine ; d'une façon ou d'une autre, j'aurai cette clé, et je ferai évader Amzil cette nuit. Les enfants et la carriole nous attendent déjà à la sortie de la ville ; si je dois recourir à la violence, je ne veux vous y entraîner ni l'un ni l'autre. » Je m'adressai alors à Epinie avec toute la sévérité possible. « Si tu t'en vas, tu ne feras que susciter les soupçons. Je sais que c'est difficile, mais tu dois ne pas bouger d'ici et attendre la suite des événements. »

Elle regarda Spic. « Ne pouvons-nous pas nous rendre à la prison, au cas où il aurait besoin de notre aide ?

— Et emmener Solina, en la mettant en danger ? rétorquai-je. Ou risquer d'alerter les gardes ? Non, chère Epinie ; c'est dur, je sais, mais vous devez rester ici tous les deux, laisser les chandelles allumées et maintenir l'illusion que vous profitez d'un dîner tranquille ensemble.

— Je ne peux pas faire ça ! » s'exclama ma cousine d'un ton plaintif, tandis que Spic me disait d'un air épouvanté : « Tu ne comptes tout de même pas que nous allons demeurer ici comme des chiens en laisse pendant que tu t'exposes au danger ?

— Si, j'y compte, et tu t'y tiendras, Epinie, pour Solina, et, pour parler sans ménagement, pour la carrière de Spic. Rien ne doit laisser penser qu'il est impliqué dans l'affaire ; il est déjà regrettable qu'on doive savoir que ton cousin y a participé, mais je te pense capable de me dépeindre comme l'excentrique ou la brebis galeuse de la famille – ou assurer, tout simplement, que tu ignores les raisons de mes actes.

— Mais si tu as besoin d'aide ? demanda Spic.

— Ecoute, j'y ai bien réfléchi : si j'échoue, que je ne puisse pas délivrer Amzil, et que nous nous fassions prendre, ou tuer, ou prendre puis tuer, il faut que vous soyez ici, indemnes, pour offrir un cadre familier aux enfants. Vous n'aurez qu'à parler à Kara, elle vous exposera le plan d'Amzil ; manifestement, elle craignait que cette histoire ne finisse par la rattraper. Et c'est arrivé. »

Ma voix se brisa sur ces derniers mots. « Mais, Jamère, voyons… », fit Spic.

Je l'interrompis du geste. « Non, arrête. Il est temps que je cesse de vous entraîner dans le désastre de mon existence, que vous jouissiez d'un peu de paix, de contentement, de temps pour profiter de vos enfants sans avoir à subir les épreuves que je vous inflige. Tout est ma faute, comprenez-vous ? Je l'ai écrit dans mon journal, vous l'avez lu et vous savez de quoi je parle. Mon infortune a ouvert Epinie à la magie, qui a bien failli vous tuer la dernière fois que nous l'avons combattue ; je l'ai soumise à ma volonté quand j'ai obligé la terre à fructifier pour Amzil, et elle veut se venger. Elle est aussi implacable qu'Orandula, et je ne peux pas la laisser vous entraîner dans son équilibrage des balances. Restez à l'écart, protégez-vous pour que je puisse accomplir ma mission l'esprit serein, sans craindre l'orphelinat pour Solina. »

Epinie eut un hoquet d'horreur et serra sa fille sur son cœur. Je regardai Spic. « Je t'ai vu commander tes hommes, la nuit où j'ai attaqué Guetis ; tu as ordonné à certains de ne tirer et de n'avancer qu'une fois la première salve partie. Eh bien, ce soir, tu te retiens de tirer et tu attends ; je représente la première salve. Si nous nous lançons tous dans la bataille ensemble et que nous tombions tous, il ne restera plus personne pour rattraper les enfants. Surveille mes arrières, Spic, que je puisse aller au combat sans peur. »

Ses lèvres tremblèrent, et il parut soudain beaucoup plus jeune. Ses yeux rougirent, puis il passa le bras sur les épaules de son épouse et la serra contre lui. « Bonne chance, Jamère ; et au revoir.

— Jamère ! » s'écria Epinie, mais je ne pouvais pas m'attarder davantage. Je rentrai la tête dans les épaules et sortis dans le crépuscule. Comme je m'éloignais de leur humble maison, j'enfonçai mon chapeau sur ma tête et adressai tout bas une fervente prière au dieu de bonté pour qu'il les protégeât ; puis je m'endurcis le cœur et les chassai de mes pensées.

Je marchais dans les rues désertes vaguement éclairées par la lumière qui filtrait des maisons ; beaucoup d'entre elles étaient obscures et abandonnées. Même quand je tournai dans l'avenue du fort, le même silence anormal m'accueillit ; il ne restait plus assez de soldats pour animer la ville le soir, et les règles strictes du capitaine Thayer avaient encore réduit ce nombre ; il réprouvait l'ivresse, le jeu et même les chansons paillardes et les danses enlevées. À présent que la population de la ville avait décru, il subsistait peu d'établissements où se délasser pour les soldats, et ils n'y trouvaient guère de distractions. Pas étonnant que les parties de cartes de Quésit au cimetière fussent si populaires.

Le serein se déposait sous l'effet du froid de la nuit, et l'humidité exaltait les odeurs de bois calciné et de bâtiments abandonnés. Tout en me dirigeant vers la prison où j'avais été moi-même détenu, je réfléchis et décidai qu'une reconnaissance des lieux pouvait se révéler utile. Je dépassai donc la prison puis y revins par une ruelle de côté en me déplaçant le plus discrètement possible sur l'herbe rêche et les décombres.

L'incendie n'avait laissé du dernier étage qu'une charpente brûlée ; au rez-de-chaussée, quasi intact, nulle lumière ne brillait par les carreaux brisés des fenêtres. Ne restaient que les cellules construites en sous-sol, que le feu avait dû épargner. Je m'arrêtai et tendis l'oreille, mais ne captai aucun bruit : je me rappelai que les murs étaient en pierre de taille maçonnée ; si Amzil pleurait, tempêtait ou criait, je ne l'entendrais pas. Mon cœur se serra à cette idée, et davantage encore quand je l'imaginai dans une pièce exiguë, sans lumière, attendant de mourir au matin. J'eus une inspiration hachée.

Je faillis trébucher sur un bloc de pierre, et, dans le noir, me pris les pieds dans une branche d'arbre ; je me rattrapai au bâtiment avant de tomber puis me figeai en espérant n'avoir pas fait trop de bruit. Mes yeux s'accommodant à l'obscurité, je compris soudain où je me trouvais : les débris qui entravaient ma marche provenaient de la brèche que les racines de Lisana avaient pratiquée dans le flanc de ma cellule. L'espoir renaissant en moi, je m'agenouillai dans le noir, mais le mur avait été réparé, de façon efficace quoique grossière, avec des pierres et du mortier ; à l'évidence, je ne pouvais pas facilement entrer par là. Je sentais sous mes doigts la cascade de racines qui avaient crevé le mur.

Puis, parcouru d'un frisson étrange, je touchai le tronc de l'arbre qui en avait jailli. Je me redressai dans l'obscurité, palpai l'écorce puis pris une feuille luisante entre mes doigts ; je ne pouvais me méprendre sur l'arôme qui s'en dégageait : un kaembra poussait des racines que Lisana avait envoyées me délivrer. De curieuses pensées me traversèrent, et il me sembla en quelque sorte boucler une boucle : en touchant l'arbre, je touchais Lisana, je touchais Fils-de-Soldat, et, au-delà, les arbres des ancêtres du val lointain. Et même Buel Faille. Mais, plus encore, en touchant cet arbre, je touchais à la fois la forêt et la Forêt, une vie que j'avais abandonnée et qui me manqua l'espace d'un instant.

Puis je m'adressai à tous : « Adieu ; il y a des chances que je ne parvienne pas à libérer Amzil ; il y a des chances que je me condamne à mort cette nuit. Mais je me réjouis de songer que vous continuerez de vivre même si je n'existe plus. Je vous pardonne d'avoir pris ce que vous pouviez l'un de l'autre, même si vous m'avez laissé sur la touche. Même toi, je te pardonne, Fils-de-Soldat. Adieu. »

Un bruit me parvint alors, comme un déplacement discret. Je me figeai, l'oreille tendue, respirant en silence et comptant mes inspirations. Rien ; j'avais dû entendre un chat, ou plus probablement un rat dans la ruelle. Discret comme une ombre, j'achevai mon tour du bâtiment, puis, très doucement, je tentai d'ouvrir la porte du fond. Fermée à clé. Mais il y en avait une autre, selon mes souvenirs, sur le côté, en bas d'un escalier en pierre ; je m'y rendis et descendis les marches en me rappelant avoir tenté de les négocier avec des fers douloureusement serrés autour des chevilles. En bas des degrés, je tournai la poignée de la porte : fermée à clé elle aussi. Les sentinelles de Thayer devaient monter la garde à l'intérieur.

Il était donc temps d'aller chercher les clés.

À pas de loup, je quittai le secteur de la prison, puis, comme je m'approchais du quartier général, je relevai la tête et adoptai une allure plus militaire. Spic m'avait appris que le capitaine Thayer avait quitté la maison qu'il occupait avec Carsina pour s'installer dans les quartiers du commandant, que je connaissais de l'époque où je faisais mes rapports directement au colonel Lièvrin.

Je fus surpris de trouver une lampe allumée à l'accueil, et, quand j'entrai, un sergent grisonnant derrière le bureau. Il avait cet air de profond ennui et de vigilance mêlés que seuls les vieux soldats parviennent à prendre, et il n'eut pas un sursaut quand j'apparus. Il parcourut des yeux mes vêtements civils mais m'accorda le bénéfice du doute. « Monsieur ? fit-il.

— Bonsoir, sergent ; je viens rendre visite au capitaine Thayer. Je vous donnerais volontiers ma carte, mais hélas des bandits m'ont dépouillé sur la route de Guetis. » Le mécontentement qui filtrait dans ma voix laissait entendre que je les tenais, lui ou l'officier, éventuellement pour responsables de ma mésaventure ; de fait, le régiment avait pour devoir d'assurer la sécurité sur la Route du roi, si bien que, si j'avais vraiment été la victime d'une embuscade, ma contrariété eût été justifiée.

Le sergent se raidit légèrement. « J'en suis navré, monsieur, et le capitaine Thayer souhaitera certainement en savoir plus sur cet incident ; cependant, il est un peu tard et peut-être…

— Si on ne m'avait pas attaqué, battu et dépossédé de mes affaires, croyez bien que je serais arrivé plus tôt et que j'aurais eu tout loisir d'observer l'étiquette. Les choses étant ce qu'elles sont, j'aimerais voir le capitaine ce soir même, tout de suite dans l'idéal. »

Je n'avais eu aucun mal à retrouver la morgue du noble de souche, et encore moins à la pousser jusqu'à une suffisance insupportable. Avec un léger mouvement de la tête, je lissai de la main mes cheveux comme j'avais vu Trist le faire à l'époque de mes études, et je vis une étincelle dédaigneuse s'allumer discrètement dans les yeux du sous-officier ; il savait désormais que je ne m'en irais pas tant que le capitaine lui-même ne m'aurait pas éconduit, et il y était résigné. Il se leva et demanda poliment : « Quel nom dois-je annoncer au capitaine ?

— Posse Burvelle. » J'ignorais jusque-là que j'allais voler le nom de mon frère décédé, et, aujourd'hui encore, je ne saurais dire ce qui m'y a poussé ; il s'était collé à ma langue, et j'eusse ravalé ma réponse si je l'avais pu. Plusieurs personnes m'avaient entendu appeler Jamère, mais, voilà, le sort en était jeté, et le sergent s'était déjà détourné pour frapper à la porte et l'ouvrir à l'invitation bourrue qui lui avait répondu.

Je restai immobile quelques instants, en sueur dans le manteau d'un mort, puis le sous-officier revint avec de nouvelles manières. Il s'inclina devant moi et, les yeux agrandis, me pria d'entrer. Je le remerciai, franchis la porte et la refermai derrière moi.

Quand le colonel Lièvrin occupait ces quartiers, ils représentaient un refuge face aux conditions primitives de la vie à Guetis, garnis de tapis, de tentures et de meubles du sol au plafond, avec un grand feu ronflant dans l'âtre qui donnait à la pièce des airs de fournaise élégante. Qu'avait-on fait des possessions du colonel Lièvrin ? Peut-être les avait-on renvoyées vers l'ouest à sa mort, à moins qu'on ne les eût rangées dans quelque entrepôt oublié ? En tout cas, elles avaient disparu, et la pièce paraissait nue, d'une nudité délibérée.

Une minuscule flambée illuminait la cheminée devant laquelle trônaient un lourd bureau en bois et une chaise à dos droit très similaires à ceux du sergent ; pour les visiteurs, un siège semblable faisait face au bureau. À l'autre bout de la pièce, un lit de camp étroit, fait au carré, s'étendait près d'une table de toilette sans fioriture ; le ceinturon et le sabre de l'officier pendaient à l'équerre à une patère près de sa capote. Sur un guéridon étaient posés une cuvette et un broc en étain ; les portes de la garde-robe étaient closes. On se fût cru dans la chambre d'un élève de l'École ; elle sentait l'encaustique et la bougie, mais on n'y percevait nul parfum douillet de tabac, on n'y voyait nulle trace d'une bouteille de vin cuit ni d'eau-de-vie pour accueillir le visiteur. Discipline et pénitence.

L'homme assis au bureau était aussi austère que le décor. Malgré l'heure tardive, le capitaine Thayer portait toujours son uniforme, boutonné jusqu'en haut, les mains posées devant lui comme s'il s'apprêtait à réciter une leçon. Malgré son teint hâlé, il paraissait blême ; il se passa la langue sur les lèvres. J'avais ôté mon chapeau et je m'avançai vers lui, la main tendue. « Merci de me recevoir, capitaine Thayer ; je suis… »

Sans me laisser le temps de me présenter, il me regarda et dit : « Je sais qui vous êtes, et je sais pourquoi vous venez, monsieur Burvelle. »

L'accablement me saisit. Il savait qui j'étais ?

« Vous venez vous renseigner sur la mort de votre frère, Jamère Burvelle. Votre sœur savait qu'il se trouvait chez nous, enrôlé sous un faux nom, et je m'attendais à devoir rendre des comptes un jour. J'y suis prêt. »

Malgré ces paroles franches et courageuses, sa voix tremblait légèrement ; il avala sa salive et poursuivit d'un ton un peu plus aigu : « Si vous souhaitez exiger satisfaction de moi, vous en avez le droit. » Ses mains se crispèrent imperceptiblement, comme si elles cherchaient vaguement à s'échapper. « Si vous souhaitez m'accuser officiellement, vous en avez aussi le droit. Je puis seulement vous dire que, lorsque j'ai agi cette nuit-là, je croyais le faire au nom de la justice. J'avoue, monsieur, avoir tué votre frère militaire, mais non sans y avoir été provoqué : j'ai été trompé, monsieur, trompé par la fausse identité de votre frère et trompé par la catin que j'avais prise pour épouse. »

Il se jeta soudain sur son bureau, ouvrit brutalement un tiroir et y plongea la main. Je reculai de deux pas, certain qu'il allait en tirer un pistolet et m'abattre ; mais non : les mains tremblantes, il sortit une liasse de documents attachés par un cordon. Il défit le nœud, la ficelle tomba, les papiers se répandirent sur le bureau, et je les reconnus alors ; pourquoi elle les avait gardés, je l'ignorerai toujours, mais je suis prêt à parier qu'il ne manquait pas une seule des lettres que j'avais écrites à Carsina quand j'étudiais à l'École. Au sommet de la pile, couverte de traces de doigts comme si on l'avait ouverte et lue à plusieurs reprises, se trouvait une enveloppe adressée, de la main de ma sœur, à mon ancienne fiancée. Thayer toussa comme s'il tentait de dissimuler un sanglot puis tira un autre document du tiroir ; j'identifiai les papiers d'enrôlement que j'avais signés à mon entrée dans le régiment. L'accompagnait une enveloppe avec une adresse écrite de la main de mon père.

« Je ne savais pas que c'était votre frère, reprit Thayer d'une voix étranglée. Je ne savais pas que lui et Carsina avaient été... ensemble. Je n'en avais aucune idée avant de devenir commandant. Il régnait le plus grand désordre dans les archives de Lièvrin, et l'autorité avait si souvent changé de mains depuis sa mort que personne n'avait pris le temps de les classer ; j'ai donc dû m'en charger. J'ai d'abord découvert la lettre envoyée par votre père où il avertissait le colonel Lièvrin que votre frère chercherait peut-être à s'enrôler ; elle se trouvait dans les papiers personnels du colonel, et j'ai jugé cette missive pitoyable en me demandant pourquoi il l'avait gardée. Et puis, au dos de l'enveloppe, j'ai remarqué un mot qu'il avait griffonné. »

Comme des araignées, ses mains s'aventurèrent pour saisir l'enveloppe et la retourner. Mon sang se glaça dans mes veines, et je m'efforçai de respirer calmement en adoptant l'attitude de mon frère s'il avait eu à écouter cette petite histoire sordide. Thayer avala bruyamment sa salive, et ses doigts tremblants laissèrent échapper l'enveloppe. Il prit une inspiration hachée. « Je n'en croyais pas mes yeux, monsieur, mais, quand j'ai cherché les documents d'enrôlement de Jamère Burve, je n'ai plus pu nier la réalité. » Il leva les yeux vers moi, les traits tirés, et poursuivit d'une voix étranglée : « Savoir que votre frère était un enfant de la noblesse, un fils militaire qui avait mal tourné, était déjà difficile, et j'éprouvais un sentiment de culpabilité terrible de l'avoir... qu'il ait péri ainsi. Mais il y avait pire encore, monsieur, bien pire pour moi. »

Il se tut, les yeux baissés ; ses mains erraient sur les lettres éparpillées. « Je me sentais coupable, monsieur, mais surtout peiné de ce que les vôtres avaient supporté. J'ai voulu écrire à votre père, mais je n'ai pas pu ; j'en ai été incapable. J'ai songé qu'il valait peut-être mieux le laisser dans l'ignorance du sort de son fils dévoyé. Mais, au début du printemps, un courrier est arrivé, et j'ai eu peine à en croire mes yeux : il y avait une lettre pour ma Carsina, feue mon épouse bien-aimée ! Et elle provenait de la sœur de l'homme qui l'avait harcelée de ses attentions avant de profaner son corps. Je n'arrivais pas à y croire. Comment avait-elle connu Carsina ?

» La curiosité a été la plus forte : j'ai ouvert la lettre, et ce que j'ai lu m'a déchiré le cœur : elle explicitait la relation entre l'homme que j'avais tué et la femme que j'avais aimée et me faisait comprendre que mon amour pour Carsina n'avait été qu'un mensonge. J'avais été un sot ; elle avait dû se moquer de moi pendant que je lui offrais mon nom. Alors j'ai fouillé dans ses affaires, et j'ai trouvé d'autres lettres, dont une plus ancienne de votre sœur, qui dissimulait un message pour votre frère afin que Carsina le lui remette ; j'ai compris alors qu'elle le voyait. Et, sous ses chemises de nuit, attachées avec un ruban comme s'il s'agissait d'un trésor, j'ai découvert toutes ces lettres que Jamère lui avait envoyées par dizaines, où il l'entretenait de sujets tout à fait inconvenants.

» Elle m'avait menti, cette catin sans cœur ; elle m'avait fait croire qu'elle était intacte et pure. Mais j'ai là la preuve de sa perfidie ; c'était une traînée et une menteuse. Et, à cause d'elle, j'ai ôté la vie à un homme ! »

L'indignation me saisit. « Elle n'était rien de tout ça ! » m'exclamai-je. Je n'eusse jamais imaginé qu'un jour je défendrais la réputation de Carsina, surtout devant son mari, mais, telle que je me la rappelais, je ne pouvais me taire. « C'était une jeune fille effrayée, terrifiée à l'idée que, si vous appreniez qu'elle avait été fiancée à un homme que vous méprisiez, vous rompriez votre engagement ; je la connaissais depuis l'enfance et je puis vous garantir que c'est vrai. Elle pensait avoir trouvé le grand amour avec vous. » Je m'étais approché du bureau, et je m'y appuyai des deux mains pour me pencher vers lui et lui assener la vérité. Epinie avait raison : il y a des gens qu'on doit forcer à voir la réalité en face. « Dans son dernier souffle, elle a parlé de vous avec amour ; elle m'a demandé d'aller vous chercher parce que vous aviez promis de ne jamais la quitter. Oui, je lui ai donné mon lit pour s'allonger, mais je ne l'ai pas touchée, capitaine ; et, pendant nos fiançailles, je lui ai peut-être volé un baiser ou deux, mais rien de plus ! »

Il me regarda fixement, l'air horrifié. « Mais… votre frère… » Il se laissa aller contre le dossier de sa chaise, la tête levée vers moi ; je plantai mes yeux dans les siens, rendu stupidement téméraire par la colère. « Non, dit-il d'une voix défaillante. C'est vous. C'était vous. Vous êtes Jamère Burvelle. Mais… vous êtes… vous étiez… je vous ai tué. » Il se leva brusquement et faillit renverser son siège en tentant de s'écarter de moi, les mains tendues devant lui, les doigts crispés ; ils tremblaient. « Je vous ai étranglé de mes propres mains ; mes pouces se sont enfoncés dans votre gorge de gros porc, et vous, vous m'avez supplié en hurlant de vous épargner, tout comme Carsina avait dû hurler. Mais je n'ai pas eu pitié de vous, pas plus que vous n'aviez eu pitié d'elle…

— Je ne lui ai jamais fait de mal, et vous ne m'avez pas tué. » Je m'exprimais d'un ton sans réplique. « C'est un souvenir artificiel.

— Je vous ai tué, rétorqua-t-il avec une absolue conviction. Vous vous êtes pissé dessus, et, quand j'ai laissé tomber votre cadavre, mes hommes ont éclaté en acclamations. J'avais agi en homme d'honneur : j'avais vengé le viol de mon épouse. » Il se tut et regarda son bureau ; il était blême, et la sueur perlait à son front. « Mais ensuite j'ai découvert les lettres : elle s'était moquée de moi. Ces mots doux, cette timidité, cette attitude hésitante, tout ça pour se payer ma tête ! » Sa voix tomba sur ces derniers mots, qu'il prononça de manière hachée. « Riiez-vous de moi ensemble lorsqu'elle sortait discrètement vous rejoindre ? Vous amusiez-vous de la comédie que vous jouiez dans la rue pour faire croire à tous que vous ne vous connaissiez pas ? Vous gaussiez-vous de moi en touchant son corps, en baisant ses lèvres ? Ses lèvres de catin ?

— Ne parlez pas d'elle ainsi », dis-je tout bas, mortellement calme ; je défendais la petite fille insouciante et irréfléchie que j'avais connue. « Ce n'était pas une catin, capitaine, mais une enfant qui se sentait seule et qui avait peur, avec trop de cœur et pas assez de cervelle, qui rêvait d'une grande histoire avec un bel officier de la cavalla, une enfant que les circonstances avaient forcée à jouer le rôle d'une adulte. »

Il n'avait pas dû entendre un seul mot de ce que j'avais dit ; il était dérangé. « Je vous ai tué, répéta-t-il, les yeux écarquillés. Je me rappelle clairement la scène ; comme un homme, je me suis dressé et je me suis vengé. Mais aujourd'hui il ne reste que honte et déshonneur, parce qu'elle m'a menti. Elle m'a menti. » Un espoir cruel s'alluma soudain dans son regard. « Mais tout le reste, c'est vous, n'est-ce pas ? Vous avez tué la putain, Fala, et vous avez empoisonné les hommes ; vous méritez donc quand même de mourir !

— Non », murmurai-je. Je contournais subrepticement le bureau pour me rapprocher de lui. Je devais l'assommer rapidement sans lui laisser le temps d'appeler le sergent. « Je n'ai rien fait et je ne mérite pas de mourir. »

Il me regarda, respirant par petits à-coups hachés. « Comment pouvez-vous être là ? demanda-t-il, et sa voix se brisa, grimpant soudain dans les aigus comme celle d'un adolescent. « Je vous ai tué ; comment pouvez-vous être là, si différent du monstre que vous étiez ?

— Grâce à la magie », répondis-je tout à trac. Je n'avais plus envie de discuter : la logique n'a pas de prise sur un esprit dément, et je n'éprouvais que dégoût pour un homme capable de faire porter la responsabilité de ses mauvais choix à sa défunte épouse. Je n'avais plus de temps à perdre avec lui. « La magie m'a ressuscité, et je reviens dans un seul but : vous empêcher de tuer encore une fois une personne innocente. Donnez-moi la clé de la cellule où vous détenez Amzil ; donnez-moi la clé et nous disparaîtrons de votre vie. Vous n'aurez plus jamais à penser à nous ; vous pourrez nous oublier. »

Sa main le trahit : elle se porta vers la poche de sa veste comme pour protéger les clés qu'elle contenait. Puis il se reprit, et un calme étrange parut l'envahir. « Non, fit-il à mi-voix, non, vous n'existez pas. C'est encore un rêve, n'est-ce pas ? Un cauchemar ? » Il pointa sur moi un index accusateur. « Le médecin disait pourtant que le reconstituant devait y mettre un terme. » Il paraissait croire que j'allais disparaître.

« Ce n'est pas un rêve ; je suis bel et bien là. » Je me frappai du poing sur la poitrine. « Mais je ne veux de mal à personne ; je désire seulement la clé. Pourquoi ne pas me la remettre, que tout s'achève enfin ? »

Son regard parcourut vivement la pièce. Avait-il seulement entendu ce que j'avais dit ? Cherchait-il un moyen de m'échapper ? Une arme ? S'il appelait le sergent, le sous-officier l'entendrait certainement, or je ne voulais pas affronter les deux hommes en même temps. Je me dirigeai vers la porte ; il crut sans doute que j'allais sortir, mais je tirai le loquet et me retournai brusquement vers lui. Il n'avait pas bougé, les yeux un peu plus écarquillés.

Je me rapprochai lentement de lui en expliquant d'un ton posé : « Thayer, tout ce que je veux, ce sont les clés de la cellule. Nul ne saura rien de cette histoire ; vous pouvez brûler ces lettres, vous pouvez vous rappeler

Carsina telle qu'elle était, gentille, jolie et très amoureuse de vous. Oubliez les répugnants mensonges qui ont germé dans votre esprit et redevenez l'homme que vous étiez. »

Il secoua la tête ; des larmes perlèrent à ses yeux, et certaines roulèrent sur ses joues ; il avait une voix aiguë. « Il faut une punition ; vous m'avez ridiculisé, tous les deux. Il faut que quelqu'un paie. » Il me regarda et agrandit soudain les yeux ; je n'y lus aucune rationalité. « Vous êtes revenu sous les traits d'un Ocellion ; on vous a vu. Vous êtes responsable de la mort de tous mes hommes ; vous leur avez fait payer de leur vie mes erreurs, et maintenant vous venez me tuer.

— Je n'ai aucune envie de vous tuer, Thayer, répondis-je en mentant effrontément ; je veux seulement les clés, rien d'autre. » J'avançai lentement d'un pas vers lui, et il recula d'un mouvement aussi fluide que celui d'un partenaire de danse, mais en direction de la cheminée, non de son épée pendue au mur. Parfait ; je fis un nouveau pas en avant, et il continua de battre en retraite.

« Il faut une punition ; il faut que quelqu'un paie. » Il répétait ces mots comme une prière, les deux mains levées et tournées vers moi. « Savez-vous que je recevrai le fouet demain ? Je m'y suis condamné, et je n'ai pas peur : je ne mérite pas moins. Ça ne vous satisfait-il pas ?

— Non, pas du tout. » Je ne pouvais dissimuler le dégoût que m'inspirait cette idée. « Et vous ne devriez pas vous infliger ça ; vous soumettre au fouet avant de faire pendre une innocente ne changera rien. C'est une lâcheté pour éviter de reconnaître le mal que vous avez fait. Si vous voulez agir en homme, avouez vos fautes. Disculpez-moi ; rendez-moi ma vie. »

L'espace d'un instant, tout me parut parfaitement simple ; cet homme pouvait m'innocenter, convoquer un tribunal militaire et me blanchir de toute charge. Il n'existait pas de preuves formelles contre moi, et les esprits s'étaient calmés ; l'espoir d'une rédemption scintillait devant moi jusqu'à ce qu'il le fracassât.

« Non.

— Pourquoi ? » Il avait encore reculé. Sans bouger, j'attendis sa réponse.

« Parce que… parce que tout le monde se moquerait de moi ; tout le monde apprendrait que vous m'avez trompé tous les deux, que vous m'avez fait cocu. Tout le monde apprendrait quel imbécile j'ai été ! Et vous… » Il pointa soudain sur moi un index accusateur. « Vous avez tué la putain, chacun le sait. Vous avez commis un crime, et le crime doit être puni. Il doit être puni ! » Il n'avait pas tout à fait crié, mais je me raidis ; je n'avais pas envie que le sergent entendît du remue-ménage et tentât d'ouvrir la porte.

« Non, Thayer », dis-je à mi-voix. L'espoir d'une résolution intelligente de l'affaire était mort en moi ; l'officier n'avait plus une once de santé mentale. Seul comptait désormais pour moi de libérer Amzil et de l'emmener en sécurité. Brusquement, je pris conscience des minutes qui s'égrenaient ; le sergent s'attendait sûrement à voir son capitaine sortir de son bureau et le relever de ses devoirs pour la nuit. Il était temps de mettre fin à cette comédie. Je respirai profondément pour me calmer puis m'approchai du capitaine et m'efforçai de m'exprimer d'un ton raisonnable tandis que la haine brûlait dans mes veines. « Rien ne vous oblige à vous punir ; tout le monde a déjà bien assez été puni. Vous étiez fou de chagrin, vous n'étiez pas vous-même cette nuit fatale où vous avez commis ces actes, prononcé ces paroles terribles ; et vous n'avez rien fait, quoi que vous croyiez. Vous ne m'avez pas tué. Vous me voyez, n'est-ce pas ? Je suis là, devant vous. Vous n'avez pas à vous châtier. Et vous savez, je pense, qu'Amzil a tué l'homme pour se défendre, elle-même et ses enfants. Elle n'a pas mérité la mort. » Je parlais d'un ton calme, apaisant, tout en me rapprochant discrètement de lui. Je mourais d'envie de bondir sur lui pour l'étrangler, mais je devais surtout obtenir les clés et tirer Amzil de sa cellule sans le pousser à donner l'alarme.

« Oh ! Non, elle aussi mérite d'être châtiée : c'est une putain. Elle a beau le nier, c'est une putain. Elle… C'est sa faute. Une fois, je suis allé à Ville-Morte. Elle prétend le contraire, mais c'est une putain. Une putain. » Il hochait la tête à ses propres propos. De mon côté, je m'efforçais de comprendre ce que je venais d'entendre, pris de vertige devant cet aveu ; pas étonnant qu'Amzil l'eût détesté, comme si elle ou moi avions besoin d'une raison supplémentaire.

Il tendit l'index vers moi, accusateur. « C'était une putain, et vous un meurtrier ! Et ma femme une catin ! » Il cria ces derniers mots, puis sa voix retomba dans un murmure rauque tandis qu'il reculait vers la cheminée. « Et vous m'avez tous obligé à commettre des actes terribles ; il faut tous vous punir !

— Vous êtes fou ! » dis-je, et je voulus dégainer mon sabre, mais la lame piquée, entaillée, se prit dans le cuir en lambeaux du fourreau. Je tirai d'un coup sec et arrachai mon arme et son fourreau de mon ceinturon. À cet instant, Thayer se retourna, saisit le tisonnier qui pendait au serviteur et se rua vers moi en le brandissant bien haut. Je tentai de bloquer le coup mais ne réussis qu'à l'atténuer ; la barre de métal me frappa à la clavicule, et j'étouffai un cri de douleur : il ne fallait surtout pas attirer l'attention du sergent. Le tisonnier descendit le long de mon épaule ; je m'en emparai au passage et enfonçai la poignée dans la poitrine de Thayer. Il eut un hoquet de souffrance, les yeux exorbités. Je lâchai mon arme inutile et m'empoignai avec lui, tandis qu'il s'accrochait stupidement à son tisonnier ; je le pris à bras-le-corps pour l'empêcher de l'abattre à nouveau sur moi.

Il avait les dents dénudées comme un animal sauvage et on ne lisait nulle intelligence humaine dans ses yeux. Il tenta de me mordre au visage ; je reculai la tête puis la ramenai violemment vers l'avant et le heurtai front contre front. Je vis trente-six étoiles, et il en profita pour me porter sans beaucoup de force un nouveau coup qui me toucha à la hanche. Plus grand que lui, je réussis à le soulever du sol puis, aidé de mon poids, à le faire basculer ; nous tombâmes ensemble sur le parquet avec un bruit qui me parut assourdissant. Il fallait en finir rapidement, avant que le sergent ne vînt s'enquérir de ce qui se passait. Je saisis mon adversaire au col, m'assis sur lui et lui frappai durement l'arrière du crâne sur l'angle de la cheminée. Un bref instant, son regard devint flou, puis ses mains jaillirent pour me saisir à la gorge ; je collai le menton sur ma poitrine, et, tandis qu'il cherchait une prise, je lui cognai à nouveau la tête sur la pierre.

La troisième fois, il y eut un bruit mouillé quand son crâne heurta la maçonnerie, et Thayer s'amollit brusquement entre mes mains, tandis que ses yeux vibrionnaient dans leurs orbites. Le cœur au bord des lèvres, je gardai néanmoins ma prise sur son col, de crainte d'une ruse. Sa tête roula sur le côté, et il émit un bruit étrange, les yeux ouverts, la bouche pendante.

Tremblant, je me relevai. Une flaque de sang s'élargissait lentement sous sa tête. Était-il mort ? L'avais-je tué ? Peu importait ; je plantai un genou en terre et fouillai vivement ses poches ; l'anneau qui portait ses grosses clés en bronze se trouvait là où je m'y attendais, et je le pris.

L'envie de fuir me taraudait, mais je savais que je devais rester calme. Je me redressai, repris mon souffle, me recoiffai, ramassai mon chapeau tombé au sol et rajustai ma veste, puis je m'approchai du bureau, réunis toutes les lettres que j'avais écrites à Carsina, les deux missives que ma sœur lui avait envoyées, mes documents d'enrôlement et le petit message méchant de mon père. Je me refusai à lire ce dernier. Je jetai un coup d'œil dans le tiroir d'où il avait sorti les papiers ; une odeur de produit pharmaceutique s'en dégageait. Il n'y restait rien d'autre que deux bouteilles vides, une à demi pleine et une cuiller à soupe collante. Du reconstituant de Guetis. J'allai à la cheminée et lançai les lettres une à une dans le feu, puis les remuai consciencieusement à l'aide du tisonnier afin de m'assurer que chaque page brûlait complètement. Enfin, je remis l'ustensile à sa place.

Je jetai un coup d'œil au capitaine : il n'avait pas bougé, mais je vis sa poitrine se soulever légèrement. Il était donc encore vivant. Je ramassai mon sabre inutile, le renfonçai complètement dans son fourreau et le glissai dans mon ceinturon en espérant faire assez illusion pour résister à un examen superficiel. À pas de loup, je gagnai la porte et défis le loquet, puis je revins auprès de Thayer. Ses yeux s'étaient fermés. Je pris une grande inspiration et me laissai tomber à genoux à côté de lui.

« Oh non ! Qu'y a-t-il, capitaine Thayer ? Qu'avez-vous, qu'avez-vous ? » Je criai encore plus fort : « Sergent ! Sergent, venez vite ! Il y a eu un accident ! »

Personne ne vint. Je me relevai d'un bond, allai à la porte et l'ouvris : le sous-officier revenait de l'extérieur, et il me lança un regard coupable ; il sentait le tabac fort et bon marché. Très agité, je lui dis en bafouillant : « Il a dit qu'il ne se sentait pas bien, et puis il a été saisi d'une espèce de soubresaut, il a essayé de parler, et il est tombé à la renverse en se convulsant ! Je vous ai appelé, sergent, mais vous n'étiez pas là ! Le capitaine fait une espèce de crise ! Il est tombé et il s'est cogné la tête ; il ne me répond pas ! »

Comme l'homme entrait en trombe pour examiner son commandant, je lançai : « Je vais chercher un médecin. Ne le laissez pas seul ! Il risque de s'étouffer. Où est l'infirmerie ?

— Plus loin dans la rue, sur votre droite ! Dépêchez-vous ! » cria-t-il par-dessus son épaule.

Je sortis au pas de course en claquant la porte derrière moi, et tournai à gauche vers la prison. La rue était sombre, hormis la lueur qui filtrait de certaines fenêtres et l'éclat des lampes à l'entrée d'une caserne ; je traversai la flaque de lumière aussi silencieusement que possible, en me demandant si j'avais joué en vain la comédie ou si j'avais vraiment réussi à gagner du temps. Le sergent demeurerait un bon moment au chevet du capitaine, croyant que les secours allaient arriver ; ne voyant rien venir, il finirait par appeler à l'aide, voire par aller chercher lui-même le médecin, qu'il devrait sans doute tirer du lit étant donné l'heure avancée. Il s'écoulerait donc sans doute quelque temps avant que quiconque eût le loisir de se demander où était passé le visiteur tardif du capitaine. Parvenu à la prison, je m'arrêtai pour reprendre mon souffle ; mon imagination peuplait la rue obscure de silhouettes tapies dans les ombres. Non, c'était ridicule ; je devais m'en tenir aux dangers réels, au nombre de deux ; l'élément de surprise pourrait m'aider. Dans le noir, en attendant que ma respiration s'apaisât, je m'efforçai d'inventer une histoire pour expliquer ma présence dans la prison, les clés à la main ; je n'en trouvai pas, et les minutes s'égrenaient inexorablement.

Je descendis sans bruit les marches de pierre. La porte devait donner sur les cellules en sous-sol. Les mains tremblantes, je cherchai à tâtons le trou de la serrure. Il y avait quatre clés au trousseau, et la troisième fit tourner le mécanisme avec un claquement sec ; je me figeai, l'oreille tendue. Rien. Si : une voix, étouffée par la distance ou l'épaisseur d'une porte, à l'intérieur du bâtiment ; une voix masculine. J'ouvris la porte, la franchis discrètement et la refermai derrière moi. Je me trouvais dans un couloir au sol pavé que je me rappelais très bien ; à un crochet, une lanterne dispensait une lumière imprécise ; les portes des cellules, décalées les unes par rapport aux autres, avaient chacune un judas à hauteur d'yeux et une ouverture horizontale au bas pour y glisser un plateau. Je passai devant celle que j'avais occupée sans y jeter un regard : Amzil n'y était sûrement pas, puisque, selon Spic, on l'avait placée dans un mitard dépourvu d'ouverture.

Au bout de six cellules, je parvins devant une seconde porte, fermée à clé elle aussi. Par chance, je choisis tout de suite la bonne clé ; je la tournai dans la serrure puis mis l'oreille contre l'huis. La voix masculine, plus forte, faisait comme un bourdonnement monotone. Il n'y avait pas de judas dans la porte, mais une lumière plus forte s'étalait en dessous. Je pris une inspiration, dégainai mon épée et ouvris.

Un autre couloir, celui-ci éclairé par une succession de lanternes fixées à des crochets muraux.

À l'autre extrémité, une porte entrouverte, qui laissait échapper de la lumière et la voix masculine. Je tendis l'oreille un instant. L'homme chantait-il ? Non, il récitait quelque chose et répétait sans cesse les mêmes phrases. Je m'approchai subrepticement ; j'avais parcouru la moitié du couloir quand je reconnus les paroles.

C'était la prière du soir que ma mère m'avait apprise dans mon enfance. Il la répétait d'une façon horrible, sans reprendre son souffle, ce qui évoquait une terreur sans limite, et j'en eus les poils hérissés sur la nuque. Vif et silencieux comme un félin des plaines, je parvins au bout du couloir et coulai un regard par l'ouverture.

Il me fallut quelques instants pour comprendre ce que je voyais. Dans une petite salle de garde meublée d'une table et de deux chaises et fermée à l'autre bout par une porte, un soldat était attablé, le menton posé sur la poitrine ; un autre était assis sur son siège avec la raideur du garde-à-vous ; c'était lui qui récitait sans cesse sa prière désespérée. Toutes les surfaces de la pièce, les murs, le sol, le dessus de la table, et les hommes eux-mêmes étaient recouverts d'un réseau de racines blêmes ; seuls échappaient à cet entrelacs les gonds et les renforts en fer de la porte. La trame escaladait le garde avachi, comme si elle lui tissait un suaire de dentelle crème ; elle s'enfonçait en lui comme le lierre dans un mur de pierre et fixait ses vêtements dans sa chair. Il était manifestement mort.

Mais l'autre soldat était tout aussi manifestement vivant. Les racines lui plaquaient les bras le long du corps et lui liaient les jambes l'une contre l'autre. Je me demandai comment ils avaient pu se laisser submerger aussi vite et aussi complètement, puis je perdis toute envie de savoir si des racines pouvaient pousser aussi rapidement. L'homme qui me regardait émit soudain un cri aigu et dit : « oh, dieu de bonté, oh dieu de bonté, oh, dieu de bonté ! » Horrifié, je regardais les racines commencer à s'introduire dans ses oreilles ; il poussa un nouveau cri suraigu puis se tut soudain. Il se mit à parler d'une voix très calme. « Il dit qu'il fait ce que tu aurais dû faire avant de quitter la ville cette fameuse nuit. Et elle dit, elle dit, elle dit qu'elle te veut tout entier, qu'elle t'a toujours voulu tout entier, qu'elle a pleuré quand le dieu ancien a volé des parties de toi. Elle te demande d'aller à l'arbre, dehors, et elle t'y absorbera doucement. »

Il s'exprimait sur le ton de la conversation, d'une voix si posée que je répondis de la même façon. « Je ne veux pas te rejoindre, Lisana. Je désire retrouver Amzil, et ce qui reste de mon existence. »

L'homme ne dit rien. Un gargouillis lui échappa puis il se mit à secouer vigoureusement la tête en signe de dénégation. Sa bouche s'ouvrit, et un paquet rouge et humide de racines se déversa sur sa poitrine.

Et, derrière la porte du fond, je perçus le cri étouffé d'une femme.

« Amzil ! » m'exclamai-je, mais elle ne dut pas m'entendre. Dans l'instant de silence qui suivit mon cri horrifié, une petite voix monta derrière moi.

« Maman ? » fit Kara dans un murmure terrifié. Je me retournai d'un bloc. Elle se tenait devant moi et regardait, épouvantée, les hommes emmaillotés de racines. Elle ne portait qu'une courte chemise de nuit blanche et n'avait rien aux pieds. D'où sortait-elle ?

« Recule ! braillai-je. Ne laisse pas les racines te toucher, Kara. Recule ! » Je me retournai vers le reste de la pièce. « Ne te mets pas en travers de mon chemin, Lisana. Je ne veux pas te faire de mal, mais je te préviens que je passe ! » Je posai la lame nue de mon épée sur le pavage et avançai ainsi dans la pièce ; les radicelles tendres qui tapissaient le sol se tordirent et s'écartèrent du contact mortel du fer. Une racine plus épaisse résista, puis se sépara en deux avec un claquement et recula. Haletant de peur, je suivis l'étroit sentier que créait mon arme ; la petite salle paraissait s'étendre à l'infini. Parvenu à la porte du fond, je dus libérer ma main droite pour essayer une clé. Elle ne marcha pas.

« Maman ? Elle est là ? »

Je jetai un regard par-dessus mon épaule. Kara était retournée dans l'encadrement de l'autre porte. Je pestai tout bas contre le crétin qui avait laissé l'enfant échapper à sa surveillance ; pourquoi était-elle venue, et comment ? Mais je n'avais pas le temps de réfléchir à ces questions. Les radicelles reformaient leur réseau derrière moi, refermaient le chemin que j'avais ouvert et se rapprochaient lentement de l'enfant. « Kara, recule ! hurlai-je. N'entre pas ! Je vais te ramener ta mère, mais n'entre pas ! »

Elle poussa un cri d'angoisse et de colère devant ma réaction furieuse, puis elle battit en retraite, mais seulement de quelques pas, me sembla-t-il. Je me détournai et enfonçai la seconde clé dans la serrure ; elle entra mais refusa de tourner. Quelque chose touchait mon pied ; quand je baissai les yeux, je vis des racines ramper sur mes bottes, et je les sentis s'ancrer dans le cuir. Rageusement, je levai les jambes pour arracher les racines, tapai du pied, puis essayai la troisième clé, qui refusa d'entrer dans le trou, pas plus que la quatrième. Je n'avais pas la clé de la porte ! Et, de l'autre côté, Amzil pleurait. « J'arrive, Amzil, je suis là, j'arrive ! » criai-je à travers l'épais battant, mais j'ignorais si elle m'avait entendu.

J'abattis mon épée sur les racines qui s'approchaient, et les plus minces reculèrent encore, mais une partie de la trame avait grossi et ne céda pas. J'essayai à nouveau les clés, ne sachant plus que faire, et, comme précédemment, seule la deuxième entra dans la serrure. Je la secouai à grand bruit, puis, pris d'une inspiration, je la retirai légèrement du trou et la tournai ; le mécanisme obéit ; j'arrachai le cadenas du loquet et le jetai furieusement derrière moi. Il atterrit sur les racines, qui s'en écartèrent comme si j'avais versé un verre d'eau bouillante sur une fine épaisseur de glace.

Je saisis la poignée, mais la porte ne bougea pas : les racines agglutinées le long du battant le maintenaient solidement fermé. Avec un cri de rage, je me mis à les frapper à coups d'épée. Derrière moi, j'entendis à nouveau la voix de Kara. « Jamère, est-ce qu'elle va mourir ? Les cordes la mangent ?

— Recule ! » hurlai-je, et, d'une traction puissante, j'ouvris la porte. La pièce que je découvris n'était pas plus grande qu'un placard, si bien que son occupant devait choisir entre rester debout ou s'accroupir, et elle puait la vieille urine et la peur. Amzil poussa un cri déchirant quand la lumière entra dans la cellule ; elle se tenait dans un angle et dansait d'un pied sur l'autre pour échapper aux racines tâtonnantes. Sur ses jambes, de petites piqûres saignaient, et les radicelles blêmes se tordaient avec délices quand des gouttes de sang tombaient sur elles.

« À moi ! criai-je à Amzil comme si je ralliais mes troupes pour lancer une attaque. Amzil, à moi ! »

Je ne pense pas qu'elle me reconnut, mais elle bondit d'abord dans mes bras, puis grimpa sur mes épaules. Elle émettait d'effrayants petits cris haletants qui se muèrent en un hurlement d'horreur quand nous entendîmes une petite voix : « Maman ! Maman, aide-moi ! Jamère, au secours, au secours ! »

Je voulus me retourner mais n'y parvins pas, les pieds fixés au sol par la trame de racines, et je poussai un hurlement de rage en sentant les petites pointes pénétrer le cuir et mordre dans ma chair. Je pivotai enfin et vit Kara qui criait de toutes ses forces à la vue d'une racine qui s'enroulait autour de sa jambe nue et maigre ; les vrilles blêmes prirent soudain une teinte rosée. « Sauvez-la ! » lançai-je à Amzil, et je décrochai de mon dos la femme que j'aimais pour la projeter à l'autre bout de la pièce ; elle atterrit sur le tapis végétal mouvant, poussa un glapissement de terreur et rebondit comme un chat sur un fourneau brûlant ; elle traversa l'espace sans paraître toucher le sol et franchit la porte pour rejoindre Kara. Je tentai de tirer sur mes jambes mais mes bottes ne décollèrent pas, et je sentais les racines, tels des vers blanchâtres, qui s'enfonçaient dans mes pieds ; je les frappai à coups d'épée, mais j'étais resté immobile trop longtemps, et elles avaient crû en épaisseur ; le fer les entaillait mais ne les tranchait pas.

« Kara ! Kara ! » cria Amzil. Elle s'efforçait d'arracher sa fille à l'étreinte de la racine, mais celle-ci s'enroulait plus étroitement sur sa jambe et mordait davantage la maigre chair de la fillette.

« Libérez-la ! » hurlai-je en lui lançant mon sabre. Elle l'attrapa par la lame et poussa un cri en se coupant les doigts, mais elle le retourna, le saisit par la poignée et l'abattit à coups redoublés sur la racine comme si elle fouettait le sol. Dans ma tête résonna une exclamation de douleur, et la racine céda.

Puis j'entendis Fils-de-Soldat qui s'exprimait d'une voix claire dans mon esprit. « Elle veut te récupérer, mais j'ignore pourquoi ; je me trouve beaucoup mieux sans toi. Néanmoins, Lisana désire que tu nous rejoignes, et donc tu vas nous rejoindre. Viens à nous, Jamère.

— Non ! » dis-je, et, quelque part, une voix de femme horrifiée fit écho à ma réponse. Mais je m'exprimais sans vigueur ; les radicelles qui avaient pénétré dans mes bottes s'insinuaient dans mes pieds et me vidaient de mon sang et de ma volonté. Serait-ce un sort si terrible ? Je retrouverais mon unité, mon intégralité, avec une femme que j'aimais, une femme qui m'aimait, et nous vivrions très longtemps. N'était-ce pas ce que je souhaitais ? Je connaîtrais enfin la paix.

« Tout ira bien », intervint Lisana à mi-voix. Une douce léthargie se répandait en moi. « L'enfant emmènera la femme là où elle doit aller ; elles s'enfuiront ensemble, et tu me reviendras. Ce sera la fin de tout ce qui te divise, la fin d'une fausse existence. Tu retrouveras ta vraie place, la tienne depuis toujours. »

Je levai les yeux vers Amzil. Elle se tenait une dizaine de pas en retrait de la porte, Kara dans les bras, l'épée à la main. « Sauvez-vous ! me cria-t-elle. Retirez vos bottes et sauvez-vous !

— Je ne peux pas ; elle me tient. » Je réussis à sourire. « Allez-vous-en, Amzil ; refaites-vous une vie meilleure. Kara sait où se trouvent le cheval et la carriole ; Epinie y a entreposé des affaires. Fuyez, et ne vous arrêtez pas à Ville-Morte : c'est là qu'on vous cherchera. Enfoncez-vous dans la campagne et cachez-vous dans la forêt ; elle n'est pas aussi dangereuse. Allez !

— Non ! » cria-t-elle. Elle frappa à coups d'épée les racines qui avançaient vers elle, et elles reculèrent, mais cela ne changea rien à ma situation. Hurlant de rage, elle serra sa fille contre elle et partit en courant. Je les regardai s'enfuir, entendis le claquement de ses pieds dans le couloir pavé et sentis les radicelles s'enfoncer davantage dans ma chair. C'était fini ; j'avais récupéré ce que j'avais pu de mon ancienne existence, et il était temps à présent de m'en débarrasser. Je pris la résolution de ne pas hurler.

Mais, un instant plus tard, je hurlai néanmoins alors que des flammes envahissaient la pièce. Amzil envoya une deuxième lanterne s'écraser par terre à la suite de la première ; elle se brisa, et le pétrole éclaboussa mes bottes et le bas de mon pantalon. Les flammes avides bondirent à la suite du liquide. « Et maintenant, sauvez-vous, grand nigaud ! » me cria Amzil. Elle pénétra dans la pièce, à travers le feu, en tapant par terre avec le sabre ; les racines se tordaient sous la chaleur, et j'entendis Fils-de-Soldat pousser un hurlement de rage.

Sans se soucier de la chaleur ni des racines, Amzil continua d'abattre l'épée sur le sol, taillant un cercle autour de moi et me libérant peu à peu ; tout en œuvrant ainsi, elle écartait à coups de pied les racines qui tentaient de s'approcher de ses chaussures légères. Je réussis enfin à lever les pieds, et, comme un chien attaché, je tirai sur les derniers liens qui me retenaient. Le rugissement furieux de Fils-de-Soldat s'éteignit soudain dans mon esprit quand un grand coup de sabre trancha la dernière racine. Les flammes alimentées par le pétrole léchaient les murs et bondissaient vers les jupes d'Amzil, et le tapis de racines en feu émettait une fumée suffocante. Kara était revenue à la porte. « Sortez de là ! » lança-t-elle d'une voix stridente, et elle jeta une nouvelle lanterne dans le feu. Elle se fracassa, et les flammes s'élevèrent en grondant de plus belle. Je saisis Amzil à bras-le-corps, la soulevai au-dessus du feu, et nous nous enfuîmes. Le couloir devant nous était sombre, éclairé seulement par l'incendie derrière nous. En passant près de Kara, je voulus la prendre par le bras, mais elle se montra plus rapide et grimpa sur moi comme un petit singe pour aller s'agripper à sa mère. Je sentis à peine ce poids supplémentaire et continuai de foncer.

Le feu ne craint pas la magie, me dis-je, et je jetai un regard par-dessus mon épaule : la fumée roulait vers nous en un épais nuage, et les poutres du plafond commençaient à brûler. J'ouvris la porte, me courbai pour la franchir avec mon fardeau et la refermai vivement derrière moi. Nous avions gagné l'extérieur, mais nous demeurions dissimulés dans le renfoncement de l'escalier qui menait aux cellules. Amzil se laissa glisser jusqu'au sol ; Kara pleurait, les épaules convulsées de terreur. « Chut ! fis-je. Il ne faut pas faire de bruit. »

Après l'éclat du feu, les rues de Guetis nous parurent anormalement obscures. La porte du quartier général, entrouverte, déversait un flot de lumière. Nous sortîmes avec précaution de l'escalier enterré, et, quand Amzil fit mine de s'engager dans la ruelle, je lui pris la main et l'entraînai dans l'autre direction ; je ne voulais pas passer devant l'arbre. Adoptant une allure à la fois vive et discrète, nous quittâmes la grand-rue dès que nous le pûmes. « Il va falloir gagner une des portes du fort à partir d'ici, dis-je, en nous déplaçant discrètement, sans nous faire voir. »

Les sanglots étouffés de Kara s'interrompirent, et elle dit d'une petite voix étranglée : « Celle de l'est ; c'est par là que je suis entrée. Le garde se cache derrière sa guérite pour boire, tout le monde le sait. Il sent le reconstituant de Guetis. »

Elle avait raison.

Une fois sortis de l'enceinte, nous empruntâmes les rues de Guetis en claudiquant : mes pieds me faisaient un mal de chien, et Amzil ne paraissait guère moins souffrir que moi. Je proposai de porter Kara, mais sa mère refusa de la lâcher. Comme nous nous dirigions vers la maison à la sortie de la ville où les autres enfants et la carriole nous attendaient, je demandai tout bas à Amzil : « À quel moment m'avez-vous reconnu ?

— Quand Kara vous a appelé par votre nom ; mais je pense que j'avais compris avant, quand vous m'avez jetée à travers la pièce avant de me lancer une épée.

— Pourquoi ?

— À cause de l'expression de vos yeux. Je ne sais pas comment vous pouvez être revenu, ni même comment ça peut être vous, mais j'en suis contente. »

Le moment était mal choisi pour tenter de l'embrasser, sans compter que j'ignorais comment elle réagirait si je la serrais contre moi devant sa fille ; nous continuâmes donc à marcher en silence jusqu'à ce qu'elle s'exclamât soudain d'un ton exaspéré : « Il faut donc que je fasse tout ? » Elle me prit la main, me forçant à me tourner vers elle, puis elle se plaqua contre ma poitrine, et mes bras se refermèrent sur la mère et la fille. Je baisai le sommet du crâne d'Amzil ; elle sentait l'odeur âpre du pétrole lampant et de la fumée. Elle leva le visage vers moi, et je courbai le cou pour l'embrasser.

Kara s'agita entre nous. « Il faut se presser, dit-elle. Il faut tirer Sem et Dia de chez cette méchante bonne femme.

— Quelle méchante bonne femme ? demandai-je, soudain effrayé.

— Pendant que la maîtresse était là, elle a fait la gentille, et elle a continué jusqu'à ce que Dia se mette à pleurer sans pouvoir s'arrêter et que ça réveille la petite. Elle a grondé Dia, et Sem lui a dit de laisser notre petite sœur tranquille. Alors elle a traité Sem d'enfant de putain et elle… elle a dit que maman avait bien mérité ce qui lui arrivait, qu'on allait la pendre demain, qu'elle était en prison, qu'on allait devenir orphelins et que, si la maîtresse avait pour deux sous de jugeote dans sa tête creuse, elle nous jetterait à la rue.

— Quelle garce ! s'exclama Amzil avec émotion.

— Oui, répondit Kara. C'est là que j'ai compris que je devais aller te chercher. J'ai pris Sem à l'écart et je lui ai dit d'obéir à la femme pour que je puisse m'en aller discrètement à la nuit, puis de mettre Dia et nos affaires dans la carriole après mon départ, en empêchant Dia de faire du bruit, et en déplaçant la voiture à l'écart de la maison.

— Mais il est trop petit ! » protestai-je. Kara répliqua calmement : « Sem est capable de beaucoup de choses quand il le veut bien. Il est très décidé, et il avait déjà aidé la maîtresse à atteler le cheval à la carriole. »

Elle avait raison. Quand nous arrivâmes à la maison, toutes les lumières étaient éteintes, et tout paraissait calme. Si la femme savait que les enfants qu'on lui avait confiés s'étaient échappés, elle n'en avait cure. D'un pas assuré, Kara passa devant la chaumine, et, au détour d'une grange délabrée, nous découvrîmes Sem assis sur le banc de la carriole, les rênes entre les mains, Dia profondément endormie à l'arrière. Kara et Amzil, fatiguées, la rejoignirent, tandis que je montais à l'avant et m'installai derrière Sem. « Allons-y, lui dis-je.

— Vous voulez conduire ? me demanda-t-il en me tendant les rênes.

— Seulement si tu ne te sens pas capable d'y arriver », répondis-je.

Il fit claquer les lanières de cuir sur le dos de la vieille haridelle, et nous nous éloignâmes dans la nuit.

11

Rétrospection

Sem conduisit jusqu'à ce qu'il se mît à dodeliner de la tête. Quand je lui pris les rênes des mains, il sursauta légèrement, puis se rendit à l'arrière et s'endormit à côté de sa mère. Malgré la route accidentée et notre roue faussée, nous continuâmes de rouler alors que l'aube se levait ; dans la lueur incertaine du ciel derrière moi, je jetais de fréquents regards en arrière, redoutant qu'on ne nous poursuivît, mais nous reprîmes espoir en n'ayant vu personne en milieu de journée. Je ne fis halte qu'à deux reprises ce jour-là, pour laisser le cheval se désaltérer ; nous partageâmes du pain sans nous arrêter, car je voulais pousser jusqu'à ce qu'il fît trop noir pour continuer sur la piste creusée d'ornières.

Nous ne parlions guère, Amzil et moi : nous avions trop à nous dire, mais nous ne tenions pas à en discuter devant les enfants. Je fus ravi quand elle vint s'asseoir sur le banc à mes côtés, et encore plus quand elle posa une main timide sur mon bras. Je lui jetai un coup d'œil en coin.

« Je vous aimais tel que vous étiez », murmura-t-elle. Elle avait encore une trace de suie sur la joue.

Je ne pus réprimer un sourire malicieux. « Ma foi, j'espère que ma nouvelle apparence ne vous déplaît pas trop. »

Elle éclata de rire. « Non ! Mais… il y a tant de choses que je ne comprends pas. Je sais, d'après ce que maîtresse – ce qu'Epinie m'a dit, que vous… enfin, que vous ressembliez à ça avant ; et elle m'a parlé aussi de la magie, mais…

— Je vais tout vous raconter, promis-je, jusqu'au moindre détail. »

Nous poursuivîmes notre route en silence. Je tremblais d'avance à l'idée de lui parler d'Olikéa et de Likari, mais, alors que l'angoisse me serrait le cœur, je décidai de ne rien lui cacher ; ou bien elle accepterait ce que j'avais fait et comprendrait que la majorité de mes actes étaient en réalité ceux de Fils-de-Soldat, ou bien elle ne me pardonnerait pas. Mais, désormais, j'en avais fini avec les faux-semblants.

Pendant le trajet, Kara fit aux autres enfants une relation haute en couleur de son aventure et de la façon dont elle nous avait secourus, Amzil et moi. Sem se moqua d'elle, ils se disputèrent, Amzil gronda les deux puis leur donna des biscuits pour les occuper ; après cela, ils jacassèrent entre eux puis se querellèrent pour savoir qui s'assiérait où. Amzil déchira tranquillement son tablier pour bander les jambes de sa fille et les siennes, après quoi Kara prit un moment les rênes pendant que sa mère insistait pour me panser aussi les pieds. Jusque-là, je n'avais pas osé ôter mes bottes et affronter les blessures que j'avais subies ; quand je m'y risquai, le spectacle me mit le cœur au bord des lèvres, et je dus serrer les dents pour m'empêcher de crier quand Amzil extirpa d'un air dégoûté les petites racines molles et roses de mes pieds. Kara l'observa avec une fascination horrifiée tout en expliquant à Sem : « Tu vois, c'est ce que je te disais ; tu ne voulais pas me croire, mais, regarde, le monstre avait enfoncé des ficelles dans les pieds de Jamère.

— Monsieur Burr, la reprit Amzil.

— Burvelle, en fait », répondis-je.

Elle leva vers moi des yeux interrogateurs.

« Je ne veux pas leur cacher ma véritable identité », dis-je.

Elle regarda le chiffon qu'elle tenait, vestige de son tablier, puis le plia soigneusement. « Je ne suis pas sûre de savoir qui vous êtes vraiment. »

J'éclatai de rire. « Moi non plus ; mais nous aurons tout le temps de le découvrir. »

Le premier soir, je dissimulai la carriole derrière un taillis à l'écart de la route, puis Sem et moi partîmes chasser avec ma fronde, mais sans succès car j'avais encore très mal aux pieds ; de toute manière, mieux valait que nous revinssions bredouilles : je préférais ne pas risquer de faire du feu, et nous eussions dû manger la viande crue. Nous fîmes un repas frugal et froid, puis couchâmes les enfants à l'arrière de notre voiture. Les deux grands s'endormirent presque aussitôt, mais la petite Dia se mit à pleurer en voyant le firmament obscur au-dessus d'elle, frappée par l'étrangeté de sa situation. En entendant sa voix plaintive et maigrelette monter vers les étoiles lointaines, j'avais presque envie de me joindre à elle. Amzil la prit dans ses bras et se mit à marcher lentement autour de la carriole en chantant tout bas, jusqu'au moment où, la fatigue l'emportant, l'enfant sombra dans le sommeil. Sa mère l'installa entre son frère et sa sœur puis vint me rejoindre. Debout dans le noir, les bras serrés sur la poitrine, elle me posa la question à laquelle j'avais réfléchi toute la journée : « Et maintenant, que faisons-nous ? Où allons-nous ? »

— Loin de Guetis, répondis-je d'un ton que je voulais optimiste et assuré, trouver une nouvelle vie. » Très délicatement, je la pris dans mes bras ; elle leva le visage vers moi et je lui donnai enfin le baiser dont je rêvais depuis longtemps, un long baiser plein de douceur, son corps plaqué contre le mien. Elle m'embrassa plus goulûment, et j'eus l'impression que nous tournoyions au centre d'un monde merveilleux et profond, un monde que je n'avais jamais vraiment connu avant cet instant. Puis elle s'écarta de moi et posa la tête sur ma poitrine.

« Amzil », dis-je, pensant les paroles inutiles.

Mais elle dit : « Tu m'as sauvée, et plus d'une fois ; tu as un droit sur moi maintenant, sans doute. Mais, Jamère… (Elle hésita, et je sentis une vague glacée me parcourir l'échine) Jamère, j'ai changé depuis que le lieutenant et maîtresse Epinie m'ont donné asile, et je ne peux plus passer ma vie à vivre d'expédients. Tu ne le croiras peut-être pas, après ce que tu as vu de moi, mais ma mère m'a éduquée pour devenir comme elle une femme respectable. Pas une aristocrate comme toi, non, rien d'aussi grand, mais une femme respectable. » Les larmes nouaient peu à peu sa gorge. « Et c'est comme ça que je veux élever mes enfants ; je veux que Kara se voie comme une femme qui mérite… qui mérite d'épouser l'homme avec qui elle couche ; qui mérite son respect. » Elle leva les mains pour essuyer ses larmes. « Et tant pis si ça vous paraît ridicule. » Elle baissa le ton comme pour m'inviter à partager son amère plaisanterie. « Une prostituée coupable de meurtre qui veut faire croire à sa fille qu'elle est une femme respectable ! »

Non sans mal, je pris une grande inspiration. « Nous entamons une nouvelle existence, Amzil ; faisons de notre mieux pour partir du bon pied. » À contrecœur, je la lâchai. « J'ai très envie de toi, mais je refuse de profiter de toi comme si tu avais une dette envers moi, pas plus que je ne veux te laisser dans l'ignorance de mon passé. Je t'aime, je le sais, mais tu dois savoir qui je suis.

Ce ne sera pas facile pour moi, mais j'attendrai. » Je me penchai et l'embrassai sur la joue. « En outre, nous sommes toujours en fuite ; cette nuit, il faut dormir autant que nous le pouvons. »

Et, même si je ne fermai guère l'œil de la nuit, jamais je n'avais fait de plus beaux rêves. Avant l'aube, je réveillai tout le monde pour une nouvelle et longue journée de voyage.

Le deuxième soir, nous nous installâmes dans un creux envahi de broussailles à l'écart de la route. Amzil souhaitait mettre de l'eau à chauffer pour laver nos plaies, mais j'hésitais à faire du feu. « Si on nous recherchait, on nous aurait déjà retrouvés, dit-elle avec agacement. Des cavaliers nous auraient facilement rattrapés. J'ai mal aux pieds, et toi aussi, sûrement ; à quoi bon fuir si nous devons mourir d'infection ? Si on devait nous rattraper, ce serait déjà fait.

— Tout dépend de la gravité de l'incendie, répondis-je. On a peut-être d'abord pensé que tu avais péri dans les flammes, mais, une fois les ruines déblayées, on a pu constater que tu avais survécu et envoyer une patrouille à notre recherche. »

Elle poussa un soupir d'impatience. « Nous sommes partis avec la carriole et le cheval, et mes enfants ont disparu. Pas difficile de deviner que j'ai quitté la ville ! Si on tenait à nous capturer, on nous aurait déjà pris. À mon avis, il est plus important de faire du feu que de nous montrer discrets. »

Elle avait gagné, mais je ramassai le bois le plus sec que je pus trouver et exigeai une flambée réduite et sans fumée. Néanmoins, je me réjouis quand elle fit bouillir de l'eau pour le thé ; une boisson chaude redonne du courage. Alors que je commençais à me détendre, un bruit attira mon attention : un énorme croas venait de se poser lourdement dans un arbre proche. Je l'observai, m'attendant au pire, mais la laide créature se borna à frotter son bec sur une branche et à nous regarder ; Amzil et les enfants n'y avaient pas prêté garde. Sem suppliait sa mère de faire des gâteaux sous la cendre comme autrefois, et Amzil fouillait dans nos victuailles pour voir si c'était possible. Sans bouger, je ne quittais pas des yeux le sinistre animal ; je songeais à ce que m'avait dit Spic, et, comme lui, j'aspirais à retrouver une existence où les oiseaux n'étaient que des oiseaux.

« Bonsoir, Jamère. »

Je tournai lentement la tête ; j'avais reconnu la voix. Tibre s'était approché de nous avec la furtivité d'une panthère en chasse et se tenait à la limite de la lueur de notre feu. En l'entendant, Kara poussa un petit cri effrayé, et Amzil se figea, dans la main la queue de la casserole qu'elle venait d'ôter du feu pour rajouter de l'eau sur les feuilles de thé.

« Bonsoir, Tibre », répondis-je avec résignation.

Il dut se rendre compte qu'Amzil représentait une plus grande menace que moi. « Bonsoir, madame », dit-il en la saluant respectueusement de la tête. Avec un sourire désarmant, il ajouta : « Puis-je vous demander une tasse de ce thé ? Il en émane un parfum très attirant. »

Elle me regarda, et je hochai la tête. Tibre se dirigea vers la flambée avec précaution, comme un félin qui se déplace en territoire inconnu ; il me sourit, adressa un signe de tête aux enfants puis s'accroupit et prit la tasse qu'Amzil lui tendait d'un air circonspect. Il ne paraissait pas vouloir parler tout de suite, mais l'attente m'était insupportable, et je lui demandai tout de go : « Qu'est-ce qui vous amène par ici ? »

Il sourit de nouveau. « Ma foi, Jamère, je suis un éclaireur ; donc j'éclaire le terrain.

— Et que cherchez-vous ? » Je savais qu'un éclaireur remplissait toutes sortes de missions, définies en général par la personnalité du commandant. Buel Faille avait dû rapporter du poisson séché pour le colonel Lièvrin, mais aussi surveiller le nombre d'Ocellions qui se trouvaient dans la région et ouvrir l'œil pour voir si des bandits de grand chemin œuvraient sur la route. La plupart du temps, il avait des contacts avec les populations indigènes et tenait lieu d'agent de liaison avec elles. Buel m'avait parlé de ces missions, et, à sa mort, Tibre avait dû en hériter.

« Eh bien, comme vous aviez mentionné avoir été attaqué et dépouillé, j'ai décidé de parcourir la route pour voir ce que je trouverais. J'ai le plaisir de vous annoncer que je n'ai repéré nul signe de bandits ni de voleurs. Vos assaillants ont dû prendre la poudre d'escampette depuis longtemps. Mais je ne suis pas ici seulement pour ça. »

Il souffla sur son thé bouillant, et je rongeai mon frein. « Il règne une certaine agitation à Guetis. Le commandant est à l'infirmerie, sans doute victime d'une espèce d'attaque d'apoplexie, d'après le médecin, et il bat un peu la campagne depuis. Ça n'étonne personne : il avait l'air légèrement instable depuis quelques mois. Le malheureux est alité, et c'est le capitaine Gorlin qui a pris le commandement du régiment. » Il but une gorgée de thé puis hocha la tête. « Il me plaît. Il est moins excité que Thayer, sauf quand sa femme lui porte sur les nerfs, et il mène les soldats par le respect et non par la peur. Les hommes paraissent soulagés. La nuit où le capitaine a fait sa crise, il y a eu un début d'incendie dans la vieille prison ; le feu a dévoré quelques poutres, et tout le bâtiment s'est effondré dans les cellules du sous-sol. » Il me regarda, leva les yeux vers le croas puis revint à moi.

« Et vous-même ? demanda-t-il sur le ton de la conversation. Je croyais que vous deviez rester dans la région de Guetis encore quelque temps. Je suis même passé chez le lieutenant Kester la nuit où il y a eu tout ce remue-ménage ; je voulais vous voir pour vous demander s'il vous intéresserait de devenir éclaireur pour le régiment, car nous sommes en sous-effectif actuellement. À la vérité, il n'y en a qu'un : moi. La peste nous a enlevé un de nos meilleurs membres l'été dernier. » Il s'interrompit et but une nouvelle gorgée de thé en m'observant par-dessus le bord de sa tasse. Je gardai le silence.

« Il s'appelait Buel Faille, reprit Tibre. Il avait quitté l'École avant que vous n'y entriez, et vous n'avez pas dû le connaître. On l'a "invité à s'en aller" alors que j'étais en première année, à peu près pour les mêmes raisons qu'on m'a invité à faire l'éclaireur ailleurs : il ne supportait pas les brutes. Il n'était pas fait pour devenir un officier classique, mais on pouvait compter sur lui en cas de coup dur et il ne laissait pas tomber ses amis. Il m'a tiré de quelques mauvais pas dans lesquels je m'étais fourré à mon arrivée à Guetis. Et les histoires qu'il racontait ! Ce gars-là pouvait vous narrer toute la journée les contes les plus échevelés, en général sur les Ocellions et leur magie, et il savait les rendre crédibles. Dommage qu'il soit mort ; vous l'auriez apprécié, je pense, et vous lui auriez certainement plu. »

Les enfants s'étaient tus ; Dia et Kara se rapprochèrent de leur mère, qui les serra contre elle ; dans la carriole, Sem cherchait discrètement quelque chose. Quand il se redressa, ma fronde pendait de sa main et il respirait précautionneusement la bouche ouverte.

Je demeurais muet et figé comme la souris sous le regard du chat. Tibre finit sa tasse et la reposa avec un soupir de regret. « Eh bien, mes amis, je dois me remettre en route. Merci pour cette agréable pause, mais j'ai du travail. Faites attention à ces bandits, Jamère – ah, et il faut que je vous avertisse ! Quand j'ai quitté la ville, une criminelle réputée dangereuse s'était évadée, et j'ai pour mission de la rechercher.

— Vraiment ? fis-je non sans mal.

— Vraiment. » Il se leva lentement. « Mais, jusqu'ici, je n'ai pas trouvé trace d'elle. Néanmoins, soyez prudent. » Il leva les bras, s'étira puis dit : « Oh, pardon, madame ! Quand on est éclaireur, on prend tellement l'habitude de n'obéir qu'à soi-même qu'on en oublie les bonnes manières. Mais c'était ce que Faille préférait dans ce métier : le fait de pouvoir décider seul. » Il tourna lentement son regard vers Sem. « Tu sais bien manier ta fronde ? En suivant la pente, là, on débouche sur une petite prairie ; je parie que tu pourrais y tirer un beau lapin d'été. Mais prends un caillou moins gros : avec celui-ci, tu assommerais un homme. » Il adressa un sourire amical à l'enfant, qui le lui rendit, gêné. Je songeai que Buel avait bien formé Tibre. L'éclaireur fit un clin d'œil à Sem puis se tourna vers moi. « Bon, eh bien, faites attention à vous, Jamère. Vous avez une bien jolie famille.

— Merci, répondis-je machinalement.

— Bonsoir, madame », dit-il à Amzil en soulevant brièvement son calot, courtoisie qui la prit par surprise, puis il s'éloigna aussi discrètement qu'il était venu. Plus haut sur le versant, j'entendis son cheval renifler doucement. Juste avant de s'enfoncer dans les broussailles, il se retourna. « Ça va vous amuser, Jamère ! me lança-t-il. Je ne supporte toujours pas les brutes. » Et il s'évanouit dans l'obscurité.

Muets, nous restâmes les yeux braqués vers l'endroit où il avait disparu. Sem sauta de la carriole et se dirigea vers moi, la fronde dans une main, la pierre dans l'autre. « Je voulais… fit-il à mi-voix.

— Je sais. Je me réjouis que tu te sois retenu.

— Ah, merci au dieu de bonté, tu n'as rien tenté ! » renchérit Amzil d'un ton fervent.

Dans les taillis, le croas agita soudain ses plumes. Je le regardai fixement ; il poussa un cri rauque puis pencha la tête. « Voilà un bel équilibre, dit-il, et il ajouta d'un ton affecté : Et j'ai trouvé intéressant de jouer le dieu de bonté, pour changer. Adieu, Jamère. » Il déploya largement ses ailes, s'élança gauchement dans le vide, se redressa puis prit lourdement son envol ; il tournoya une fois au-dessus de nous puis s'en alla vers l'est.

« Économise ton caillou, Sem, dit Amzil à son fils. C'est un oiseau charognard ; ça ne se mange pas.

— Il était trop loin, de toute façon ; je ne l'aurais pas touché. Quelle horrible créature ! »

J'étais le seul à l'avoir entendu parler.

Ce fut la dernière fois qu'un dieu s'adressa à moi, et je n'ai plus jamais senti le contact de la magie. Mais, malgré cette délivrance, la vie ne devint pas soudain plus facile ; au contraire, le mois suivant fut très dur. Le temps resta clément, mais la nourriture manquait et le trajet était inconfortable. Quand nous traversâmes Ville-Morte, tard le soir, nulle lumière ne brillait. Amzil ne disait pas un mot, et Dia ne paraissait rien reconnaître. Alors que nous passions devant les ruines de leur vieille chaumine, Kara demanda à mi-voix : « C'est ici que nous allons ?

— Non, répondit sa mère. N'importe où mais pas ici. »

Et nous continuâmes sans nous arrêter.

Je cessai rapidement de compter le nombre d'expédients auxquels je dus avoir recours pour empêcher la carriole de tomber en morceaux. Le temps passant, à mesure que nous laissions Guetis de plus en plus loin derrière nous, nous commençâmes à faire halte plus tôt le soir. Sem et moi rapportions de la venaison, et nous pêchâmes du poisson quand nous parvînmes au fleuve ; nous ne mangions pas copieusement, mais nous ne mourions pas de faim. Je racontai mon histoire à Amzil, par petits bouts, assis près du feu après que les enfants s'étaient endormis ; par bien des aspects, mes aventures ne furent pas faciles à entendre pour elle, mais elle écouta et accepta ma parole comme la vérité. Elle me fit part ensuite de sa propre histoire, et je compris mieux sa personnalité en l'entendant parler de la jeune couturière qui avait épousé le beau et téméraire voleur ; elle n'avait jamais apprécié le métier que faisait son mari, mais il suivait seulement les traces de son père, ainsi que le voulait le dieu de bonté, et ils avaient été heureux à leur façon à Tharès-la-Vieille avant que les gardes municipaux ne lui missent la main au collet une nuit. Non sans honte, je dus m'avouer que j'avais peine à l'écouter évoquer les bons moments qu'elle avait passés avec lui, mais je finis par accepter que cela faisait partie de sa vie.

Nous nous mariâmes dans une bourgade du nom de Darse. Le prêtre était un jeune homme qui avait fait vœu de voyager et de donner des offices au hasard pendant un an. La cérémonie se déroula dans la cour d'une auberge ; Amzil portait des fleurs sauvages dans les cheveux. Le propriétaire de l'établissement était un veuf romantique qui nous offrit le banquet de mariage et deux chambres gratuites ; sa fille chanta pour nous, et tous les clients profitèrent des festivités et nous adressèrent leurs vœux de bonheur, qu'ils complétèrent d'un panier rempli de pièces d'argent, de deux poulets et d'un chaton. Kara remarqua que nous avions à présent tout ce dont nous avions besoin.

Et, beaucoup plus tard cette nuit-là, alors que je m'assoupissais avec Amzil dans les bras, elle me demanda doucement : « Est-ce ainsi que tu imaginais ta nuit de noces ? »

Je songeai à l'interminable torture, aux préparatifs et à l'agitation sans fin du mariage de Posse, et répondis : « Non. C'est beaucoup mieux ; c'est parfait. »

Et nous eûmes tous deux le sentiment que c'était le point de départ de notre vie commune. Nous quittâmes le bourg en famille constituée, Kara avec le chaton sur les genoux, et les deux poulets en laisse caquetant dans un coin de la carriole. Nous partîmes vers le nord, et, sans bien savoir ce qui nous décida, nous nous installâmes dans un hameau du nom de Taillis, non loin de la citadelle de Mendit. Au contraire de celle de Guetis, la population de Taillis y avait pris ses quartiers de son plein gré, attirée par la campagne accueillante et la terre riche. Les petites fermes paraissaient prospères. Le village avait perdu quelques habitants à cause de la ruée vers l'or dans l'Intérieur, mais la plupart de ses résidents bien établis étaient restés.

Le hameau accueillit la nouvelle famille à bras ouverts ; Amzil trouva très vite à s'employer comme couturière, travailla plus d'heures et ramena plus d'argent que moi. Un éleveur dont le bétail fournissait à Mendit sa viande et son cuir accepta de grand cœur d'échanger mon travail contre la location d'une maison. En fin d'après-midi, Sem et moi nous rendions près d'un ruisseau proche pour chasser ou pêcher ; parfois, nous emmenions Dia car, si Kara avait l'âge d'aider sa mère pour des tâches simples, sa petite sœur se mettait plutôt dans ses jambes.

Le soir, quand les bougies n'éclairaient plus assez pour la couture, Amzil et moi nous installions près de l'âtre et bavardions : dans bien des domaines, nous ne nous connaissions guère, même si je n'avais jamais douté de notre compatibilité. Je jouais avec les enfants et m'efforçais de poursuivre l'instruction qu'Epinie avait commencé à leur donner ; Sem n'aimait pas l'apprentissage de l'alphabet, mais vit rapidement l'intérêt des chiffres ; Kara lisait et savait faire des additions, mais passait le plus clair de son temps à apprendre les points de broderie avec sa mère. Hormis ces connaissances de base, je leur racontais des épisodes de l'histoire de la Gernie, et Sem adorait particulièrement les batailles célèbres, pourvu qu'elles fussent sanglantes. Le soir où, après m'avoir écouté, il se leva pour aller se coucher et s'exclama : « Quand je serai grand, je deviendrai soldat et je gagnerai renom et fortune sur le champ de bataille ! », mon cœur se serra brusquement.

« Et qu'espérais-tu ? me demanda Amzil plus tard tandis que nous nous apprêtions à nous mettre au lit. Tu ne lui racontes que ce genre d'histoires, et tu les rends si passionnantes que je ne m'étonnerais pas si Kara et Dia voulaient s'enrôler elles aussi ! » Elle s'exprimait avec humour, mais je perçus soudain un manque dans ma vie. Les anecdotes que je racontais aux enfants étaient celles que je préférais à leur âge. Buel Faille se trompait peut-être ; certes, on ne m'avait jamais donné d'autre avenir que dans une carrière militaire, mais ç'avait aussi été mon rêve.

Je restai éveillé cette nuit-là après qu'Amzil se fut endormie, et je réfléchis à mon existence. Nous ne manquions de rien ; si Amzil continuait d'avoir autant de travail, nous aurions bientôt assez d'argent de côté pour acheter une petite maison, et alors je pourrais commencer à vraiment bâtir quelque chose. J'avais tout : une femme qui m'aimait pour ce que j'étais, et trois beaux enfants. Sem avait l'esprit acéré comme une lame, Kara ne tarderait pas à se montrer aussi douée à l'aiguille que sa mère, et Dia régnait en adorable despote sur la maisonnée. Que pouvais-je encore désirer que le dieu de bonté ne m'eût pas encore donné ?

Et pourtant j'éprouvais un sentiment d'insatisfaction, comme un vide en moi, et, la nuit, je me demandais si cela provenait d'une part essentielle de moi-même que Fils-de-Soldat m'eût subtilisée ou d'un manque de profondeur inhérent à ma personnalité. Je m'absorbai plus assidûment dans mon travail, réparai, améliorai la petite maison que nous louions, au point que le propriétaire finit par dire qu'il ne la reconnaissait plus.

À plusieurs reprises, Amzil me rappela que j'avais promis d'écrire à Epinie, à quoi je répondis qu'il n'existait pas de service de poste à Taillis et que je n'avais ni encre ni plume. Mais, vers la fin de l'été, elle déclara brusquement que j'avais assez tergiversé et que j'étais cruel de laisser ma cousine et ma sœur sans nouvelles de nous ; en outre, elle souhaitait se rendre dans une ville plus grande, car elle ne trouvait pas tout ce dont elle avait besoin dans le petit magasin de Taillis. Nous mîmes donc les enfants dans la carriole réparée, attelâmes notre vieux cheval et nous rendîmes à Mendit.

La grande citadelle faisait trois fois la taille du fort Guetis, et une petite ville prospère l'entourait, avec des rues rectilignes et des bâtiments proprets qui abritaient une population active. Je trouvai sans difficulté l'échoppe d'un écrivain de rue à qui j'achetai du papier, de l'encre et des plumes ; je composai des lettres à Epinie et Yaril où j'implorais leur pardon pour mon retard et pour la brièveté de mes nouvelles, et je demandai à chacune d'écrire à l'autre pour la tenir au courant de ma situation au cas où une de mes missives s'égarerait. Je payai les frais de port considérables et annonçai à l'homme que je reviendrais un mois plus tard chercher la réponse. « Elle arrivera sans doute plus tôt, jeune homme. Nous avons un bon service entre chez nous et Coude-Frannier, et nous en recevons régulièrement du courrier. »

Cela fait, j'allai rejoindre ma famille. Amzil m'avait dit qu'elle irait dans un grand magasin de textile, et je la trouvai là, Dia dans les bras, en train de marchander âprement avec un homme au regard de bête traquée derrière le comptoir. Elle achetait du tissu, des articles de mercerie et toute sorte de petits ustensiles ménagers qui n'existaient pas à Taillis.

Ma présence parut lui donner davantage d'énergie pour marchander, et, peu après, elle avait soumis le malheureux. Ses achats réglés, elle prit dans ses bras Kara, qui lorgnait d'un œil amoureux un étal de bonbons, et annonça qu'elle était prête à partir.

« Où est Sem ? demandai-je.

« — Oh, il a vu que les sentinelles s'apprêtaient à la relève, et il a exigé de rester à les regarder. Il doit toujours y être. »

Je pris d'une main le lourd panier qu'elle portait, et elle passa son bras sous le mien, tandis qu'elle tenait Dia au creux de l'autre, et Kara marcha derrière nous pendant que nous regagnions la carriole. « Sais-tu qu'il n'y a que deux couturiers dans cette ville, dont un si cher que seules les femmes d'officiers peuvent s'offrir ses services ? me dit Amzil à mi-voix. Je suis passée voir la boutique de l'autre ; il sait bien tenir une aiguille, mais il n'a pas l'œil pour composer ses créations. Imagine : une robe jaune avec des manchettes et un col rouges ! Et il l'expose dans sa vitrine ! Jamère, si nous mettions encore un peu d'argent de côté, que nous nous installions ici et que Kara s'exerce encore un peu à ses points de broderie, nous pourrions nous débrouiller très bien, très, très bien. »

Je l'entendis à peine : une troupe de cavaliers arrivait derrière nous en direction de la citadelle, retour de quelque mission. Je me retournai pour l'observer ; les hommes avaient le teint hâlé, l'uniforme poussiéreux, mais ils montaient comme de vrais soldats de la cavalla, et leurs fières montures, bien que fatiguées, avançaient au trot et la tête haute. Leurs couleurs flottaient au-dessus d'eux, petite bannière que seul agitait le vent de leur passage. Je suivis du regard l'avenir que j'imaginais dans mon enfance. Un jeune lieutenant menait la troupe, et derrière lui chevauchait son sergent, gaillard costaud aux longues moustaches tombantes et aux yeux perpétuellement plissés. En bout de colonne, avec les soldats et pourtant à l'écart, venait un éclaireur, et, avec un serrement de cœur, je le reconnus ; plus de dix ans s'étaient ajoutés à ses traits depuis que je l'avais vu prendre sa propre défense et celle de sa fille à Coude-Frannier. Ses yeux passèrent sur moi ; je devais le regarder fixement, car il m'adressa un hochement de tête et porta la main à son chapeau à l'attention d'Amzil avant de poursuivre son chemin derrière la troupe. En suivant les cavaliers des yeux, je sentis des crochets me tirer le cœur ; sans une chance étrange et un hasard plus étrange encore, j'eusse dû me trouver parmi ces hommes.

« Regarde Sem », me dit Amzil à mi-voix. Je me tournai vers l'enfant qui se tenait au bord de la chaussée, saisi et béat. Radieux, il contemplait la troupe, la bouche entrouverte, et je vis les cavaliers du dernier rang sourire devant son expression adorante. L'homme le plus proche lui adressa un salut militaire, et le petit garçon se tortilla de bonheur. « Il te ressemble, ajouta Amzil, me tirant de ma rêverie.

— Qui ça ? Le soldat ?

— Non : Sem. Il a des étoiles dans les yeux. » Elle poussa un petit soupir. « Il va falloir tempérer les histoires que tu lui racontes, Jamère, ou parvenir à lui faire comprendre que seul un fils militaire peut entrer dans l'armée.

— Ce n'est pas toujours vrai, dis-je en songeant au sergent Duril. Un des meilleurs soldats que j'aie connus était fils de savetier.

— Tu es fils de militaire, murmura-t-elle.

— Et aujourd'hui je travaille comme journalier chez un éleveur de bétail, répondis-je sans amertume.

— Mais ce n'est pas normal. »

Je haussai les épaules avec un grognement de dérision, mais elle resserra sa poigne sur mon bras. « Crois-tu que je n'aie jamais entendu Epinie et Spic parler de toi, de la carrière dont tu rêvais ? Ils imaginaient souvent que tu revenais, que tu t'innocentais de toutes les accusations et que tu servais aux côtés de Spic ; ils ne te voyaient pas autrement qu'en officier de la cavalla.

— C'est du passé, dis-je.

— Pourquoi ? Pourquoi ne pourrais-tu pas t'enrôler ici ? Donne ton vrai nom : tu ne t'en es jamais servi jusqu'ici. À mon avis, tu ne resterais pas longtemps simple soldat. Tu ne commencerais peut-être pas comme officier, mais, même si tu ne gagnes pas tous les galons prévus par ta naissance, tu feras le métier dont tu rêvais.

— Amzil…

— Crois-tu que j'ignore l'importance que tu y attaches ?

— J'y réfléchirai », dis-je à mi-voix ; je ne mentais pas, car je savais ne pas pouvoir m'en empêcher. Nous emmenâmes Sem et reprîmes la route pour Taillis. Nous ne parlâmes guère pendant le trajet : les enfants dormaient à l'arrière tandis que je m'absorbais dans mes pensées.

Deux jours plus tard, au dîner, Amzil me demanda brusquement : « Qu'est-ce qui te retient de te lancer ?

— La peur », répondis-je laconiquement.

Nous remarquâmes que les enfants nous écoutaient, et nous laissâmes la conversation s'éteindre. Mais, dans la nuit, alors que nous étions lovés l'un contre l'autre, elle demanda sans préambule : « Peur de quoi ? »

Je soupirai. « Quand mon père m'a déshérité, il était dans une fureur noire, et il n'a rien laissé au hasard ; il a écrit aux commandants de nombreux forts pour leur apprendre qu'il m'avait renié.

— Mais tu as quand même réussi à t'enrôler à Guetis.

— Ah, oui ! Il m'a laissé ça ; il leur a dit que, s'ils m'acceptaient en tant qu'enrôlé, il l'autoriserait. Néanmoins, j'ai quand même dû donner un faux nom ; il m'avait interdit d'utiliser le sien. » Je soupirai à nouveau. « Amzil, je ne veux plus recommencer à vivre dans cette ombre ; je ne veux pas m'enrôler sous l'identité d'un fils raté et déshérité. »

Elle garda le silence si longtemps que je la crus endormie ; enfin, elle dit : « Tu vis déjà comme un fils raté et déshérité. » Elle adoucit ses paroles en me prenant dans

275

ses bras. « Tu devrais arrêter », ajouta-t-elle à mi-voix. Puis elle m'embrassa, et, pendant quelque temps, je ne fus en rien un raté.

Quand un mois fut passé, je retournai à Mendit voir si j'avais des réponses à mes lettres. Amzil m'accompagna, muette et tremblante d'excitation, avec sur les genoux, emballées dans du papier, deux robes qu'elle avait créées ; elle comptait les montrer aux couturiers de Mendit, dans l'espoir que l'un d'eux la prendrait comme assistante. Kara et Sem serraient dans leurs mains deux précieux sous chacun qu'ils avaient le droit de dépenser, tandis que Dia tenait les siens dans une petite bougette en tissu que lui avait cousue sa grande sœur. Je les laissai à leurs emplettes et me rendis chez l'écrivain public.

Il me demanda trois sous pour avoir gardé mon courrier, et je jugeai la somme exorbitante jusqu'à ce qu'il tirât de son comptoir le paquet d'enveloppes qu'il avait soigneusement attachées avec un cordon. « Vous êtes populaire », remarqua-t-il, et j'acquiesçai, hébété. Au sortir de son échoppe, de l'autre côté de la rue, j'avisai un étal en plein vent où l'on offrait du thé sucré et des gâteaux ; avec un sentiment coupable d'épicurisme, je tendis à l'homme une des pièces qu'Amzil avait durement gagnées, pour une tasse de thé et un gâteau aux raisins. Puis, mon courage ainsi consolidé, je feuilletai le paquet d'enveloppes. Il y en avait cinq épaisses d'Epinie et deux de Yaril, dont une envoyée de Tharès-la-Vieille.

Je les retournai dans mes mains avec une angoisse étrange. Étais-je prêt à les décacheter, à ouvrir la porte et à laisser revenir le Jamère d'autrefois ? L'espace d'un instant, j'envisageai de les déchirer en petits morceaux et de les jeter au vent ; je pouvais abandonner ce Jamère-là comme j'avais abandonné Fils-de-Soldat ; Amzil et moi avions entamé une nouvelle existence ensemble : tenais-je donc à risquer de l'ébranler ? Puis je songeai que j'avais déjà commencé en envoyant mes deux premières lettres. Avec un soupir, j'arrangeai mon courrier par dates d'envoi et ouvris la première missive.

Elle venait d'Epinie, et elle m'exposait sur sept pages écrites serré les inquiétudes qu'elle avait nourries pour moi et la confusion qui régnait à Guetis depuis la nuit de notre fuite. Tibre était bel et bien passé chez elle ce soir-là, et il l'avait tellement inquiétée qu'elle avait à peine pu manger une bouchée du repas. Comme l'éclaireur me l'avait dit, le fort se trouvait désormais sous l'autorité du capitaine Gorlin et avait regagné un semblant de stabilité militaire. Epinie et Spic se réjouissaient d'apprendre qu'Amzil et moi étions sains et saufs et que nous nous débrouillions bien ; les enfants leur manquaient affreusement ; continuais-je à donner des leçons à Kara et Sem ? Elle s'étendait deux pages durant sur les matières que je devais leur enseigner avant de m'annoncer qu'elle avait reçu plusieurs lettres charmantes de ma sœur, absolument ravie de son voyage à Tharès-la-Vieille et qui s'entendait à merveille avec la mère et la sœur d'Epinie. Elle concluait en m'exhortant à lui répondre aussitôt pour lui donner de nos nouvelles en détail. Avec un sourire, je mis sa lettre de côté.

La deuxième venait de Yaril. Elle commençait par me reprocher de l'avoir laissée si longtemps dans l'ignorance de mon sort, puis me suppliait de lui pardonner de répondre par une si courte missive : elle préparait ses bagages pour se rendre à Tharès-la-Vieille avec tante Daraline et cousine Purissa, tandis qu'oncle Sefert demeurerait à Grandval ; il pensait que sa présence pouvait aider son frère et que la propriété avait besoin pour quelque temps d'un homme aux commandes, avec la mise en valeur des terrains due à la découverte d'or dans le sous-sol (cousine Epinie avait sûrement dû m'en parler, et elle ne voulait pas m'ennuyer par des détails sans intérêt). Notre père paraissait reprendre de la vigueur en compagnie d'oncle Sefert, lequel pensait qu'il avait souffert d'une attaque qui avait laissé des séquelles à ses facultés, mais il espérait que sa compagnie, sa conversation et une reprise en douceur de son existence habituelle lui permettraient de se rétablir. Oncle Sefert avait félicité ma sœur d'avoir choisi le sergent Duril comme contremaître et promis de le maintenir à ce poste. Ah, il avait dit aussi qu'il m'écrirait très bientôt ; le vieux sous-officier avait manifesté une joie débordante en apprenant que j'avais survécu, et tante Daraline m'envoyait ses meilleurs vœux. Elle n'avait pas le temps de m'en écrire davantage, car elle devait partir pour Tharès-la-Vieille le lendemain matin et n'avait emballé que la moitié de ses affaires, et elle voulait emporter un large choix de robes, même si tante Daraline les jugeait un peu provinciales et tenait à lui en acheter de nouvelles dès leur arrivée.

Je découvrais avec un plaisir mêlé d'inquiétude une Yaril redevenue une gamine étourdie alors que je l'avais quittée écrasée de lourdes responsabilités. Un peu tard, je songeais que nous eussions dû faire intervenir notre oncle dans nos difficultés des mois plus tôt, et je me réjouissais à la fois que Yaril disposât de temps libre, exempt de soucis, et que mon père fût en de bonnes mains.

Avec un sourire, j'ouvris la lettre suivante d'Epinie. Je lui manquais, je manquais à Spic, et les enfants leur manquaient terriblement. Pourquoi n'avais-je pas encore répondu ? Tout allait-il bien ? De profonds changements se produisaient à nouveau à Guetis, et ils risquaient d'être transférés à Coude-Frannier pour rejoindre le reste du régiment. Elle ne prenait pas la peine de me dire quel régiment viendrait remplacer le leur, mais évoquait son ravissement à l'idée que Spic deviendrait sans doute capitaine beaucoup plus vite qu'ils ne l'avaient espéré. Après de nombreux retards, les nouvelles lois régissant la succession des enfants mâles avaient été approuvées par le Conseil des seigneurs et sanctionnées par la hiérarchie ecclésiastique du dieu de bonté ; pour une fois, une décision de l'Église paraissait logique à Epinie : désormais, les fils cadets pourraient légitimement devenir héritiers, car, si le dieu de bonté était omniscient, il savait sans aucun doute quels fils héritiers mourraient jeunes, et il avait décrété dans sa sagesse que les fils militaires pouvaient prendre leur place. Cela ne concernait pas Spic, naturellement, ce dont ils se réjouissaient : il avait trop d'affection pour son frère aîné pour désirer le remplacer. Mais cette nouveauté touchait nombre d'officiers du régiment, et certains parmi les plus âgés renonceraient à la carrière militaire pour rentrer chez eux et s'acquitter de leur devoir d'héritiers ; Spic avait expliqué à Epinie que cette situation améliorait grandement ses chances de promotion, une fois le régiment réuni. Ma cousine ne se tenait plus de joie à l'idée d'habiter Coude-Frannier ; elle pourrait enfin rendre visite à Yaril de temps en temps et faire convenablement connaissance avec elle. Elle aussi me reprochait de n'avoir pas répondu plus vite.

Yaril m'envoyait la lettre suivante ; elle y écrivait souhaiter recevoir de mes nouvelles, puis s'excusait pour ce qui m'apparaîtrait certainement comme un empiétement sur ma dignité. Elle m'assurait que tante Daraline avait eu l'idée la première, et qu'elle-même et Purissa avaient seulement suivi le mouvement. Yaril n'y avait vu tout d'abord qu'une plaisanterie, mais elle espérait que je conviendrais avec elle que la fin justifiait les moyens.

Tante Daraline était devenue médium et tenait le rôle de conseillère spiritualiste favorite de la reine. L'âme d'une sage ocellionne s'exprimait par son biais et avait déjà enseigné à la souveraine de nombreux secrets du monde de l'esprit, ainsi que la raison de l'échec de la Route du roi. Grâce à dame Burvelle, la reine avait découvert les mystères des arbres des ancêtres et les propriétés révélatrices de certains champignons, simples et mets riches. La sage ocellionne avait raconté à la souveraine son épique histoire d'amour où, tombée amoureuse d'un jeune noble, fils militaire, elle l'avait détourné de son devoir et avait tenté de l'amener à se joindre à elle pour l'éternité dans une union végétale.

Les oreilles me brûlaient en mesurant tout ce que Yaril avait appris sur ma vie privée et en découvrant que mes escapades sexuelles avec Olikéa et Lisana servaient à Daraline pour émoustiller la reine et ses dames de compagnie. Nul à la cour ne connaissait l'identité du « jeune et fringant militaire », mais cela ne me consolait guère. Yaril et Purissa s'amusaient follement de leur rôle d'assistantes, s'occupant de dame Burvelle quand elle tombait en transe et se convulsait en gémissant. Tante Daraline avait engagé un jeune homme ambitieux et très beau comme secrétaire ; il la voyait tous les jours et il notait ses révélations sous la forme de carnets qu'on publiait ensuite, un chapitre corsé après l'autre ; les imprimeurs parvenaient à peine à répondre à la demande. Lisant entre les lignes, je compris que mon oncle était horrifié et humilié par la comédie de son épouse, mais Daraline avait enfin atteint ses objectifs : devenir la favorite de la reine et une femme de grande influence à Tharès-la-Vieille ; non seulement Purissa se fiancerait sans doute au prince de la Couronne mais Yaril pourrait choisir elle-même son futur époux parmi la nouvelle et l'ancienne noblesse.

Je lus rapidement les dernières lettres. Epinie avait entendu parler des charlataneries de sa mère et s'épouvantait de ses bouffonneries tout en se réjouissant que la Route du roi se fût interrompue et que les arbres sacrés fussent la protection personnelle de la reine. Une phrase sur deux, elle s'excusait que les secrets que je lui avais confiés fissent les choux gras de la littérature populaire, et elle me répétait que l'identité du « mystérieux jeune aristocrate » restait celée et que le nom des Burvelle ne risquait nulle ternissure.

Néanmoins, il y avait aussi de bonnes nouvelles dans sa lettre. La reine avait proclamé tous les kaembras intangibles, et on n'en couperait plus un seul. Elle projetait de se rendre dans le « bosquet sacré des anciens mystiques » l'été suivant, pour voir si elle et son « médium » parvenaient à entrer directement en contact avec les esprits naturels des grands arbres. Un frisson d'accablement me parcourut. Jusqu'où allait la crédulité de cette femme ? Pourtant, la reine me paraissait en même temps très rouée, car elle avait aussi décrété que, pour protéger les Ocellions et leur sagesse de l'au-delà, la Couronne aurait le monopole du commerce du tabac et des fourrures avec les Ocellions, et que les marchands qui souhaitaient faire affaire avec eux devraient acquérir une licence.

Je remis la lettre dans son enveloppe, me laissai aller contre le dossier de ma chaise et contemplai la bourgade affairée qui m'entourait. Un homme qui vendait du pain frais passa devant moi en chantant son boniment ; un courrier le dépassa et tira brusquement les rênes devant l'échoppe de l'écrivain public au milieu d'un nuage de poussière ; un chariot qui transportait une cage pleine de volailles caquetantes le croisa. Que de vie en mouvement, que d'événements et de coïncidences qui s'entre-croisaient en formant une trame étrange et merveilleuse !

Je fis un paquet de mes lettres et, regardant sans la voir la rue poussiéreuse, je songeai que les arbres des Ocellions ne craignaient plus rien ; était-ce l'objectif de la magie depuis le début ? N'avais-je parcouru cette route impitoyable où pullulaient les hasards et les rencontres, où j'avais frôlé la mort, que dans ce seul but ?

Les mots de mon journal étaient passés des yeux indiscrets de ma tante à l'oreille de la reine ; l'arbre de Lisana ne tomberait pas ; elle et Fils-de-Soldat continueraient à vivre ensemble. En donnant un caillou à un gamin qui m'agaçait, j'avais déclenché une ruée vers l'or et fait éclore la fortune de ma famille.

Vecteur d'immenses changements dans le monde, qu'y avais-je gagné ? Je souris amèrement en songeant aux errances du hasard, puis je me repris : allons, j'y avais tout gagné ! Ma liberté, une femme qui m'aimait, un foyer bâti de mes mains. Je me levai puis m'étirai ; de l'autre côté de la rue, l'écrivain public sortit de sa boutique et me désigna du doigt, les yeux agrandis. Le courrier couvert de poussière lui dit quelques mots, et l'homme acquiesça vigoureusement de la tête puis le conduisit vers moi ; il s'inclina devant moi. « J'aurais dû savoir qu'il s'agissait d'un personnage important. Oui, monsieur, c'est lui, sire Jamère Burvelle ; je me porte garant de lui : j'ai reçu de nombreuses lettres pour lui. »

Le courrier m'adressa un sourire insouciant, aussi peu impressionné par sa mission que la plupart de ses semblables. « Enchanté, monsieur. J'ai un paquet pour vous, à vous remettre en mains propres. » En s'inclinant, il me tendit une enveloppe épaisse en veau, fermée par un ruban, lui-même fixé par une large goutte de cire rouge. J'examinai le sceau dont on l'avait frappée : un esponde. Il y avait si longtemps que je n'avais pas vu l'emblème de ma famille qu'une étrange émotion m'envahit comme une lame de fond. Ce paquet venait de mon père. Le monde dansa autour de moi.

« Monsieur ? Monsieur ? » Je levai les yeux et m'étonnai vaguement de trouver le courrier encore devant moi. J'avais l'impression qu'une semaine s'était écoulée. « Monsieur, on m'a dit qu'il y aurait peut-être une réponse.

— Je… Pas tout de suite », fis-je d'une voix défaillante.

Il hocha la tête. « Pas plus mal ; mon canasson et moi, on a bien besoin d'un jour ou deux pour se reposer et manger un brin. » Il indiqua l'écrivain public. « Quand vous aurez besoin de nous, il saura où nous trouver, et on n'attendra que vos ordres. » Avec un nouveau sourire malicieux, il se détourna et rejoignit son cheval d'un pas tranquille. Sur un regard de ma part, l'écrivain se retira, et je restai seul avec mon paquet.

Apparemment, c'était mon oncle qui avait rédigé l'adresse, et je redoutai aussitôt le pire : mon père avait succombé à sa maladie, et je tenais le faire-part entre mes mains. Il me fallut quelque temps avant de trouver le courage de briser le sceau de cire et de dénouer le ruban. L'enveloppe de veau s'ouvrit sur une liasse de papiers. Je découvris au sommet une feuille épaisse, couleur ivoire, tirée de la réserve de mon père ; d'une main tremblante, il avait écrit en lettres trop grandes : « Fils, reviens, je t'en supplie. » La signature était illisible. Je restai pétrifié un long moment devant ce message avant de pouvoir le poser.

En dessous, toujours sur le papier à lettres de mon père, se trouvait une missive qui datait de moins de dix jours. *Mon cher neveu Jamère,* commençait-elle, de l'écriture ferme et claire de mon oncle Sefert, *je t'en prie, pardonne-moi d'avoir été si long à entrer en contact avec toi, mais je reportais l'envoi de ce message dans l'attente d'une vue plus claire de notre situation et de la tienne.*

» Avant son départ pour Tharès-la-Vieille, Yaril s'est longuement confiée à moi ; j'ai aussi appris, à mon corps défendant, de nombreux détails de ta vie par le biais de la langue trop bien pendue de mon indiscrète épouse. Je dois m'excuser encore une fois de son effraction dans ce que je considérais comme des confidences sacrées, mais je dois aussi te réprimander de ne m'avoir pas mis plus tôt au courant de tes aventures. Aussi étrange qu'ait été

ton expérience et dure la façon dont ton père t'a traité, n'as-tu jamais songé à me soumettre l'affaire, d'autant plus qu'elle semble concerner de près la vie de ma fille ? Mais gardons cette conversation pour plus tard, pour une fin de soirée agrémentée de bon tabac et de vieil alcool, quand nous aurons moins de mal, les uns et les autres, à pardonner nos transgressions mutuelles.

» Je m'inquiète beaucoup pour la santé mentale et physique de ton père ; tu sais sûrement qu'il ne va pas bien, et, en tant qu'aîné, j'ai le cœur serré de voir dans un tel état de déclin le jeune frère qui devait me survivre. Trois médecins l'ont examiné, et ils ne m'ont guère laissé d'espoir ; je lui ai pour ma part administré de l'eau de Font-Amère, qui donnait des résultats prometteurs jusqu'à sa dernière attaque, il y a trois jours. Mon garçon, je crains qu'il ne redevienne jamais l'homme qu'il était et qu'il ne puisse bientôt plus gérer ses propres affaires. Ton sergent Duril s'est révélé un contremaître très capable, mais tu ne peux pas laisser trop longtemps la fortune familiale entre les mains d'un salarié et de ta petite sœur. Il est donc temps que tu mettes un terme à tes folles aventures et que tu rentres chez toi, non seulement par devoir familial mais aussi par obéissance aux lois de ton roi.

» Tu as dû entendre parler des récents décrets sur l'uniformisation de la succession par ordre de naissance, clarification par les prêtres des saintes écritures sur la prévoyance du dieu de bonté, et tu as certainement conscience de la nouvelle position qui est la tienne : tu dois naturellement servir en tant que fils militaire du vivant de ton père, mais aussi te tenir prêt à endosser tes responsabilités d'héritier à sa mort ou s'il se trouve dans l'incapacité de tenir ses affaires ; je crains que ce moment n'arrive bientôt. Tu es l'enfant mâle le plus proche de notre lignée, et, le temps venu, mon titre et mes propriétés te reviendront aussi – mais, malgré mon affection pour toi, j'espère égoïstement que ce ne sera pas pour tout de suite ! Je veux aussi te dire sans détours que, quand ce jour viendra, je souhaite que tu aies la bonté de subvenir aux besoins de ta tante. Certes, c'est une femme difficile parfois, mais c'est la mère de mes enfants, et j'aimerais qu'on la respecte à ce titre.

» À ce propos, Epinie et Yaril m'ont appris qu'il y a une femme dans ta vie ; ayant eu l'audace de demander si elle était de bonne famille et apte à faire une épouse loyale, je me suis vu infliger un sermon de plusieurs pages par ma fille sur le droit de chacun à choisir son conjoint sans avoir à se référer à des absurdités comme l'approbation parentale. Sans doute dois-je me satisfaire que ton choix ait obtenu l'agrément de ta cousine au jugement si sûr ; selon elle, tu as parfaitement agi, et j'attends avec impatience de faire la connaissance de cette illustre personne apparemment à même de combler tous tes désirs.

» Tu trouveras ci-joint des lettres de crédit et assez d'argent pour te permettre de revenir chez nous avec les tiens. Epinie estime normal qu'on t'achète un commandement et plaide fortement pour que tu intègres le régiment de Spic, en soulignant qu'il est stationné à Coude-Frannier et que cela te permettrait de retourner souvent chez toi, auprès de ton père. Toutefois, ce dernier m'a fait part de son espoir que tu souhaiteras servir ton roi sous la bannière de son ancien régiment, et je me suis accordé le plaisir de renvoyer à ma fille un sermon de trois pages où je m'étendais avec éloquence sur le droit d'un jeune homme à choisir lui-même son régiment.

» Tu vois que les sujets de discussion ne manquent pas, et j'attendrai avec impatience de recevoir ta réponse par le courrier que j'ai dépêché à Mendit.

» Avec toute mon affection,

» Ton oncle,

» Sire Sefert Burvelle de l'ouest. »

Je restai un moment abasourdi, puis j'examinai le paquet et trouvai, comme promis, une lettre de crédit pour une somme considérable, et, en dessous, de l'argent liquide soigneusement emballé dans du tissu huilé. Je soupesai le colis sans l'ouvrir : ce n'était pas nécessaire ; je savais qu'il contenait une somme telle que je n'en avais jamais tenu entre mes mains. Tremblant, je le replaçai dans l'enveloppe en veau, ainsi que les lettres, dans leur ordre d'arrivée, comme si je remettais en état une tombe que j'eusse dérangée. Mon cœur tonnait à mes oreilles, et c'est seulement quand je m'efforçai en vain de renouer le cordon que je me rendis compte de la violence des tremblements qui m'agitaient.

Je fouillai mes poches : avais-je assez d'argent pour m'offrir une deuxième tasse de thé ? Tout juste, et, l'espace d'un instant, je me reprochai ma prodigalité ; puis j'éclatai de rire, appelai la serveuse et lui demandai de m'apporter une autre tasse de thé. J'aperçus alors dans la rue Amzil et les enfants qui se dirigeaient vers moi, et je commandai une théière entière et une demi-douzaine de petits pains aux raisins.

Amzil me rejoignit dans une envolée de jupes, au milieu des petits qui jacassaient, avec aux lèvres un grand sourire annonciateur de bonnes nouvelles. Elle déposa Dia sur mes genoux, s'assit et dit d'un air satisfait : « Nos problèmes sont finis. Le couturier a été très impressionné par mon travail et il a déclaré que je pouvais commencer comme assistante chez lui dans la semaine ! Pour deux fois plus que ce que je gagne à Taillis ! Alors, dis-moi, Jamère, peut-on imaginer meilleure nouvelle ?

— Peut-être, ma chérie, répondis-je ; peut-être. »

Table

9520

Composition Nord Compo
Achevé d'imprimer en Slovaquie
par Novoprint SLK
le 13 mars 2011.
Dépôt légal mars 2011
EAN 9782290027240

Éditions J'ai lu
87, quai Panhard-et-Levassor, 75013 Paris
Diffusion France et étranger : Flammarion